Jörg Kastner

Sherlock Holmes

und der Schrecken von Sumatra

Sherlock Holmes

und der Schrecken von Sumatra

von Jörg Kastner

edition·imago

MIX
Papier aus verantwortungsvollen Quellen
FSC® C083411

Genehmigte Sonderausgabe 2020 für KMAV Kölner Medienagentur und Verlags GmbH, Im Dau 3, 50678 Köln, vermittelt durch AVA international GmbH, München www.ava-international.de
Die Originalausgabe ist 1997 im Tilsner Verlag erschienen.

Umschlaggestaltung: F. Rüttgers unter Verwendung eines Fotos von AVN Photo Lab/Shutterstock Inc.

Zur Erinnerung an Kathrin Jaeck,
deren Spezialgebiete die Nagetiere und Mr. Holmes waren,
und zum Dank dafür,
dass sie mich an meine Maus abgetreten hat.

Und für meine Maus,
die den Computer mit
Dr. Watsons Aufzeichnungen
gefüttert hat.

„... die Anzahl der Aufzeichnungen,
die er (Sherlock Holmes) hinterlassen hat,
oder die der Erinnerungen im Kopf
seines Biografen ist unbegrenzt."
Sir Arthur Conan Doyle

Vorwort des Herausgebers

Es war während eines Londonaufenthalts im Sommer 1984, als ich auf einem Flohmarkt nahe der Carnaby Street eine Holztruhe mit den bisher unveröffentlichten Aufzeichnungen des uns wohlbekannten Dr. John H. Watson erstand. Mein Erstaunen und mein Herzpochen waren anfangs ebenso groß wie mein Unglauben. Aber dann siegten folgende Überlegungen über die Zweifel: Wer sollte sich die umfangreiche Arbeit der Fälschung so vieler Manuskripte gemacht haben? Und zu welchem Zweck?

Während meines im Anschluss an die Londonreise beginnenden Studiums an der Universität Bielefeld ließ ich die Aufzeichnungen dort chemischen Tests unterziehen und erhielt die Bestätigung, dass sowohl das Papier als auch die Tinte, mit der die anfangs gewöhnungsbedürftige Handschrift (unverkennbar die eines Arztes!) niedergebracht war, den ersten Jahrzehnten unseres Jahrhunderts entstammen.

Dass die von mir gefundenen Papiere inhaltlich manchmal dem widersprechen, was Sir Arthur Conan Doyle uns überliefert hat, spricht auch nicht gegen die Echtheit meines Fundes, eher dafür: Watson sagt es unten selbst, zu seinen Lebzeiten musste er einiges verschweigen, was er in seinen nachgelassenen Aufzeichnungen enthüllt.

Der vorliegende Bericht schildert mit Sicherheit eines der fantastischsten, gefährlichsten und aufregendsten Abenteuer aus der langen Karriere des berühmten Detektivs Sherlock Holmes. Und es gab gute Gründe, ihn damals der Öffentlichkeit vorzuenthalten. Selbst – oder gerade – in unseren Tagen wirft er einen großen Schatten auf einen Zweig der Wissenschaft, dem wir unheilbar Fortschrittsgläubige immer größere Bedeutung beimessen.

Ich habe dem Text dort erklärende Fußnoten angefügt, wo ich es aus unterschiedlichen Gründen für angebracht erhielt. Wegen eines Wasserschadens an den Papieren, der ein paar Bearbeitungen und Ergänzungen erforderte, sind alle Fehler, Unklarheiten und Ungereimtheiten mir anzulasten. Wer jedoch an diesem erregenden Abenteuer Gefallen findet, möge sich bei Dr. Watson bedanken.

Jörg Kastner

Einführung von Dr. John H. Watson

Mein Freund Sherlock Holmes, der berühmte Privatdetektiv, betreute einen Klientenkreis, zu dem einfache Stubenmädchen ebenso gehörten wie viele gekrönte Häupter. Manche seiner Fälle waren bizarr, andere von hochgradiger Brisanz und geeignet, internationale Krisen heraufzubeschwören, die nur durch Holmes' überragende Intelligenz und sein ebenso ungewöhnliches Fingerspitzengefühl in bestimmten Angelegenheiten vermieden wurden. Einige dieser Abenteuer habe ich zu Papier gebracht und dadurch entschärft, dass ich Namen und Angaben derart änderte, dass niemand kompromittiert werden konnte. Dazu verpflichtete mich schon die Diskretion, die der Detektiv seinen Klienten versprach und schuldete. Andere Fälle habe ich niemals veröffentlicht, obgleich einige von ihnen zu den interessantesten in Holmes' Laufbahn zählen, weil eine Änderung der Daten entweder nicht möglich oder nicht Erfolg versprechend gewesen wäre. Und so manche Affäre durfte in der Öffentlichkeit nicht diskutiert werden, da ihr Bekanntwerden eine unverantwortliche Beunruhigung der Bevölkerung oder sogar eine Gefährdung der Sicherheit unserer Nation bedeutet hätte.

Zu diesen brisanten (und gleichzeitig bizarren) Fällen gehört auch die Angelegenheit mit der Holland-Sumatra-Gesellschaft, deren Aspekte in der Presse nur unter falschen Blickpunkten behandelt wurden. Schuld daran war eine Anweisung der Regierung, die eine exakte Aufdeckung der Fakten verbot. Zwar murrte ich damals über das Verbot, da ich diesen Fall, in dem Sherlock Holmes so Hervorragendes geleistet hat und vielleicht die Welt vor einer Katastrophe größten Ausmaßes bewahrte, nur zu gern für die Allgemeinheit festgehalten hätte, aber ich sah ein, dass es für die Welt das beste war, den Mantel des Schweigens über die erschreckenden Geschehnisse auszubreiten, deren Zeugen Holmes und ich damals wurden. Inzwischen sind Jahrzehnte vergangen, und die Menschheit ist mit Riesenschritten voranmarschiert, nicht immer zu ihrem Besten, wie der große, alles verzehrende Krieg von 1914 bis 1918, in dem mein Freund und ich dem Vaterland noch einmal von Nutzen sein durften[1], bewiesen hat. Wie dem auch sei, heutzutage ist der menschliche Geist in der Lage, so schreckliche Waffen und Mittel zu erfinden, dass die Aufdeckung des folgenden Falles die Welt nicht mehr erschüttern wird – oder doch?

Mir ist zu Ohren gekommen, dass viele Menschen Sherlock Holmes aufgrund meiner Veröffentlichungen über seine Abenteuer für eine fiktive Gestalt halten, seit er sich ins Privatleben zurückgezogen hat; vielleicht werden sie die Geschehnisse, über die ich nun berichten will, auch für erfunden halten. Mir ist es, ehrlich gesagt, gleichgültig. Ich schreibe alles so nieder, wie ich es erlebt habe, in jenen fernen Tagen, als ich mit dem großen Sherlock Holmes noch in der Baker Street 221 B lebte und als die Schritte, die wir auf den siebzehn Stufen zu unserer Wohnung hörten, so oft die Vorboten rätselhafter und auch gefährlicher Erlebnisse waren.

John H. Watson, M.D., London, 1923

Erster Teil: Der Tod des Franzosen

1. Kapitel – Der Tod in der Baker Street

„Ich bin der Meinung ..."
„In der Tat, Watson", unterbrach mich Sherlock Holmes, „der Ansicht bin ich auch."
„Aber, Holmes", protestierte ich, „Sie können unmöglich wissen, was ich sagen wollte!"
„Natürlich weiß ich es. Wie hätte ich Ihnen sonst zustimmen können?"
Holmes besaß eine gewisse perfide Vorliebe dafür, durch eine genaue Bobachtung meiner Person in meinen Gedanken zu lesen, wie man seine Fähigkeit vielleicht bezeichnen kann. Eine Angewohnheit, die mich zuweilen zur Weißglut trieb.
Ich beherrschte mich mühsam und sagte: „Also gut, Holmes. Wenn Sie mir wirklich sagen können, woran ich dachte, als Sie mir ins Wort fielen, lade ich Sie für heute Abend zum Essen bei Simpson's ein."
„Ich nehme dankend an, Doktor", meinte Holmes, indem er sich in seinem Lehnsessel aufrichtete und den Rauch aus seiner alten Bruyèrepfeife ausstieß. „Die Vorstellung, die wir gestern Abend im Oxford Theater miterlebten, war, gelinde ausgedrückt, enttäuschend. Darüber sind wir uns einig. Als Ihr Blick eben durchs Zimmer schweifte, blieb er auf dem Shakespeareband haften, in dem Sie gestern lasen, und Ihre Miene verfinsterte sich dabei zusehends. Da ich weiß, dass Sie unserem großen Dichter aus Stratford-upon-Avon gegenüber keinen Groll hegen, konnte Ihr Missmut sich nur auf die Aufführung im Oxford Theater beziehen. Daraus schließe ich, dass Sie die Meinung äußern wollten, Shakespeare hätte sich das Schreiben seiner Werke noch mal gründlich überlegt, wenn er gewusst hätte, was die Nach-

welt aus ihnen machen würde."

Holmes' langes, asketisches Gesicht war unbewegt, aber im Blick seiner grauen Augen lag ein Zeichen seines inneren Triumphes.

„Na schön, mein Freund, Sie haben wieder einmal gewonnen", gab ich zu und drückte ärgerlich meine Zigarette in dem Kristallaschenbecher auf dem runden Beistelltisch aus, obwohl ich sie noch nicht aufgeraucht hatte. „Wir könnten einen Spaziergang zum Strand machen. Das Wetter ist recht angenehm."

Der Februar des Jahres 1887 hatte seine Mitte erreicht und den Winter ungewohnt früh vertrieben. Ein warmer Wind wehte über die große Insel und betätigte sich als Vorbote des kommenden Frühlings. Sherlock Holmes hatte in letzter Zeit viel zu tun gehabt und seinen ohnehin schon beachtlichen Ruf dabei noch vergrößert. Da er in Zeiten der beruflichen Beanspruchung die Bedürfnisse seines Körpers häufig sträflich zu vernachlässigen pflegte, gönnte er sich auf mein Anraten eine Ruhepause und lehnte seit ein paar Tagen alle Aufträge ab, an denen zurzeit kein Mangel herrschte. Ein Spaziergang bei dem angenehmen Klima war für meinen Freund jetzt genau richtig.

„Einverstanden", sagte Holmes und klopfte seine Pfeife aus. „Ziehen wir uns an, und gehen wir zum Strand. Die Vorfreude auf die kulinarischen Genüsse bei Simpson's versetzt meine Speicheldrüsen schon jetzt in rege Tätigkeit."

In diesem Augenblick hörten wir Schritte auf der Treppe, die die Regelmäßigkeit des normalen Gehens vermissen ließen.

„Wer kann das um diese Zeit nur sein?", wunderte ich mich laut.

„Ihre Neugier wird in wenigen Sekunden befriedigt werden", meinte Holmes lakonisch.

Der unangemeldete Besucher hatte den oberen Treppenabsatz erreicht, und wir hörten heftige Atemgeräusche, als habe ihn das Treppensteigen sehr mitgenommen. Ich schloss daraus, dass es sich um einen recht alten Menschen handelte, und wartete auf sein Klopfen. Aber das kam nicht. Stattdessen wurde die Tür langsam geöffnet und herein taumelte etwas, dessen Anblick sich ebenso schwer beschreiben lässt wie das Entsetzen, das Holmes und mich befiel. Es war die Ge-

stalt eines Menschen – oder was davon übrig war. Der Mann war zu einer grauenhaften Karikatur seiner selbst verkommen. Er war Europäer, und doch war seine Haut unnatürlich dunkel, fast schwarz, soweit man sie noch erkennen konnte. Denn überall, wo die schmutzige, abgerissene Kleidung den Mann nicht bedeckte, entstellten seine Haut große Beulen, die zum Teil aufgeplatzt waren, sodass eine Mischung aus Blut und Eiter austrat. Auch das Gesicht war von den Entstellungen nicht verschont worden. Es war nur mehr eine grässliche Fratze, die auf den ersten Blick den Masken ähnelte, die wilde Naturvölker als Abbilder ihrer schrecklichen Gottheiten anfertigten. Und doch gehörte das Gesicht einem Menschen, und wenn man genauer hinsah, drückte es Schmerzen und eine ungeheure Qual aus. Die aufgesprungenen Lippen öffneten sich, und der Gepeinigte sprach mit verzerrter Stimme und langsam, denn jede mühsam hervorgebrachte Silbe schien neue Schmerzen für ihn zu bedeuten.
„Holmes ... helfen ... Sie ...“
Die Kraft, die ihn bis hierher gebracht hatte, verließ ihn, und er stürzte auf den Boden unseres Wohnzimmers, wo er wie tot liegen blieb. Aber ein Röcheln und ein Zittern seines entkräfteten Körpers verrieten uns, dass noch Leben in ihm war. Wie versteinert saßen wir bislang in unseren Sesseln. Jetzt sprangen wir fast gleichzeitig auf und näherten uns dem sonderbaren Besucher.
„Nicht ... zu nahe ...“, röchelte er. „Vielleicht ... ansteckend!“
Wir standen über der gebeutelten Kreatur und sahen in ein Paar hellblauer Augen, die noch das Menschlichste an ihr waren. Aus ihnen sprach die Erkenntnis über die hoffnungslose Situation dieses armen Menschen und die Trauer darüber.
„Mein Gott! Es ist le Villard!“, stieß Sherlock Holmes erregt hervor.
„Wer?“, fragte ich.
„François le Villard, der französische Kriminalist! Ich habe Ihnen von ihm erzählt, Watson, als ich ihm letztes Jahr bei dem Testamentsfall behilflich war.“
Ich erinnerte mich an das Gespräch[2] und auch daran, wie sehr mein Freund le Villards kriminalistische Fähigkeiten gelobt hatte, denn in

solchen Angelegenheiten ging Holmes mit seinem Lob eher sparsam um. Er hatte mir auch erzählt, dass le Villard damit beschäftigt sei, die von Holmes verfassten Monografien, wie zum Beispiel Über die Unterscheidung verschiedener Tabaksorten nach ihrer Asche, ins Französische zu übersetzen.
Holmes kniete sich neben den Franzosen. Niemals zuvor hatte ich meinen sonst so gefühlskalten Freund derart ergriffen gesehen.
„François, was ist mit Ihnen geschehen?", fragte er eindringlich und mitfühlend zugleich. „Wer hat Ihnen das angetan?"
Die entstellte Fratze, die einmal ein menschliches Antlitz gewesen war, verzerrte sich noch mehr, als le Villard sich um eine Antwort bemühte.
„Holmes ...", brachte er schließlich hervor, „... große Gefahr ... nur Sie können helfen ..."
Die nur schwer verständlichen Worte gingen in einem heftigen, stoßweisen Keuchen unter. Ich versuchte mir vorzustellen, wie dieses Gesicht ausgesehen haben mochte, bevor die schreckliche Entstellung von ihm Besitz ergriffen hatte, aber es gelang mir nur schwer. Le Villard war jung gewesen, jünger als Holmes oder ich selbst, doch war das nun kaum noch zu erkennen.
„Wie kann ich Ihnen helfen, François?", drang Holmes weiter in ihn. „Was soll ich tun?"
Wieder bemühte sich der Franzose krampfhaft um eine Antwort, für die er scheinbar seine letzten Kräfte mobilisierte.
„Retten Sie ... Professor Chalonge!"
Bei diesen Worten klärte sich le Villards Blick noch einmal, und seine Stimme klang fester als zuvor. Sein Körper bäumte sich auf, um im nächsten Moment in sich zusammenzufallen. Der Kopf rollte zur Seite, und dann machte François le Villard keine Bewegung mehr. Ich hatte in meinem Leben als Arzt und Soldat schon viele Tote gesehen (wenn auch keiner auf so entsetzliche Weise gestorben war) und konnte sie nicht mehr zählen. Als ich in le Villards starre Augen sah, wusste ich, dass es gerade einer mehr geworden war. Trotzdem machte ich mich gleich daran, ihn genau zu untersuchen.

„Seien Sie vorsichtig, Doktor!“, ermahnte mich Holmes. „Wie le Villard schon sagte, es könnte ansteckend sein.“
„So sieht es auch aus“, erwiderte ich, während ich das zerschlissene Hemd aufknöpfte. „Aber ich bin Arzt!“
Da hörten wir die Stimme einer Frau, aufgeregt und erschrocken: „Oh, Mr. Holmes, es war schrecklich! Ich öffnete die Haustür, nachdem es geläutet hatte, und dann sah ich diesen ... diesen ... was immer es war.“
Mrs. Hudson, unsere Hauswirtin, stand in der noch immer offenen Zimmertür, das Gesicht kreidebleich und die Hände vor der weißen Schürze ineinander verkrampft. Sie starrte mit Abscheu und Angst auf den am Boden liegenden Toten.
„Mrs. Hudson, hat der Mann Sie berührt?“, fragte Holmes im Tonfall eines Schiffskapitäns, der nach einem schweren Sturm die Schadensmeldungen einholt.
„Wie meinen Sie das, Sir?“
„Haben Sie Körperkontakt zu dem Mann gehabt? Oder haben Sie seine Kleidung berührt?“
„Nein, Mr. Holmes. Als ich den Mann sah, wich ich vor Entsetzen zurück, soweit ich konnte. Er taumelte, ohne etwas zu sagen, an mir vorbei und erstieg die Treppe. Es war grauenhaft!“
Seit Holmes und ich die Wohnung in Mrs. Hudsons Haus bezogen hatten, hatte die Frau einiges Ungewöhnliches durchgemacht. Nur zu gut erinnerte ich mich an ihren Gefühlsausbruch, als sie bemerkte, wie Holmes im Zimmer Schießübungen mit seinem Revolver veranstaltete und, in seinem Sessel sitzend, die gegenüberliegende Wand mit den aus Einschusslöchern bestehenden Insignien unserer Königin versah. Doch was die für gewöhnlich herzensgute Frau heute erlebt hatte, stellte wohl alles andere in den Schatten.
Holmes fragte weiter: „Haben Sie seinen Atem zu spüren bekommen?“
„Nein, er hat mich ja gar nicht beachtet.“
„Gut!“ Holmes wirkte erleichtert. „Kommen Sie nicht näher, Mrs. Hudson, und berühren Sie das Treppengeländer nicht. Sie dürfen nie-

mandem erzählen, was Sie gesehen haben. Seien Sie so gut, uns eine Droschke zu besorgen, aber keinen Hansom, sondern etwas Größeres. Wir müssen den armen Kerl wegbringen. Haben Sie Desinfektionsmittel im Haus? Fein. Dann reinigen Sie anschließend das Treppengeländer, die Treppe, die Klingelschnur und den Boden, mit dem dieser Mann in Berührung gekommen ist, damit. Gehen Sie gründlich vor und reinigen sich selbst auch. Das ist sehr wichtig!"
„Ich habe verstanden, Mr. Holmes", nickte sie und eilte die Treppe hinunter.
Ich hatte den unglücklichen le Villard größtenteils seiner Kleidung entledigt und erwartungsgemäß festgestellt, dass sein gesamter Körper ein Opfer der Entstellungen geworden und gleichsam eine einzige von Blut und Eiter bedeckte Wunde war.
„Woran ist er gestorben, Watson?", fragte mein Freund. „Was ist das für eine entsetzliche Krankheit?"
Ich schüttelte den Kopf. „Ich weiß es nicht. So etwas habe ich noch nie gesehen. Ähnlichkeiten zur Pest sind vorhanden, aber sie ist es nicht. Ich halte es für eine tropische Infektion. Mehr kann ich nicht sagen."
„François le Villard war ein hoffnungsvoller Mann in der Kriminalistik", sagte Holmes und sah dabei den Toten an. „In einigen Jahren hätte er mich vielleicht sogar überrundet. Jetzt war er bereits der fähigste Detektiv auf dem Kontinent. Er hat sich mit letzter Kraft in die Baker Street geschleppt, um mich um Hilfe zu bitten. Wer immer le Villard auf dem Gewissen hat, ich werde ihn finden!"
Das klang fast wie ein Schwur, und so etwas war es wohl auch. Gesicht und Stimme meines Freundes drückten einen Grimm aus, den ich bislang an ihm nicht gekannt hatte. Dies war keiner der üblichen Fälle für Sherlock Holmes. Ihn trieb ein persönliches Motiv an. Konnte man es Rache nennen?
„Helfen Sie mir, Watson", sagte der Detektiv, der aufgestanden war und damit begonnen hatte, die Möbelstücke beiseite zu rücken.
„Was haben Sie vor?"
„Wir werden le Villard in den Teppich, auf dem er liegt, einwickeln.

Wir müssen das Stück sowieso verbrennen."
„Das wird Mrs. Hudson aber nicht erfreuen", meinte ich und half ihm bei seiner Tätigkeit.
„Es ist unumgänglich."
Unsere Vermieterin kam die Treppe herauf und meldete, dass eine Droschke vor dem Haus wartete. Sie war sichtlich erstaunt über unsere Tätigkeit, erkundigte sich jedoch nicht nach deren Sinn. Ich hatte mir zwischenzeitlich Handschuhe angezogen, weil meine Hände den toten Körper berührt hatten. Wir rollten die Leiche in den Teppich ein und banden ihn an beiden Enden zu. Obgleich ich als Arzt einiges gewöhnt war, bedeutete es eine Erleichterung für mich, le Villards Anblick nicht länger ertragen zu müssen.
„Wo bringen wir ihn hin, Holmes?", fragte ich.
„Sie äußerten den Verdacht einer tropischen Infektion. Daher halte ich es für angebracht, ihn zu Dr. Ainstree zu bringen. Er ist wohl die größte Kapazität für Tropenkrankheiten und zurzeit in London, wie ich neulich im Nachrichtenteil des Daily Chronicle gelesen habe. Sein Haus steht in der Cromwell Road."
Ich hatte auch schon von Dr. Holcroft G. Ainstree gehört und seine Beiträge im Lancet[3] mit Gewinn gelesen. Er hatte über zwei Drittel seines Lebens in den Tropen verbracht und sich der Erforschung der dortigen Krankheiten gewidmet. Ich stimmte Holmes' Plan zu, und wir trugen unsere ungewöhnliche Last die Treppe hinunter. Ich kam mir dabei vor wie ein Leichendieb in einer dieser Schauergeschichten. Der Fahrer der vierrädrigen Droschke wunderte sich nicht wenig über uns.
„Ein seltener Teppich für einen Sammler", beruhigte ihn Holmes. „Sie wissen ja, wie diese versponnenen Geldsäcke sind. Können nicht mal bis zum nächsten Tag auf ihr geliebtes Objekt warten."
Der Kutscher nickte verständnisvoll und trieb sein Pferd an, nachdem mein Freund die Cromwell Road als Ziel genannt hatte. Während wir durch das dunkle London fuhren, hatte ich zum ersten Mal, seit der Franzose in unser Zimmer gewankt war, Zeit, mir Gedanken über den rätselhaften Vorfall zu machen. Je länger ich darüber nachdachte,

desto mehr Fragen türmten sich vor mir auf: Was machte ein französischer Detektiv in London? Welche merkwürdige Krankheit hatte ihm das Leben genommen? Wo hatte er sich angesteckt? Und wer war jener Professor Chalonge, dem le Villards letzte Worte gegolten hatten? Holmes sollte ihn retten, aber aus welcher Gefahr?

„Sie haben recht, Watson", unterbrach der Detektiv das bedrückende Schweigen. „Es gilt, eine Menge Antworten zu finden. Wer zum Beispiel ist Professor Chalonge? Kennen Sie ihn?"

„Leider nicht. Und Sie wussten nicht, dass le Villard sich in London aufhielt, Holmes?"

„Nein, das wusste ich nicht. Ich hatte zuletzt Anfang des Jahres von ihm gehört, als er brieflich einige Fragen an mich richtete, die sich auf die Übertragung meiner Werke in seine Muttersprache bezogen."

In der Cromwell Road schüttete Holmes dem Fahrer ein paar Münzen aus seiner Börse in die Hand, wobei er darauf achtete, den Mann nicht zu berühren. Dr. Ainstree bewohnte ein großes, von Efeuranken überwuchertes Haus mit einem ebenfalls großen Vorgarten, der wiederum von einer Steinmauer umschlossen war. Wir trugen den armen le Villard den gepflasterten Weg zum Haupteingang entlang, wo ich an der Klingelschnur zog. Ein Hausmädchen öffnete und fragte nach unserem Begehr.

„Wir bringen einen seltenen Teppich für Dr. Ainstree", sagte Holmes. „Ihr Herr möchte ihn bitte persönlich in Empfang nehmen."

Das Mädchen verschwand, um kurz darauf mit der Mitteilung wiederzukehren, Dr. Ainstree könne sich nicht entsinnen, einen Teppich bestellt zu haben. Sie wollte die Haustür schließen, aber Holmes verhinderte das, indem er wie ein windiger Hausierer seinen Fuß zwischen Tür und Rahmen schob.

„Sie werden uns nicht los, bevor wir mit Dr. Ainstree gesprochen haben", sagte er mit Nachdruck.

Wieder ging das Mädchen ins Haus. Nach wenigen Minuten trat der Hausherr uns entgegen, ein mittelgroßer, hagerer Endfünfziger mit grauem Haar und grauem Kinnbart. Seine für einen Europäer sehr dunkle Haut verriet den langen Aufenthalt in den Tropen. Er war offensichtlich erregt über die Störung, und seine Augen musterten uns mit nicht gerade freundlichen Blicken. Sie lagen über einer gekrümmten Nase tief in den Höhlen und wurden von buschigen, ebenfalls ergrauten Brauen überschattet.

„Sie müssen sich in der Adresse irren", sagte er scharf. „Ich benötige keinen Teppich. Entschuldigen Sie mich jetzt. Ich habe noch zu arbeiten."

„In dem Teppich befindet sich eine Leiche", sagte Holmes und sah Ainstree offen an.

„Was sagen Sie?"

„Sie haben richtig verstanden, Dr. Ainstree. Die Leiche eines Mannes, der vor kurzer Zeit in unserer Wohnung starb. Ihr Kollege Dr. Watson, der mich begleitet, hält die Ursache für eine Tropenkrankheit, die ihm jedoch unbekannt ist. Möglicherweise besteht eine große Ansteckungsgefahr. Deshalb sind wir zu Ihnen gekommen."

„Und wer sind Sie, Sir?"

„Mein Name ist Sherlock Holmes."

Ainstree sann ein paar Sekunden nach, bis ein Ausdruck des Erkennens sein Gesicht überzog.

„Sherlock Holmes, ja, ich habe von Ihnen gehört. Auf Ihrem Gebiet sollen Sie ebenso befähigt sein wie ich auf dem meinen. Also gut, kommen Sie herein. Ich führe Sie in mein Labor, das in einem Anbau liegt."

Holmes und ich nahmen den Teppich mit le Villards Leiche wieder auf und gingen ins Haus. Als Ainstree die Tür hinter uns schloss, kam das Mädchen und erkundigte sich besorgt, ob alles in Ordnung sei. Unser entschlossenes Auftreten hatte sie offenbar aufgebracht. Der Hausherr beruhigte sie und schickte sie an ihre Arbeit zurück.

Ich geriet ins Schwitzen, denn im Haus war es unangenehm warm. Menschen wie Ainstree, die einen großen Teil ihres Lebens in den Tropen verbracht haben, sind an das heiße Klima so gewöhnt, dass sie bei Temperaturen frieren, die ein normaler Europäer als ausreichend warm empfindet. Ich selbst hatte diese Erfahrung auch gemacht, als ich aus Afghanistan zurückkehrte. Da ich dort aber nur

eine verhältnismäßig kurze Zeit gelebt hatte, war diese Erscheinung bei mir eine vorübergehende gewesen.
Die Inneneinrichtung ließ keinen Zweifel darüber aufkommen, dass Ainstree in den fremden Ländern eine zweite Heimat gefunden hatte. Ausgestopfte exotische Vögel und Gebrauchsgegenstände fremder Völker und Kulturen schmückten in so großer Zahl die Wände, dass es schon überladen wirkte. Mannshohe Palmen, in große indische Tonkrüge eingepflanzt, säumten in regelmäßigen Abständen auf beiden Seiten den Korridor, durch den wir gingen. Unsere Schritte wurden durch einen reich gemusterten orientalischen Läufer gedämpft. Der Korridor endete vor einer schweren Eichenholztür, die Ainstree mit einem großen Schlüssel öffnete, den er aus seiner Westentasche zog.
„Das ist sozusagen mein Heiligtum", erklärte der Spezialist für Tropenkrankheiten, „in dem ich meine Forschungen betreibe. Niemand hat hier Zutritt, wenn ich nicht dabei bin."
Der große Raum erschien mir als eine ins Riesenhafte vergrößerte Ausgabe von Holmes' Laborecke in unserem Wohnzimmer. Tische und Regale waren mit Reagenzgläsern, Retorten, Büretten, Messzylindern, Spritzflaschen, Tiegeln, Erlenmeyerkolben, Bechergläsern und dergleichen mehr geradezu übersät. Einige der Geräte waren zu komplizierten Versuchsaufbauten angeordnet, die wohl niemand außer Ainstree durchschauen konnte. Auf einem Regal standen Käfige mit Meerschweinchen, Ratten, Mäusen und südamerikanischen Kapuziner-Affen; vor jedem Käfig hing eine Tafel, die über alle wichtigen Daten des jeweiligen Versuches Auskunft gab. Drei geschlossene Türen führten in andere Räume. Die unangenehme Wirkung der großen Wärme wurde hier noch durch die strengen Gerüche der unzähligen Chemikalien verstärkt.
Ainstree, der bemerkt hatte, wie ich mich für die Versuchstiere interessierte, sagte: „Ich habe in einem anderen Raum noch mehr davon, ein regelrechter kleiner Zoo. Die Tiere sind für meine Arbeit unerlässlich. – Legen Sie Ihr Mitbringsel auf diesen Tisch."
Wir ließen den Teppich zu Boden gleiten, und Holmes schnitt die

Schnüre an den Enden mit seinem Taschenmesser auf. Der Anblick von le Villards Leiche verfehlte seine Wirkung auch auf Dr. Ainstree nicht.

„Das ist ja unglaublich!", rief er aus.

Wir legten den Toten, von dem ein widerlicher süßlicher Geruch ausströmte, auf den von Ainstree bezeichneten Tisch.

„Kennen Sie die Krankheit, Doktor?", fragte Holmes.

„Ich kenne ähnliche Symptome, aber keine, die diesen gleichen. Jedenfalls war es richtig, dass Sie zu mir gekommen sind. Wissen Sie, in welchen Breiten der Mann sich infiziert haben könnte?"

„Er war Franzose", antwortete mein Freund, „und hat sich meines Wissens in letzter Zeit nur in Europa aufgehalten."

„Die Inkubationszeit ist nur eines der Probleme, die wir lösen müssen", sagte Ainstree. „Bezüglich der Ansteckungsgefahr lässt sich auch noch nichts sagen, da wir die Übertragungsweise der Erreger nicht kennen. Natürlich müssen wir alle möglichen Vorsichtsmaßnahmen treffen. Sie beide werden gründlich desinfiziert, und Ihre Kleidung sowie die des Toten wird verbrannt."

„Zuvor muss ich den Toten und seine Kleidung untersuchen", entgegnete Holmes.

„Weshalb das?", fragte Ainstree verdutzt.

„Sie tun Ihre Arbeit als Arzt, Dr. Ainstree, und ich meine als Detektiv."

„Ich verstehe."

„Watson, helfen Sie mir bitte, le Villard zu entkleiden."

Wir nahmen dem Toten Hemd, Hose, Schuhe, Strümpfe und Leibwäsche ab. Rock, Mantel oder Hut hatte er nicht getragen. Wir fanden keinerlei Papiere oder persönliche Gegenstände.

„Der arme le Villard hat viel ertragen müssen", schloss Holmes seine Untersuchung ab. „Er wurde seit mehreren Tagen in London gefangen gehalten, und erst heute Abend gelang ihm die Flucht, als er seine Fesseln mit den Scherben einer Petroleumlampe zerschneiden konnte, die er zu dem Zweck zerbrochen hatte. Die tiefen Hauteinschnitte an den Hand- und Fußgelenken stammen von den Fesseln und sind so eklatant, dass sie nur von einer mehrtägigen Gefangenschaft herrühren können. Als le Villard die Fesseln mit den Scherben durchtrennte, schnitt er sich mehrmals in die Hände, wie Sie an diesen frischen Wunden sehen. Dass die Scherben zu einer Petroleumlampe gehörten, riecht man. Der Ort, an dem er gefangen gehalten wurde, muss in London liegen, denn le Villard hat bei seinem Aussehen sicher kein Verkehrsmittel benutzt, um in die Baker Street zu kommen. Der Fußmarsch hat ihn seiner letzten Kräfte beraubt."

„Hervorragend, Mr. Holmes", lobte Ainstree. „Sie haben einen Blick für das Wesentliche. Schade, dass Sie Ihre Fähigkeiten nicht in den Dienst der Medizin gestellt haben."

„Ich habe das in Erwägung gezogen, mich aber aus bestimmten Gründen anders entschieden. Grundkenntnisse in der Medizin sind mir bei meiner Tätigkeit von Nutzen, und für die vertrackteren Fälle habe ich Dr. Watson." Holmes hielt ein Büschel rotbrauner Haare hoch. „Ich brauche ein kleines Behältnis hierfür, Dr. Ainstree, und ein größeres für einen von le Villards Schuhen."

„Was sind das für Haare?", fragte ich.

„Sie hatten sich in le Villards Kleidern verfangen."

Ainstree gab Holmes eine kleine Schachtel für die Haare.

„Den Schuh werde ich Ihnen einpacken, sobald er desinfiziert ist."

„Bloß nicht!", entgegnete mein Freund. „Nach einer Desinfektion wäre er nutzlos für mich. Ich brauche ihn so, wie er ist. Keine Angst, Doktor, ich werde sorgsam mit ihm umgehen und ihn wohl noch heute Nacht verbrennen."

Ainstree fand einen passenden Kasten für den Schuh. Dann mussten Holmes und ich uns sämtlicher Kleider entledigen, weil Ainstree sie ins Feuer werfen wollte. Als wir im Adamskostüm dastanden, war mir die unnatürliche Wärme in Ainstrees Haus auf einmal sehr willkommen. Durch eine der Türen gelangten wir in eine Art Waschraum, dessen Wände, Decke und Boden mit weißen Kacheln ausgelegt waren. Dort rieben wir uns sehr gründlich mit Karbol und Alkohol ab und wuschen uns anschließend. Das Mädchen hatte inzwischen Kleider von Ainstree gebracht, die natürlich zu klein waren. Beson-

ders der hochgewachsene Sherlock Holmes sah darin aus wie eine Vogelscheuche.
„Auch meine Sachen werden ein Opfer der reinigenden Flammen werden", sagte Ainstree, vielleicht um uns zu trösten.
Holmes kritzelte etwas auf ein Stück Papier und sagte, es sei ein Telegramm, das sofort abgeschickt werden müsse. Ainstree gab es dem Mädchen, die es zum nächsten Telegrafenamt bringen sollte.
„Außerdem müssen Sie noch die Behörden informieren", sagte Holmes. „Dr. Watson und ich haben jetzt viel zu tun. Auf bald und vielen Dank für die Hilfe!"
Wir fanden eine Droschke, die uns zurück in die Baker Street brachte. Unsere zu kurzen Kleider veranlassten den Fahrer zu erstaunten Blicken. Schon an der Haustür rochen wir das Desinfektionsmittel, mit dem Mrs. Hudson zu ungewohnter Zeit einen Hausputz durchgeführt hatte. Holmes sprach noch einmal mit ihr, um sich zu vergewissern, dass sie nichts übersehen hatte. In unserer Wohnung zog er sich schweigsam, wie er es auch in der Droschke gewesen war, in sein Zimmer zurück, wo er sich umzog. Ich tat es ihm gleich. Auf die Dauer waren Ainstrees Sachen zu eng. Als ich zurück ins Wohnzimmer kam, saß mein Freund bereits an seinem Labortisch und führte eine Untersuchung durch.
„Was haben Sie da, Holmes?"
„Die Haare natürlich", sagte er und beugte sich über das Mikroskop. Seine schlanken Finger drehten an den Einstellrädern. Schon nach wenigen Minuten verkündete er das Ergebnis: „Die Haare stammen nicht von einem Menschen, Watson."
„Schade", sagte ich.
„Warum finden Sie das schade?", fragte er irritiert.
„Die Suche nach einem rothaarigen Schurken wäre relativ einfach gewesen. So wissen wir nicht, was die Haare zu bedeuten haben."
„Sie gehörten einem Säugetier, soviel lässt sich sagen."
„Dann müssen wir also nach jemandem Ausschau halten, der ein Haustier mit rotbraunem Fell hat."
Holmes sah von dem Mikroskop auf, und in seinem Gesicht drückte

sich Überraschung aus. Er schnippte mit den Fingern und rief: „Bravo, Watson! Sie haben es erfasst. Manchmal sehe ich die Dinge wohl zu kompliziert, wo Ihre einfachen Gedankengänge angebrachter wären. Ein Haustier mit rotbraunem Fell, sehr gut!“ Abrupt sah er auf seine Uhr und murmelte: „Wo bleibt er bloß? Die Zeit drängt!“

„Auf wen warten Sie, Holmes?“

„Auf den Mann, dem mein Telegramm gegolten hat: Sherman.“

„Mr. Sherman aus der Pinchin Lane?“

„Richtig, Watson. Dies ist ein Fall für den unvergleichlichen Toby!“

2. Kapitel – Ein Fall für Toby

Toby war ein Hund, dessen ausgezeichneten Geruchssinn Sherlock Holmes höher einschätzte als die Fähigkeiten gewisser Herren von Scotland Yard. Er gehörte dem Tierhändler und -präparator Mr. Sherman aus Lambeth, der sich Holmes aufgrund einer Gefälligkeit verpflichtet fühlte, die der Detektiv ihm erwiesen hatte. Deshalb stand Toby meinem Freund zur Verfügung, wann immer er es wünschte. Vor kurzer Zeit erst hatte ich Tobys Vorzüge zu schätzen gelernt, als er uns bei der Aufklärung der rätselhaften Geschehnisse half, die sich um den Agraschatz rankten. Ein Fall, der mir auch aus persönlichen Gründen stets unvergesslich bleiben wird, hatte ich dabei doch die Bekanntschaft von Miss Mary Morstan gemacht, jener reizenden jungen Dame, die eingewilligt hatte, in Kürze Mrs. Watson zu werden. Ich habe die Affäre unter dem Titel Das Zeichen der Vier aufgezeichnet. Meine Tage in der Baker Street waren also gezählt, als ich mich mit Holmes aufmachte, den Tod des unglücklichen François le Villard aufzuklären.[4]

Keine fünf Minuten, nachdem mein Freund ungeduldig auf die Uhr gesehen hatte, stand Mr. Sherman in unserem Zimmer, das wegen der vorangegangenen Umräumaktion einen noch unordentlicheren Eindruck erweckte, als es normalerweise schon der Fall war. Er war ein schmächtiger, gebeugt gehender alter Mann, dessen Augen hinter dunklen Brillengläsern versteckt waren. Er lebte sehr zurückgezogen, und seine eigenbrötlerische Art ließ ihn zum Gespött der Kinder werden, was ihn wiederum für seine Mitmenschen nicht gerade aufgeschlossen machte. Als ich damals in jener Nacht das erste Mal bei ihm klopfte, um Toby abzuholen, wollte er seine gesamte Hundemeute auf mich hetzen. Erst die Erwähnung von Holmes' Namen beruhigte ihn. An meinem Freund hatte er einen Narren gefressen.

Holmes begrüßte ihn erfreut. „Ich hoffe, Sie empfinden es nicht als Störung, dass ich Sie mit Toby herbeordert habe, aber es ist wirklich eine wichtige Angelegenheit. Wo haben Sie Toby gelassen?"

„Vor der Haustür angebunden, Sir. Drinnen riecht's so stark nach Karbol, dass ich Angst um Tobys Nase bekommen habe."

„Gut gemacht, Sherman. Ich weiß noch nicht, für wie lange ich ihn benötige."

„Er steht Ihnen zur Verfügung, solange Sie wollen."

Sherman verabschiedete sich, und wir zogen unsere Mäntel an.

„Vergessen Sie Ihren Revolver nicht, Watson", ermahnte mich Holmes. „Es könnte gefährlich werden!"

Ich nahm den Armeerevolver, der mir in Afghanistan gute Dienste geleistet hatte, aus der Schublade und überzeugte mich davon, dass in allen Kammern Patronen steckten. Dann schob ich ihn in die rechte Manteltasche. Holmes hatte seinen Revolver auch eingesteckt und nahm den Kasten mit le Villards Schuh auf. Wir gingen hinunter, und Toby begrüßte uns vor der Haustür mit lautem Gebell und heftigem Schwanzwedeln. Eine undefinierbare Mischung, zur Hälfte Spaniel und zur Hälfte Spürhund, war das langhaarige, schlappohrige Tier mit dem braun-weiß gefleckten Fell nicht gerade ein hübscher Anblick. Aber auf eine reine Rasse und auf einen erstklassigen Stammbaum kam es bei Toby nicht an, seine unübertroffene Qualität lag in seiner Nase. Holmes nahm ein Stück Zucker aus der Tasche und hielt es vor die Schnauze von Toby, der es ohne Zögern annahm. Damit war der Pakt besiegelt.

„Guter Toby", sagte Holmes und streichelte den strubbeligen Nacken

des Tieres. „Jetzt zeige uns, was in dir steckt!“
Er öffnete den Kasten und ließ Toby an der Schuhsohle schnüffeln.
„Es ist das Petroleum aus der Lampe, von der Sie sprachen, nicht wahr, Holmes?“, fragte ich. „Das rieche ich sogar.“
„So ist es, Watson. Und wenn sogar Sie es riechen, sollte für unseren Toby das Verfolgen der Spur keine Schwierigkeit darstellen. Als le Villard die Lampe zerschlug, um sich mit den Scherben zu befreien, ist das Petroleum ausgelaufen, und er ist in die Pfütze getreten.“
„Wenn wir den Ort auch finden, an dem er gefangen gehalten wurde, meinen Sie, seine Widersacher sind noch dort?“
„Das hängt davon ab, ob sie die Flucht bereits bemerkt haben. Deshalb haben wir es so eilig. Schauen Sie, Doktor, Toby hat die Witterung aufgenommen!“
Der Hund schnüffelte am Boden, bellte aufgeregt und zerrte an der Leine, die ihn an den Hauseingang fesselte.
„Warten Sie hier“, sagte mein Freund. „Ich bringe rasch den Schuh zurück nach oben und werfe ihn in den Kamin.“
Er nahm drei Stufen auf einmal, als er die Treppe hinaufsprang, und war in weniger als einer Minute wieder unten, um Toby loszubinden. Die Schnauze dicht am Boden, den Schwanz zum Ausgleich in die Höhe gestreckt, lief unser Spürhund los und zog dabei so kräftig an der Leine, dass Holmes beinahe das Gleichgewicht verloren hätte. Während er Toby folgte, drehte er seinen Kopf zu mir herum und rief: „Kommen Sie, Watson! Das Spiel hat begonnen!“
Toby, Holmes und ich; in dieser Reihenfolge liefen wir in einem raschen Tempo durch die von Gaslaternen erleuchteten Straßen. Der Hund folgte unbeirrbar der Fährte und ließ sich auch von entgegenkommenden Fußgängern nicht davon abbringen. Sie mussten, manchmal in letzter Sekunde, zur Seite weichen, wenn sie nicht überrannt werden wollten. Zwei- oder dreimal rief man uns Schimpfworte hinterher. Es ging nach Osten, und wir überquerten die Marylebone High Street.
„Obgleich le Villard erschöpft war, hat er nicht immer den kürzesten Weg benutzt“, stellte ich fest. „Zumeist sind es Nebenstraßen, deren

Beleuchtung häufig nicht die beste ist."
„Er wollte mit seinen Entstellungen nicht gesehen werden", erklärte Holmes. „Und er wollte zugleich eventuellen Verfolgern die Arbeit erschweren. Uns braucht das nicht zu stören, denn Tobys Nase ist die Beleuchtung gleichgültig."
So streiften wir also durch das nächtliche London an jenem Februarabend, der so geruhsam begonnen hatte. Mit einem Schlag war alles weggewischt: die schlechte Aufführung im Oxford Theater, das geplante Essen bei Simpson's und die Ruheperiode, die ich Sherlock Holmes verordnet hatte. Der große Detektiv war wieder auf der Jagd, und ich wusste, dass er nicht eher ruhen würde, bis er den grauenhaften Tod des Franzosen gerächt hatte.
Ich verstand, dass er diesen Fall als persönliche Herausforderung betrachtete. Aber noch lag so gut wie alles im Dunkeln, doch war es nicht nur das Dunkel der Unwissenheit, sondern ich meinte, den Schatten einer noch nie da gewesenen Bedrohung zu spüren, der seine Finger nach uns ausstreckte. Ich erinnerte mich an die Worte, die François le Villard mit letzter Kraft in der Baker Street gesprochen hatte: „Holmes ... große Gefahr ... nur Sie können helfen..."
Große Gefahr! Welcher Art war sie? Von wem ging sie aus? Wen bedrohte sie?
Wir brachten Meile um Meile hinter uns, durchquerten Bloomsbury und Holborn und kamen am St. Bartholomew's Hospital vorbei. Hier hatte ich Sherlock Holmes kennengelernt an jenem schicksalsträchtigen Tag vor nunmehr sechs Jahren. Der gute Stamford, ein gemeinsamer Bekannter, der wusste, dass wir beide auf Zimmersuche waren, brachte uns zusammen, und kurz darauf bezogen wir unser neues gemeinsames Domizil in der Nr. 221 B der Baker Street.[5]
Das Hospital blieb hinter uns zurück, als wir Barbican erreichten. Zuweilen bog Toby in Einfahrten und Hinterhöfe ein, schnüffelte dort unschlüssig herum und nahm dann die alte Fährte wieder auf.
„Le Villard hat sich mehrmals versteckt, um herauszufinden, ob er verfolgt wurde", sagte Holmes. „Er war ein guter Detektiv."
Bei diesen Worten hatte ich den Eindruck, der Franzose sei für

Holmes mehr als ein Kollege gewesen, so etwas wie ein Sohn, wenn diese Zuneigung meines Freundes – falls man das Gefühl so nennen kann – auch auf le Villards kriminalistischen Fähigkeiten basiert hatte.

Allmählich machte sich mein schlimmes Bein bemerkbar, in das im Krieg eine Jezail-Kugel gefahren war. Ich biss die Zähne zusammen, doch Holmes war es bereits aufgefallen.

„Sie haben Schmerzen im Bein", stellte er fest. „Ich weiß, wie weh so eine alte Wunde tun kann. Möchten Sie lieber zurückbleiben, mein Freund?"

„Nicht um alles in der Welt, Holmes! Wenn wir das Versteck der Schurken, die den armen le Villard so schändlich misshandelt haben, aufspüren, dann Seite an Seite, soviel ist sicher."

„Braver Watson! Als wir vorhin das St. Bartholomew's Hospital passierten, dachte ich an den Tag zurück, an dem der alte Stamford Sie zu mir führte. Er wollte uns bloß gefällig sein und ahnte nicht, welchen unschätzbaren Dienst er mir damit erwies."

„Auch ich habe eben daran gedacht", sagte ich, gerührt über die Worte, die für den sonst so kalten Holmes eine Art Gefühlsausbruch darstellten.

Holmes' unerwarteter Zuspruch war ein weiterer Grund für mich, das heftige Stechen in meinem Bein zu ignorieren. Wir erreichten die Liverpool Street, links von uns der Bahnhof. Gerade musste ein Zug angekommen sein, denn viele Menschen strömten heraus, durch die Toby sich hindurchwühlte wie ein Maulwurf durch einen Erdhaufen. Noch immer lief er geradewegs nach Osten.

„Unser Ziel kann nicht mehr allzu weit entfernt sein", sagte der Detektiv, „sonst hätte le Villard es in seinem entkräfteten Zustand nicht bis in die Baker Street geschafft. Was ich zunächst nur vermutet habe, wird damit zur Gewissheit: Der Ort seiner Gefangenschaft liegt im East End."

Holmes hatte recht, und ich war jetzt doppelt froh darüber, dass wir unsere Revolver mitgenommen hatten. Das East End war ein Sammelbecken für den Abschaum Londons. Ein zweifelhaftes Etablissement reihte sich dort an das andere: Spielklubs, Tanzlokale, Spelunken, Opiumhöhlen und was es an anrüchigen Vergnügungsstätten sonst noch gab. Nahe an der Themse gelegen, war das East End Umschlagplatz für Schmuggelware aller Art. Von den vielen kleinen Läden dort diente ein großer Teil gewieften Hehlern als Tarnfassade. Auf den Straßen wurde man von Dieben, Dirnen, Bettlern und Gassenjungs belästigt. In manche Gegenden wagten sich selbst Polizisten nur, wenn sie mindestens zu zweit waren. Für viele der Menschen, die dort hausten, war Mitleid angebracht, denn große Armut zwang sie zu ihren oft schändlichen Handlungen. Aber wenn man, besonders nachts, mittendrinsteckte, tat man am besten daran, auf seine eigene Haut achtzugeben.

Toby führte uns nach Spitalfields hinein. Vielleicht lag es an unserem entschlossen wirkenden Spürhund, dass wir verhältnismäßig selten belästigt wurden. Unser langer Marsch endete in einer engen Gasse an der Chicksand Street, deren Namen ich auf einem kaum mehr lesbaren Schild als Gibson Way entzifferte. Die zwei, drei Straßenlaternen, die hier verloren standen, verstärkten den düsteren Eindruck eher noch. Mich wunderte, dass Tobys empfindliche Nase bei all dem Schmutz und Unrat nicht rebellierte. Die Häuser befanden sich größtenteils in einem abbruchreifen Zustand. Vor einem zweistöckigen Gebäude, dessen ursprünglicher Anstrich längst nicht mehr zu erkennen war, hielt Toby endlich an, kläffte plötzlich los und sprang an einem Fenster hoch.

„Beruhige dich, Toby", sagte Holmes und hielt ihm die Schnauze zu. „Du hast deine Sache gut gemacht, aber jetzt darfst du uns nicht verraten!"

Er gab dem Hund noch ein Stück Zucker. Toby sah ein, dass seine Arbeit erledigt war, und blieb ruhig, zufrieden damit, an unseren Händen herumzulecken. Ich zog meinen Revolver hervor und sah mich um, doch Tobys Gebell schien niemanden auf uns aufmerksam gemacht zu haben. Mein Freund untersuchte derweil das Fenster, das den Hund so erregt hatte.

„Petroleumspuren auf dem Fenstersims", teilte er mir mit. „Man muss nicht Toby sein, um es wahrzunehmen. Hier ist le Villard herausgeklettert, und dieses Haus war sein Gefängnis."

„Die Rollläden sind heruntergelassen, und man sieht nirgends Licht", sagte ich. „Ob die Vögel bereits ausgeflogen sind?"

„Wäre gut möglich. Lassen Sie uns trotzdem vorsichtig sein, während wir das nachprüfen."

Holmes stellte fest, dass die Haustür verschlossen war.

„Das ist in dieser Gegend auch ratsam", meinte ich. „Vielleicht gibt es einen Hintereingang."

„Nicht nötig", sagte der Detektiv und zog einen Bund mit verschiedenen Nachschlüsseln aus der Manteltasche. „Ich habe vorgesorgt."

Als Einbrecher hätte Holmes eine ebenso große Karriere gemacht wie als Detektiv. Welch ein Glück für die Wohlhabenden, dass er sich für diese Seite des Gesetzes entschied. Er benötigte keine halbe Minute, und die Holztür schwang knarrend zurück.

„Voilà!", sagte er mit dem unterwürfigen Lächeln eines Türstehers. „Monsieur, entrez, s'il-vous-plaît!"

Ich nahm Toby an die kurze Leine, und wir traten ein. Auch Holmes hielt jetzt seinen Revolver in der Hand.

„Die können wir gut gebrauchen", sagte Holmes und zeigte auf eine Blendlaterne, die auf einem kleinen Tisch stand; er befühlte sie mit der Hand. „Sie ist noch warm, wurde also vor Kurzem erst benutzt. Ich glaube nicht, dass wir hier noch jemanden finden."

Er zündete die Laterne an, und wir sahen, dass wir in einem schmalen Gang standen, mit schmutzigem Fußboden und Tapeten, die in Fetzen von den Wänden hingen. Eine Treppe führte ins obere Stockwerk. Die Türen hier unten waren sämtlich geschlossen. Holmes öffnete die Tür zu dem Zimmer, durch dessen Fenster le Villard entkommen war. Es war ein Wohnzimmer, wenn auch in einem miserablen Zustand, spärlich mit uralten Möbelstücken ausgestattet. Hinweise auf irgendwelche Bewohner gab es nicht. Holmes ging zum Fenster und untersuchte es kurz.

„Es ist von innen verriegelt worden, Watson. Da das nach le Villards Flucht geschehen sein muss, können wir daraus schließen, dass sein

Entkommen entdeckt wurde. Wahrscheinlich sind die Vögel ausgeflogen, wie Sie es ausdrückten. Nach der Flucht waren sie hier nicht länger sicher. Am Fensterrahmen kleben übrigens Blutspuren, die wohl von den Schnittwunden an le Villards Händen herrühren. Durchsuchen wir die übrigen Räume."

Toby, der die Petroleumwitterung wieder aufgenommen hatte, beschnüffelte aufgeregt den Boden und ließ sich von mir nur mühsam beruhigen. Das andere Zimmer, das zur Straße hinausging, ähnelte dem ersten und war ebenfalls menschenleer. Zur Ausstattung gehörte hier noch ein Bett mit einem verbogenen Metallgestell. Das Bettzeug war zerwühlt, und Holmes stellte einen Rest von Körperwärme fest.

„Was haben wir denn hier? Ein Büschel rotbrauner Haare, das sich am Bettgestell verfangen hat. Ihr Haustier mit dem rotbraunen Fell war hier, Watson!"

Er steckte seinen Fund in eine kleine Schachtel und widmete sich dem übrigen Zimmer. Plötzlich richtete er den Lichtschein der Laterne auf eine bestimmte Stelle des Holzfußbodens.

„Schauen Sie sich das einmal an, Doktor! Der gesamte Boden ist von einer Staubschicht bedeckt, bis auf dieses Rechteck. Es misst drei Fuß und vier Zoll in der Länge und zweieinhalb Fuß in der Breite", stellte Holmes fest und steckte sein Maßband wieder ein.

„Eine große Kiste", vermutete ich.

„Oder ein Käfig für ein großes Tier."

Als wir uns an die Durchsuchung der hinteren Räume machten, zog es Toby zu einer bestimmten Tür. Der Raum war kleiner als die vorderen, ein Stuhl und ein kleiner Tisch bildeten die wenigen Einrichtungsgegenstände. Das einzige Fenster führte zu einem mit Gerümpel übersäten Hinterhof hinaus, und fingerdicke Gitterstäbe verhinderten, dass jemand hindurchstieg. Starker Petroleumgeruch beleidigte unsere Nasen, und wir sahen auf dem Boden eine ölige Lache, Glasscherben und das Gehäuse einer zerbrochenen Lampe sowie zerschnittene Stricke und Blutflecken. Ich überlegte, wie lange dieser Ort le Villards Gefängnis gewesen sein mochte.

Nach einer Küche, in der wir einige Lebensmittelvorräte fanden, und einem noch schmutzigeren Waschraum gelangten wir in ein kleines Zimmer, das le Villards Gefängnis glich. Nur gab es hier zusätzlich ein Bett, das, wie das Bett in dem vorderen Raum, kürzlich benutzt worden war. Ich spürte etwas unter meinen Schuhen und hob einen zerschnittenen Strick auf.

„Gut gemacht, Watson", lobte Holmes meinen Zufallstreffer. „Damit wissen wir, dass sich in diesem Raum ein weiterer Gefangener aufhielt, möglicherweise jener Professor Chalonge, von dem le Villard sprach. Bemerken Sie die schwarze Verfärbung an dem Strick? Sie scheint von Schuhcreme zu stammen. Als man le Villards Flucht bemerkte und das Haus überstürzt verließ, schnitt man dem zweiten Gefangenen die Fußfesseln durch, um ihn mitzunehmen. Mehr ist hier offenbar nicht zu entdecken. Gehen wir nach oben."

Die morsche Holztreppe knarrte und ächzte bei jedem Schritt. Auch das aus fünf Zimmern bestehende obere Stockwerk war menschenleer, war aber vor Kurzem noch bewohnt worden. Im größten Raum fanden wir Glut und eine Menge Asche im Kamin. Die entflohenen Bewohner hatten hier vor ihrem Aufbruch rasch einige Sachen verbrannt. Holmes untersuchte die Asche sorgfältig, fand aber nichts Erwähnenswertes. An der Zahl der benutzten Betten erkannten wir, dass le Villards Entführer mindestens zu dritt waren. Nachdem wir das Haus verlassen hatten, verschloss mein Freund die Tür. Scotland Yard würde sich das Gebäude später ansehen wollen, und dann musste es gründlich desinfiziert werden, weil le Villard sich hier aufgehalten hatte.

„Ich glaube zwar nicht, dass wir uns infiziert haben, aber trotzdem werden wir uns und Toby gründlich reinigen, sobald wir zu Hause sind", sagte Holmes. „Auch die Kleider sollten wir wieder verbrennen."

„Allmählich wird die Sache teuer, Holmes."

Wir fanden auf dem Hinterhof einen Stall, der zu dem Haus gehörte. Er hatte bis vor Kurzem einen vierrädrigen Wagen und zwei Pferde beherbergt.

„Jetzt wissen wir, wie sie entkommen sind, Watson. Toby kann uns

diesmal nicht weiterhelfen."
Als wir auf die Gasse hinausgingen, schlenderte ein Halbwüchsiger auf der anderen Seite an uns vorbei. Holmes rief ihn an und fragte ihn, ob er sich einen Schilling verdienen wolle. Der schmutzige, zerlumpte Bursche musterte uns misstrauisch, gab sich einen Ruck und kam auf uns zu.
„Was soll's denn sein, Sir?", fragte er und schob seine speckige Mütze ins Genick.
„Wem gehört dieses Haus?", erkundigte sich Holmes. „Und wer bewohnt es zurzeit?"
„Wer da wohnt, das weiß ich nich'. Es gehört dem alten Coverton aus der Chicksand Street. Er vermietet das Haus immer."
„Wo genau wohnt dieser Coverton?"
„Chicksand Street Nr. 13, Sir, und Tom Coverton heißt er."
„Hast du heute Abend gesehen, dass jemand dieses Haus verließ?"
„Nee, hab' ich nich'. Aber ich komm' hier auch nich' oft lang."
Holmes gab ihm den versprochenen Schilling, und wir gingen in die Chicksand Street. Das Haus Nr. 13 sah fast so aus wie das auf dem Gibson Way, nur nicht ganz so verwahrlost. Der Name „Coverton" stand auf einem vergilbten Schild neben der Haustür. Der Detektiv betätigte mehrmals den schweren Türklopfer, bis ein Fenster im oberen Stockwerk aufgerissen wurde und ein Kopf herauslugte, auf dem eine Nachtmütze saß.
„Was is' denn da unten los, verflucht noch mal? Es is' mitten in der Nacht, und ich will schlafen!"
„Entschuldigen Sie die späte Störung", sagte Holmes, „Wir müssen Sie dringend sprechen. Sie sind doch Mr. Tom Coverton?"
„Natürlich bin ich der. Aber ich sprech' nich' mitten in der Nacht mit wildfremden Kerlen. Also verschwinden Sie schon!"
„Ich muss auf dem Gespräch bestehen, Coverton! Es sei denn, Sie möchten sich lieber mit der Polizei unterhalten."
„Polizei? Warten Sie, ich mach' Ihnen auf."
„Die Kollegen von Scotland Yard genießen auch hier nicht den besten Ruf, wie mir scheint", bemerkte mein Freund spöttisch.

Coverton war um die sechzig, mit einem runzligen, unrasierten Gesicht und zusammengekniffenen kleinen Augen. Mit der Nachtmütze, dem vormals weißen Nachthemd, den löcherigen Pantoffeln und der Kerze in der Hand sah er aus wie eine lebendig gewordene Karikatur.

„Passen Sie aber auf den Köter auf!", keifte er. „Ich will nich', dass er mir das Haus beschmutzt."

„Wir unterhalten uns hier", sagte Holmes, der eine Verbreitung der rätselhaften Krankheit vermeiden wollte. „Es geht um Ihr Haus am Gibson Way, Coverton. An wen haben Sie es vermietet?"

„Warum woll'n Sie das wissen?"

„Beantworten Sie einfach meine Fragen, Coverton, dann können Sie bald in Ihr Bett zurückkehren! Wie gesagt, ich kann ebenso gut die Polizei einschalten. Mir ist es gleich."

„James Robeson heißt der Mann, der das Haus gemietet hat. Vor sechs Tagen war das. Er hat die Miete für zwei Wochen bezahlt."

„Es ist bereits nach Mitternacht. War es gestern oder heute vor sechs Tagen?"

„Gestern", antwortete Coverton nach kurzem Überlegen.

„Zwei Wochen sind nicht gerade eine lange Zeit. Lohnt sich das für Sie?"

„Das Haus stand leer. Ich war froh, dass'n bisschen Geld reinkam."

„Wofür brauchte dieser Robeson das Haus?"

„Hab' ihn nich' gefragt. In dieser Gegend kümmert einen so was nich', wenn Sie versteh'n."

„Wie viele Begleiter hatte er?"

„Er war allein bei mir."

„Beschreiben Sie ihn so genau, wie Sie können!"

„Er war Engländer, hatte aber 'ne sehr dunkle Haut. Mittlere Größe und so um die Vierzig. Das Haar war dunkel und sein Schnauzbart auch. Das einzige, was mir sonst noch aufgefallen is', war'n seine Zähne. Die war'n nämlich ganz schwarz."

„Haben Sie sonst nichts weiter bemerkt? Denken Sie gut nach!"

„Nein, nichts weiter."

„Was hat Robeson über sich erzählt?“
„Er hat nich’ viel erzählt, und ich hab’ ...“
„Sie haben ihn nicht gefragt“, beendete Holmes den Satz. „Ich weiß Bescheid. Das ist alles für den Augenblick. Danke sehr und gute Nacht.“
„Unverschämtheit“, hörten wir Coverton brabbeln, nachdem er die Tür geschlossen hatte. „Werd’ morgen mal ein Wörtchen mit Robeson reden.“
„Watson“, sagte mein Freund in einem Ton, der nichts Gutes verhieß, „da wir nicht wissen, ob wir uns in dem Haus infiziert haben, müssen wir die Verkehrsmittel meiden.“
„Das heißt zu Fuß zurück in die Baker Street“, seufzte ich.
„Elementar.“

3. Kapitel – Der verschwundene Professor

Auf dem Rückweg diskutierten wir alle uns bekannten Fakten, gelangten aber zu keinen neuen Erkenntnissen. Ich war rechtschaffen müde, als wir die Baker Street erreichten, und ich nahm an, dass es Holmes nicht anders ging, aber wir sollten noch lange nicht zum Schlafen kommen.
„Schauen Sie, Watson!“, sagte Holmes und zeigte auf unser Haus. „Aus unserer Wohnung fällt ein Lichtschimmer nach draußen.“
„Ich sehe nichts“, musste ich eingestehen, obschon ich mich ehrlich bemühte, etwas zu erkennen.
„Doch, Watson. Irgendjemand hält sich in unserem Wohnzimmer auf.“
„Vielleicht ist Mrs. Hudson von der Putzwut überfallen worden, und sie reinigt noch mal alles gründlich. Wäre durchaus zu verstehen nach dem, was wir erlebt haben.“
„Dann würde sie richtig Licht machen und sich nicht mit solch einer Funzel begnügen. Fragen wir erst mal Mrs. Hudson, ob ein nächtli-

cher Besucher gekommen ist."
Unsere Vermieterin war bereits zu Bett gegangen und über die späte Störung gar nicht erfreut, als sie im Schlafrock vor uns stand. Sie hatte niemanden hereingelassen und wusste nichts von einem Besucher. Wir beruhigten sie und wünschten ihr eine gute Nacht.
„Halten Sie Toby ruhig und Ihren Revolver bereit, Watson", sagte Holmes, bevor wir die Treppe erstiegen. „In dieser Nacht scheint alles möglich zu sein."
Vor unserer Tür lauschten wir eine Weile, hörten jedoch keinen Laut. Auch ich bemerkte jetzt den Lichtschimmer, als ich durch das Schlüsselloch sah. Mehr war nicht zu erkennen. Mein Freund drehte langsam und vorsichtig den Schlüssel herum. Die Tür sprang auf, und wir stürmten mit schussbereiten Revolvern unser eigenes Wohnzimmer. Ich spürte, wie Tobys Leine meiner Hand entglitt. Der Hund bellte, und ein Mann schrie. Endlich wurde es hell, denn Holmes hatte das Gaslicht angestellt. In einem Sessel saß ein kleiner, kräftiger Mann, dessen vor Schreck geweitete Augen direkt auf Tobys gefletschte Zähne blickten. Unser vierbeiniger Helfer kauerte auf dem Schoß des Mannes und sorgte dafür, dass dieser sich nicht zu rühren wagte.
„Inspektor Lestrade", sagte Holmes, denn um keinen anderen handelte es sich, „ich heiße Sie zu später Stunde bei uns als Gast willkommen."
„Holen Sie endlich die Töle von mir runter!", zischte unser alter Bekannter von Scotland Yard.
„Komm her, Toby!", befahl mein Freund. „Lass den Mann zufrieden, sonst verhaftet er dich. Und wir sollten die Waffen einstecken, Watson. Lestrade könnte uns wegen Bedrohung eines Polizisten im Dienst drankriegen."
„Sie können es nicht lassen, Ihren überspannten Sinn fürs Theatralische zu demonstrieren, Mr. Holmes. Das wird Sie noch mal in arge Schwierigkeiten bringen." Lestrade zog seine Kleidung glatt und strich tatsächliche oder eingebildete Hundehaare von dem grauen Mantel.
„Sie haben sich den Überfall selbst zuzuschreiben, Inspektor", erwiderte Holmes gelassen. „Wer sich wie ein Einbrecher benimmt, darf

sich nicht wundern, wenn er auch so behandelt wird."
Bei diesen Worten musste ich unwillkürlich daran denken, dass Holmes und ich selbst vor kurzer Zeit in ein fremdes Haus „eingebrochen" waren.
„Im Übrigen gratuliere ich Ihnen zur Verhaftung des Phantoms von West End", fuhr Holmes fort.
„Woher wissen Sie ..."
„Elementar, Lestrade. Ich weiß, dass Sie sich seit einiger Zeit mit der Einbruchsserie im West End herumschlagen. Vor einer Woche erst baten Sie mich um einen diesbezüglichen Rat. Als Toby Sie ansprang, rutschte Ihnen ein Bund mit Nachschlüsseln aus der Tasche, der meines Wissens nicht zu Ihrer normalen Ausrüstung gehört. Er stammt von dem Phantom, das Sie kürzlich festnahmen. Um mir diese Nachricht in der gebührenden Weise zu überbringen, benutzten Sie das sichergestellte Einbruchswerkzeug dazu, in unsere Wohnung einzudringen."
Der Polizist bestätigte Holmes' Schlussfolgerungen.
„Ich habe mir gedacht, dass Blackwell Ihnen ins Netz geht", sagte mein Freund. „Seine Erfolge ließen ihn leichtsinnig werden."
„Aber die Identität des Phantoms können Sie unmöglich kennen!", entfuhr es Lestrade.
„Ich habe sie Ihnen doch gerade genannt. Blackwell hat sich als einziger auf der ganzen Linie verdächtig gemacht."
„Im Gegenteil", widersprach der Inspektor, „er konnte als einziger für sämtliche Tatzeiten auf Anhieb ein scheinbar gesichertes Alibi vorweisen."
„Das eben machte ihn verdächtig."
Lestrade räusperte sich. „Nun ja, der Fall ist jedenfalls geklärt. Ich bin wegen einer anderen Angelegenheit hier. Dr. Ainstree aus der Cromwell Road hat dem Yard gemeldet, dass heute Abend ein Mann, der an einer möglicherweise ansteckenden Krankheit litt, hier gestorben ist. Warum haben Sie mich nicht sofort davon in Kenntnis gesetzt?"
„Das erfahren Sie in wenigen Minuten, Lestrade. Watson und ich müssen uns erst gründlich reinigen. Wir waren nämlich in dem Haus,

in dem François le Villard, wie der Tote hieß, gefangen gehalten wurde. Sie kommen übrigens um das Desinfektionsmittel auch nicht herum, Inspektor, nachdem Sie so engen Kontakt zu unserem guten Toby hatten."

Als wir uns mit Karbol und Alkohol ein zweites Mal innerhalb weniger Stunden gründlich abrieben, wurde auch der sich anfangs heftig sträubende Toby nicht verschont. Er hielt das wohl für eine sehr treulose Vergeltung der guten Dienste, die er uns geleistet hatte. Mäntel, Hosen, Schuhe und Handschuhe wurden verbrannt. Einen Teil des kommenden Tages würde ich damit zubringen müssen, mich neu einzukleiden. Lestrade musste lediglich seinen Mantel opfern, was er mit einigen unfreundlichen Bemerkungen über Toby quittierte.

Zurück im Wohnzimmer, nahm Holmes etwas Shag aus dem persischen Pantoffel, in dem er seinen Tabak aufbewahrte, stopfte damit seine schwarze Tonpfeife und versank rauchend, Toby zu seinen Füßen, in seinem Lieblingssessel, um Lestrade die ganze Geschichte zu erzählen.

„Sie sollten das Haus am Gibson Way also gründlich desinfizieren lassen, Inspektor", schloss er seinen Bericht ab. „Außerdem müssen wir herausfinden, wer dieser Professor Chalonge ist und wo le Villard gegebenenfalls in London gewohnt hat. Vielleicht finden wir in seiner Unterkunft weitere Hinweise. Allerdings ist es zweifelhaft, ob er tatsächlich Zeit dazu hatte, sich ein Zimmer zu nehmen. Wenn er schon länger in London gewesen wäre, hätte er mich sicherlich aufgesucht."

„Irgendwo muss er doch sein Gepäck gelassen haben", warf ich ein.

„Seine Entführer haben es vielleicht verschwinden lassen", sagte Holmes.

In Lestrades Gesicht, das irgendwie den Vergleich mit dem einer Ratte herausforderte, war in den letzten Minuten eine Veränderung vorgegangen. Hatte er Holmes' Erzählung zuvor mit Interesse zugehört, so schien er jetzt so etwas wie Befriedigung zu empfinden. Er behielt nicht lange für sich, was ihn dazu veranlasste.

„Was le Villards Wohnung angeht, Mr. Holmes, werden wir Nachforschungen anstellen. Doch über Professor Chalonge kann ich Sie hier und jetzt aufklären."

Das tat er jedoch nicht, sondern er lehnte sich zurück und grinste zufrieden wie ein Schuljunge, der unerwartet eine richtige Antwort gegeben hatte. Ganz offensichtlich genoss er den seltenen Zustand, einmal mehr zu wissen als Sherlock Holmes.

„Zieren Sie sich nicht länger, Lestrade, und lassen Sie uns endlich an Ihrem unschätzbaren Wissen teilhaben", forderte ihn Holmes auf.

Ich glaube nicht, dass Lestrade die Ironie in seinen Worten bemerkte, falls doch, dann ignorierte er sie.

„Professor Jacques Chalonge", begann er endlich, „ist Biochemiker und stammt aus Lyon, wo er einen Lehrstuhl innehat. Er hat einige in der wissenschaftlichen Welt bekannte Abhandlungen verfasst und reiste vor einer Woche nach London ab, um sich hier mit Dr. Martin Troy aus der Gower Street zu treffen. Troy ist ein hiesiger Kollege Chalonges und arbeitet an der Übersetzung seiner Werke in unsere Sprache. Chalonge sollte ihm bei einigen Problemen behilflich sein. Der Franzose ist aber niemals in London angekommen, jedenfalls nicht bei Dr. Troy. Das stellte sich heraus, als Marie Chalonge, die sechzehnjährige Tochter des Professors, die ein Internat in Genf besucht, überraschend eine Woche Ferien bekam und nach Lyon fuhr. Ihr Vater war nicht da, und man teilte ihr mit, dass er nach London abgereist sei. Sie schickte ein Telegramm an Dr. Troy, und so wurde bekannt, dass Professor Chalonge unterwegs verschwunden ist. Die französische Polizei setzte sich mit uns in Verbindung, aber es gelang bisher nicht, Licht in die Affäre zu bringen. Wir kennen das Fährschiff, auf dem der Professor von Dieppe nach Newhaven gefahren ist. Mehrere Personen haben seine Anwesenheit an Bord bezeugt. Auch im Zug nach London hat man ihn gesehen, aber dann verliert sich seine Spur. Es scheint fast so, als habe er sich während der Zugfahrt in Luft aufgelöst."

„Eine nicht uninteressante Theorie, Lestrade", kommentierte Holmes und ließ ein paar Rauchkringel zur Decke emporschweben. „Wir sollten sie aber erst in Erwägung ziehen, wenn die wahrscheinlicheren Erklärungen ausgeschöpft sind. Wissen Sie, ob Marie Chalonge oder

jemand anders François le Villard beauftragt hat, den Professor zu suchen?"
„Darüber ist mir nichts bekannt."
„An welchem Tag genau wurde Chalonge zuletzt gesehen?"
„Am neunten dieses Monats, also letzte Woche Mittwoch. Da saß er im Zug von Newhaven nach London."
„Einen Tag zuvor mietete der Mann, der sich James Robeson nannte, das Haus am Gibson Way", sagte Holmes. „Dort wurden le Villard und eine weitere Person gefangen gehalten. Es ist keine unbegründete Theorie, wenn wir davon ausgehen, dass der Professor der zweite Gefangene war. Watson, sind Sie noch munter genug, Dr. Troy einen Besuch abzustatten?"
Eigentlich war ich es nicht, aber unter den gegebenen außergewöhnlichen Umständen begleitete ich meinen Freund selbstverständlich. Zum Glück fanden wir nahe unserer Wohnung eine Droschke, denn nach Spaziergängen war mir vorerst nicht zumute.
Dr. Troy bewohnte ein mittelgroßes Haus, das einer ganzen Reihe von Gebäuden in der Gower Street ähnelte. Hier lebten viele Wissenschaftler, die an der nahegelegenen Universität tätig waren. Die verschlafene Haushälterin sah uns an der Haustür nicht gerade freundlich entgegen. Als Inspektor Lestrade sich identifizierte, führte sie uns in einen Salon und ging, um Dr. Troy zu wecken. Nach knapp zehn Minuten erschien der Hausherr, ihm voran ein großer Collie, der uns stürmisch beschnüffelte.
„Nicht schon wieder!", stöhnte Lestrade.
„Komm her, Pike, setz dich!", befahl Troy dem Hund, dessen Fell auf der Brust weiß und ansonsten rotbraun war.
Dr. Martin Troy war Anfang Vierzig und besaß eine große, schlaksige Figur. Er hatte ein dazu passendes längliches Gesicht und sandfarbenes Haar, das schon etwas schütter wurde. Er trug einen blau-weiß gemusterten Morgenrock. Als er Sherlock Holmes' Namen hörte, nickte er und sagte, er habe schon von ihm gehört.
„Sie kommen sicher wegen Jacques Chalonge. Hat sich etwas Neues ergeben? Haben Sie ihn endlich gefunden?"

„Leider noch nicht", antwortete Lestrade. „Sagt Ihnen der Name François le Villard etwas?"
„Ja, natürlich, das ist der französische Detektiv, der von Mademoiselle Chalonge beauftragt wurde, ihren Vater zu suchen. Am vergangenen Freitag war er hier und hat mich ausgefragt. Das war am Abend. Er kam direkt vom Bahnhof und wollte sich anschließend ein Zimmer nehmen."
„Wissen Sie, wo?", fragte Holmes, der sich damit beschäftigte, den Collie zu kraulen.
„Ich habe ihm Kennwood's Rest in der Tottenham Court Road empfohlen, ein kleines Hotel, das preiswert, aber sauber ist. Er sagte, er wolle es dort versuchen."
„Haben Sie le Villard seitdem wiedergesehen oder von ihm gehört?"
„Nein."
„Konnten Sie ihm weiterhelfen?"
„Das weiß ich nicht, weil er sich diesbezüglich nicht geäußert hat. Weshalb fragen Sie mich so eindringlich nach dem Franzosen?"
„Er ist tot", sagte Holmes und schilderte die Symptome der grauenhaften Krankheit. „Sagt Ihnen das etwas, Dr. Troy? Besteht vielleicht ein Zusammenhang zwischen dieser Krankheit und Professor Chalonges Forschungen?"
„Ich sehe keinen. Allerdings weiß ich nicht, woran Chalonge zuletzt gearbeitet hat."
„Welches ist sein Spezialgebiet?"
„Er beschäftigt sich sehr intensiv mit Aufbau und Funktion der Zellen."
„Können Sie mir ein paar Werke von ihm leihen?"
„Gerne, Mr. Holmes."
Dr. Troy ging aus dem Zimmer und kam kurz darauf mit einigen Büchern und Journalen zurück. Wir verabschiedeten uns von ihm und gingen zur nahegelegenen Tottenham Court Road.
Lestrade sagte: „Mr. Holmes, hielten Sie es für richtig, zu Dr. Troy so offen zu sein?"
„Sonst wäre ich es nicht gewesen. Falls er zu unseren Gegnern gehören

sollte, haben wir ihm nicht viel Neues erzählt. Gehört er nicht zu ihnen, kann es uns nicht schaden, ihn informiert zu haben."

„Was ist mit seinem Hund, Holmes?", fragte ich. „Er hat ein rotbraunes Fell."

Der Detektiv hielt mir ein Büschel rotbrauner Haare unter die Nase und sagte: „Als ich den guten Pike kraulte, habe ich ihm die mit meinem Taschenmesser abgeschnitten. Eine chemische Analyse wird zeigen, ob die anderen Haare, die wir fanden, ebenfalls von Pike stammen."

Das Kennwood's Rest war ein vierstöckiger Eckbau an der Kreuzung zum Torrington Place. Nach mehrmaligem Klingeln öffnete uns ein wohlbeleibter älterer Mann, der offensichtlich gerade aus dem Bett gekrochen war. Ich beneidete ihn darum. Er hieß Horace Foulham und führte mit seiner Frau gemeinsam das Hotel. Lestrade fragte ihn nach François le Villard.

„Wann soll das gewesen sein, Sir?", fragte Foulham mit einer für einen Mann extrem hohen Stimme.

„Am Freitagabend."

„Da hatte ich Dienst. Ein Franzose war bestimmt nicht hier. Das hätte ich nicht vergessen."

„Vielleicht war schon alles belegt, oder ihm gefiel es hier nicht."

„Ich würde mich trotzdem erinnern. Franzosen sind hier nicht so häufig, wissen Sie."

„Dürfen wir gleichwohl Ihr Gästebuch einsehen?", fragte Holmes.

„Bitte sehr."

Holmes sah in dem großen Buch die Eintragungen der letzten Tage nach und schüttelte seinen Kopf.

„Le Villard ist nicht darunter, auch nicht unter einem falschen Namen. Ich kenne seine Handschrift."

Wir trennten uns von Inspektor Lestrade, der sich um das Haus am Gibson Way kümmern musste, und fanden eine Droschke, die uns zur Baker Street brachte.

„Langsam setzen sich die Steine zu einem Mosaik zusammen", sagte Holmes. „Bringen wir die Fakten doch einmal in eine logische und

chronologische Ordnung: Letzte Woche Dienstag mietete ein gewisser James Robeson das Haus am Gibson Way. Am Mittwoch verschwand Professor Chalonge irgendwo zwischen Newhaven und London. Weil seine Tochter unerwartet Ferien aus dem Internat bekam, fiel das Verschwinden frühzeitig auf. Marie Chalonge beauftragte François le Villard mit der Suche nach ihrem Vater. Dieser traf am Freitagabend in London ein, sprach mit Dr. Troy in dessen Haus und verschwand dann ebenfalls. Er wurde gefangen genommen und in das Haus am Gibson Way gebracht, in dem sich noch ein weiterer Gefangener aufhielt, wahrscheinlich Chalonge. Wann, wo und wie le Villard sich die Krankheit holte, können wir noch nicht sagen. Jedenfalls gelang ihm gestern Abend die Flucht, und er kam zu uns. Daraufhin sahen sich die Entführer gezwungen, ihr Versteck samt ihrem zweiten Gefangenen Hals über Kopf zu verlassen. Wo sind sie jetzt?"
„In einem neuen Versteck", antwortete ich. „Wahrscheinlich irgendwo in der Stadt."
„Vielleicht, Watson. Seltsam ist, dass kein Motiv für Chalonges Entführung vorzuliegen scheint. Für ein Lösegeld gibt es lohnendere Opfer. Da man sich so große Mühe mit Chalonges Entführung gab, muss seinen Entführern gerade an ihm etwas liegen. Möglicherweise finden wir die Antwort auf diese Frage in seiner wissenschaftlichen Arbeit."
„Ah, deshalb die Bücher."
„Ja, deshalb. Weiterhin müssen wir davon ausgehen, dass die Entführer einen Spitzel in der Umgebung des Professors haben. Sonst hätten sie nicht so schnell erfahren können, dass le Villard auf ihrer Spur ist."
„Dann ist Dr. Troy vielleicht doch in das Komplott verwickelt, Holmes. Schließlich verschwand le Villard nach seinem Besuch bei Troy."
„Warten wir ab, was bei der Analyse von Pikes Haaren herauskommt."
Es kam heraus, dass Pike nicht das Tier war, von dem die vorher gefundenen Haare stammten.
„Das heißt nicht unbedingt, dass Troy unschuldig ist", sagte Holmes. „Aber im Moment haben wir nichts gegen ihn in der Hand."

„Wir haben überhaupt sehr wenig in der Hand“, gab ich zu bedenken. „Wir wissen nur, dass wir nach einem Mann mit schwarzen Zähnen und nach einem Tier mit rotbraunem Fell suchen müssen.“
Mein Freund sah mir fest in die Augen und sagte: „Das wird genügen, Watson!“

4. Kapitel – Neue Kleider und ein Seemann

Nach einem langen, von wilden Träumen geplagten, aber trotzdem tiefen Schlaf erwachte ich erst kurz vor Mittag. Sherlock Holmes war ausgegangen, hatte jedoch einen Zettel mit einer Nachricht für mich auf dem Frühstückstisch hinterlassen: „Stelle einige Nachforschungen an. Wollte Sie nicht wecken. S.H.“
In den Morgenzeitungen stand nichts über François le Villards Tod und Professor Chalonges Verschwinden geschrieben, wie ich zu meiner Beruhigung feststellte. Die Bevölkerung hätte auf die unbekannte Krankheit unter Umständen mit einer Panik reagiert. Als Mrs. Hudson den Tisch abräumte, versuchte sie, mich über den gestrigen Vorfall auszufragen, was ich durchaus verstehen konnte. Ich gab ihr nur ausweichende Antworten und schärfte ihr nochmals ein, gegenüber Fremden kein Wort darüber zu verlieren. Der Schrecken des letzten Abends stand ihr noch immer ins Gesicht geschrieben.
Nach dem ausgedehnten Frühstück verließ auch ich mit Toby das Haus. Der Hund benötigte seinen Auslauf, und ich nutzte die freie Zeit, um mich mit neuen Kleidern einzudecken. Dabei war ich nicht sparsam und kaufte gleich etwas auf Vorrat ein, denn es war zu befürchten, dass wir unsere Sachen nicht zum letzten Mal verbrannt hatten.
Das für diese Jahreszeit ungewöhnlich milde Wetter machte den Einkaufsbummel zu einer angenehmen Angelegenheit. Da ich mein

krankes Bein in der vergangenen Nacht über Gebühr strapaziert hatte, nahm ich für den Rückweg eine Droschke.
Als ich den Hansom verließ und zu unserer Haustür ging, die Pakete mit den neuen Kleidern auf den Armen und Toby an der Leine, wäre ich um ein Haar mit einem Seemann kollidiert, der offenbar ebenfalls die Nr. 221 B aufsuchen wollte. Der Mann trug eine Kapitänsuniform und hatte den breitbeinigen Gang eines Menschen, der einen großen Teil seines Lebens auf den in Wind und Wellen schwankenden Planken eines Schiffes zugebracht hatte. Ein dunkler Vollbart umgab sein wettergegerbtes Gesicht, das von der tief heruntergezogenen Mütze halb verdeckt wurde. Bei meinem Versuch, ihm auszuweichen, rutschte eines der Pakete von meinen Armen, aber der Fremde fing es im Fall auf.
„Entschuldigung, Sir", brummte er mit einer rauen Stimme. „Ich habe Sie nicht gesehen. Wenn Sie nicht so rasch nach Backbord abgedreht wären, hätt' es eine Frontalkollision gegeben. Hier haben Sie Ihr Paket zurück, unversehrt, hoffe ich."
„Danke. Sie wollen auch ins Haus?"
„Jawohl, Sir. Sie etwa auch?"
„Allerdings, ich wohne hier."
„Oh, dann habe ich die Ehre mit dem berühmten Mr. Sherlock Holmes? Ihn wollte ich nämlich sprechen."
„Ich bin Dr. Watson, ein Freund und Kollege von Holmes. In welcher Angelegenheit möchten Sie Holmes konsultieren? Sie müssen wissen, dass er augenblicklich sehr beschäftigt ist und kaum Zeit hat, einen weiteren Fall zu übernehmen."
„Ich bin Kapitän Basil und komme in einer Angelegenheit, für die Ihr Freund bestimmt Zeit hat, da bin ich mir sicher."
„Wir können es ja versuchen. Kommen Sie mit hinauf. Mal sehen, ob Holmes zu Hause ist."
Schon vor dem Haus und auch, als wir die Treppe erstiegen, benahm sich Toby dem Kapitän gegenüber recht eigenartig. Er beschnüffelte ihn wie einen guten Freund.
„Er scheint Sie zu mögen", sagte ich, während ich in unserem Wohn-

zimmer die Pakete in einem Sessel ablegte.
„Kein Wunder“, hörte ich auf einmal Sherlock Holmes’ Stimme. „Wir kennen uns schließlich schon einige Zeit und haben uns immer gut vertragen. Die Augen, die Ohren, selbst das Gefühl eines Menschen kann man täuschen, aber die Nase eines Hundes ist so gut wie unbestechlich, Watson. Das sollten Sie sich merken.“
Als ich mich umdrehte, hatte der Kapitän nicht nur seine Mütze, sondern auch seinen Bart abgenommen, und ich erkannte nun das lange, asketische Gesicht des großen Detektivs, wenn es auch durch Schminke verändert war.
„Erlauben Sie mir, dass ich mich ein wenig frisch mache, mein Freund“, fuhr er fort. „Dann will ich Ihnen gerne Rede und Antwort stehen.“
Damit ging er in sein Zimmer. Die Maskierung war eine der vielen Künste, die Holmes meisterhaft beherrschte und die ihm bei der Ausübung seines ungewöhnlichen Berufes von großem Nutzen waren. Er unterhielt in den verschiedenen Gegenden der Stadt mindestens fünf Quartiere, die ihm zum Anlegen seiner Verkleidung dienten. Leider hatte er es sich zur Angewohnheit gemacht, die Wirksamkeit der Masken oftmals an mir zu versuchen. Manchmal erschien er mir wie ein Bühnendarsteller, der seiner Eitelkeit schmeicheln wollte.
Als er zurückkehrte, hatte er die Schminke abgewaschen und zivile Kleidung angelegt. Er zündete sich eine Pfeife an und machte es sich in seinem Lehnsessel bequem. Toby schien darauf nur gewartet zu haben und sprang ihm auf den Schoß.
„Es freut mich, dass Ihre Garderobe wieder komplett ist, Watson. Auch ich war inzwischen nicht untätig. Meine maritime Verkleidung hatte eigentlich nicht den Sinn, Sie hinters Licht zu führen, sondern sie half mir, mich unerkannt im East End umzuhören. Wenn Lestrade und seine Kollegen dort Nachforschungen anstellen, sind die Ergebnisse in der Regel nicht einmal erwähnenswert. Den Herren von Scotland Yard steht der Polizeidienst quasi ins Gesicht geschrieben, und nichts mögen die Menschen im East End weniger als die Polizei. Bei den Verhören durch unsere offiziellen Kollegen sind die Leute meist

verschlossener als Muscheln. So etwas wie Vertrauen kennen sie nur gegenüber ihresgleichen. Deshalb habe ich mich als Kapitän Basil ausgegeben, der eine Mannschaft für eine Forschungsexpedition sucht. Seeleute fallen im East End nicht mehr auf als ein Wassertropfen im Meer. Männer, die eine gute Heuer versprochen bekommen und dafür anmustern wollen, sind zudem besonders redselig, weil sie sich's mit ihrem zukünftigen Kapitän nicht verderben wollen. Also machte ich eine Runde durch sämtliche Kaschemmen in der Gegend des Gibson Way und gab mich dabei als Nachbar von Tom Coverton aus. Ich ließ in die Gespräche einfließen, Coverton habe mir etwas von seinen recht seltsamen Mietern erzählt. Ein paar Leute konnten mir tatsächlich etwas über das bewusste Haus berichten.
Ein Matrose erzählte, dass er jeden Tag zweimal an dem Haus vorbeikomme, wenn er morgens in seine Stammkneipe geht und wenn er abends heimkehrt. Seit der letzten Woche habe er dort zuweilen seltsame Geräusche gehört, eine Art Sprache, die er jedoch nicht verstehen konnte, obwohl er fast die ganze Welt bereist habe, wie er mir versicherte. Die Stimme sei ungewöhnlich laut und unregelmäßig gewesen, ähnlich einem Kreischen oder Schreien. Er sagte, das habe ihn an seine Frau erinnert, und er habe sich nicht weiter darum gekümmert.
Die merkwürdige Stimme wurde auch von einem alten Harpunier gehört, der am Gibson Way schräg gegenüber des bewussten Hauses wohnt. Auch er ist schon viel herumgekommen und konnte sie trotzdem nicht genau bestimmen. Sie könnte einem afrikanischen Eingeborenen gehören, sagte er, doch könne er das nicht beschwören. Beide Ohrenzeugen waren sich jedoch darüber einig, dass die Stimme aufgrund ihrer hellen Tonlage eher die einer Frau als die eines Mannes ist. Der Matrose meinte, wenn seine Frau wütend sei, höre sie sich ähnlich an.
Ich fand noch zwei Zeugen, die jene Stimme gehört hatten, sie aber nicht einzuordnen vermochten. Sie waren der Ansicht, in dem Haus wohnten Ausländer.
Der Harpunier jedoch hat nicht nur etwas gehört, sondern auch

etwas gesehen: Gestern Abend zwischen sieben Uhr und halb acht stand er am Fenster, als ein Wagen, ein zweispänniger Break, den Hof hinter jenem Haus verließ, auf den Gibson Way einbog und in Richtung Monhope Street fuhr. Zwei Männer saßen auf dem Kutschbock, ein weiterer auf der Ladefläche. Dort waren auch eine große Kiste und ein großes Bündel verstaut. Die Spuren des Wagens und der Pferde haben wir gestern im Stall gefunden, wie Sie wissen. Es waren natürlich die Entführer, die nach le Villards Flucht ihr Versteck verließen. Leider war es zu dunkel, als dass der Harpunier mir eine genauere Beschreibung hätte geben können. Ich nehme an, in der Kiste hielt sich unser geheimnisvolles Tier auf, und das Bündel dürfte der verschnürte Professor Chalonge gewesen sein. So ergibt alles einen Sinn."

„Holmes, ich habe da einen Verdacht", warf ich in den Bericht meines Freundes ein. „Könnten die seltsamen Geräusche, von denen Sie sprachen, von diesem Tier stammen?"

„Bravo, Watson!", rief mein Freund aus und klatschte dabei in die Hände wie ein begeisterter Varietébesucher. „Das ist allerdings eine Erklärung, auf die ich auch als Erstes kam und die mir auch die wahrscheinlichste zu sein scheint.

Es geht noch weiter. Ich ging in verschiedene Läden, um dort Tabak und ähnliche Kleinigkeiten zu erstehen. Auch dort brachte ich das Gespräch auf den Grund meiner Nachforschungen. In einem Geschäft in der Chicksand Street hatte ich Erfolg. Der Inhaber erzählte mir, dass seit einer Woche jeden Tag ein dunkelhäutiger Mann mit einem Schnauzbart und schwarzen Zähnen bei ihm Lebensmittel eingekauft habe, die für vier oder fünf Personen bemessen waren. Er kam vom vergangenen Dienstag bis gestern. Heute war er noch nicht aufgetaucht, und ich glaube nicht, dass er noch kommen wird. Trotzdem habe ich Lestrade angewiesen, einen seiner Männer dort als Wache unauffällig zu postieren. Bei dem, was die Herren Polizisten gemeinhin unter ‚unauffällig' verstehen, ist der Erfolg dieser Maßnahme, selbst falls unser Mr. Robeson dort noch mal auftauchen sollte, ein höchst zweifelhafter. Mr. Babcock, der Ladeninhaber, sagte weiterhin, dass sein Kunde sehr verschlossen war und nur das Nötigste sprach. Auch kaufte er zusätzlich zu den anderen Lebensmitteln jeden Tag zehn bis fünfzehn Pfund Obst. Vor dem Geschäft wartete stets ein zweiter Mann, der seinem Gefährten beim Tragen half. Babcock konnte ihn nicht gut sehen, meinte aber, er sei groß und blond gewesen."

„Die Sache mit dem Obst ist merkwürdig", gestand ich ein. „Vielleicht sind Vegetarier unter den Männern, Holmes. Sie haben bestimmt auch schon von diesen seltsamen Leuten gehört, die sich weigern, Fleisch zu essen. Es soll in London sogar Restaurants geben, auf deren Speiseplan ausschließlich pflanzliche Kost steht. Eine unangenehme Vorstellung."

„Man sagt, es soll sehr gesund sein, Watson, wenn ich es auch nicht glauben kann. Was das Obst betrifft, so muss ich zugeben, dass Ihre Theorie mich überrascht. Ich hatte angenommen, es sei als Nahrung für jenes Tier bestimmt gewesen, von dem wir bislang nur die Farbe des Fells kennen. Es ist übrigens erstaunlich, wie wenig Spuren wir in dem Haus am Gibson Way gefunden haben, obwohl unsere Gegner in aller Eile aufgebrochen sein müssen. Dass sie trotzdem die Zeit fanden, ihre Spuren zu tilgen, ist ein weiterer Hinweis darauf, dass wir es mit einer gut geführten Bande zu tun haben, die nichts dem Zufall überlässt. Ebenbürtige Gegner für uns, mein Freund.

Apropos Spuren: Scotland Yard hat bei der gründlichen Durchsuchung des Hauses nicht mehr entdeckt als wir. Ich war nach meinem Streifzug durchs East End erst beim Yard und anschließend bei Dr. Ainstree. Lestrade und der Doktor waren über meine Verkleidung noch erstaunter als Sie, Watson."

„Ich bin von Ihnen auch schon einiges gewöhnt."

„Da haben Sie wohl recht", gab Holmes schmunzelnd zu. „Unser Freund Lestrade hat das Haus gründlich reinigen lassen und vorerst unter Quarantäne gestellt. Die an der Durchsuchung beteiligten Polizisten wurden desinfiziert. Was mit ihren Kleidern geschehen ist, muss ich Ihnen nicht erzählen. Der Inspektor scheint diesmal ganze Arbeit geleistet zu haben, wenn er auch manchmal den Täter vor lau-

ter Verdächtigen nicht sieht. Blackwell, das Phantom von West End, hat übrigens gestanden und das Versteck seiner Beute preisgegeben. Da werden ein paar Versicherungsgesellschaften aufatmen.
Von le Villards Unterkunft hat der Yard noch keine Spur. Wahrscheinlich ist er tatsächlich entführt worden, bevor er sich eine suchen konnte. Sowohl Dr. Martin Troy als auch Tom Coverton stehen ab sofort unter Polizeiüberwachung.
Dr. Ainstree hat die ganze Nacht mit der Untersuchung von le Villards Leiche verbracht. Als ich ihn aufsuchte, war er noch immer bei der Arbeit und sah aus wie sein eigener Schatten. Er sagte, so ein Fall sei ihm in all den Jahren, die er in den Tropen lebte, nicht untergekommen. Le Villards Krankheit weise Ähnlichkeiten mit der schwarzen Formosafäulnis auf, doch sei ein direkter Zusammenhang noch nicht sicher. Ist Ihnen diese Krankheit ein Begriff, Watson?"
„Tut mir leid, Holmes, aber ich bin kein Facharzt für Tropenkrankheiten."
„Kein Grund, sich zu genieren, wenn selbst der berühmte Ainstree nicht weiterweiß. Er will als Unterstützung Sir Jasper Meek und Penrose Fisher, die Kapazitäten aus der Harley Street, hinzuziehen. – Und wir sollten uns jetzt schleunigst reisefertig machen, damit wir unseren Zug erwischen."
Bei diesen Worten setzte er Toby auf den Boden, stand auf und klopfte seine Pfeife am Kamin aus.
„Zug?", fragte ich erstaunt. „Welchen Zug meinen Sie? Wohin werden wir reisen, Holmes?"
„Nach Frankreich selbstverständlich. Wohin sonst? So leid es mir tut, muss ich doch zugeben, dass unsere Gegner ihre Spur in London gut verwischt haben. Ich hoffe, sie in Frankreich wieder aufnehmen zu können. Unsere Anknüpfungspunkte sind Paris und Lyon. In Paris werden wir uns François le Villards Wohnung ansehen, und in Lyon werden wir uns mit Mademoiselle Chalonge unterhalten und uns über Professor Chalonges Arbeit unterrichten lassen. Wir sollten Toby mitnehmen, wenn er uns schon zur Verfügung steht. Er könnte sich als nützlich erweisen. Lestrade hat mir einen Brief an die Sûreté

mitgegeben, in dem er seine französischen Kollegen bittet, mich bei meinen Nachforschungen zu unterstützen." Holmes lachte laut. „Er weiß wohl nicht, dass mein Name mancherorts gewichtiger ist als der von Scotland Yard. Egal, schaden kann's nicht. In einer Stunde geht unser Zug von Victoria ab; in Newhaven haben wir Anschluss an ein Fährschiff nach Dieppe. Dieselbe Route, die Professor Chalonge genommen hat, nur in umgekehrter Richtung. Unsere Gegner sind gefährlich, vergessen Sie also Ihren Revolver nicht, Watson. Was ist mit Ihnen? In Ihrem Gesicht steht nicht gerade Begeisterung geschrieben."

„Sehen Sie, Holmes", begann ich zögernd, denn es fiel mir schwer, meinem Freund das zu sagen, „Miss Morstan hat, wie Sie wissen, mir die Ehre erwiesen, meinen Heiratsantrag anzunehmen. Ich habe ihr gegenüber nun gewisse Verpflichtungen, die ich gerne eingehe, wie ich betonen möchte. Für den heutigen Abend haben wir eine feste Verabredung. Die Reise nach Frankreich, deren Dauer nicht einmal feststeht, käme mir da sehr ungelegen."

Holmes versuchte, sich die Enttäuschung nicht anmerken zu lassen, aber das gelang ihm nicht. Die schwarzen Brauen, die sich über seinen grauen Augen zusammenzogen, sprachen Bände.

„Die zarten Bande der Ehe arten schon, bevor sie geknüpft sind, in eiserne Ketten aus", sagte er in einem frostigen Ton. „Ein Zustand, der mir unerträglich wäre. Es ist mir auch unverständlich, wie ein Mann sein höchstes Gut, die Freiheit, freiwillig opfern kann. Wie sagte doch Erasmus von Rotterdam in seinem Lob der Torheit: ‚Ich sage aber nicht, dass jedwede Verblendung oder jedweder Fieberwahn des Geistes Irrsinn genannt werden sollte.' Aber ich will Sie nicht belehren, Watson. Ich muss bei der Jagd auf le Villards Mörder eben auf Sie verzichten. Meine Empfehlung an Miss Morstan!"

Ehe ich etwas erwidern konnte, klopfte es an die Tür, und ein rothaariger, sommersprossiger Junge in Dienstbotenuniform trat ein. Er sagte, ein Kapitän Basil habe ihn beauftragt, hier ein Paket abzuholen. Holmes gab ihm Dr. Ainstrees Kleider, die wir uns notgedrungen ausleihen mussten. Dann ging der Detektiv in sein Zimmer, um seine Sa-

chen für die Reise zu packen.
Ich dachte über seine Worte nach, über die Jahre, die wir gemeinsam verbracht hatten, und über den schrecklichen Tod seines französischen Kollegen. Nein, ich würde meinen Freund bei diesem gefahrvollen Abenteuer nicht im Stich lassen! Ich schrieb rasch einen Brief an Mary, in dem ich ihr alles erklärte, und packte ebenfalls meine Reisetasche. Holmes und ich kamen gleichzeitig ins Wohnzimmer zurück.
„Sie wollen auch verreisen, Watson?“
„In der Tat, Holmes, nach Frankreich. Kommen Sie, das Spiel hat begonnen!“

5. Kapitel – Eine Wohnung in Paris

Unsere Droschke erreichte die Victoria Station ebenso rechtzeitig wie unser Zug Newhaven. Unser Fährschiff war ein französischer Raddampfer mit dem wohlklingenden Namen Yvette. Die See im Kanal war ruhig, und dementsprechend verlief die Überfahrt. Zu ruhig für meinen Geschmack, denn Sherlock Holmes sprach während der gesamten Reise kaum fünf Sätze mit mir. Er hatte Chalonges Bücher und Aufsätze mitgenommen, die Dr. Troy ihm geliehen hatte, und widmete sich intensiv ihrem Studium. So saß er im Zugabteil oder in der Schiffskabine, las und schrieb Notizen in sein Taschenbuch. Um der quälenden Langeweile zu entgehen und um mein Französisch aufzufrischen, erstand ich an Bord der Yvette einen Band Jules Verne im Original: Les aventures du Capitaine Hatteras (Die Abenteuer des Kapitän Hatteras); seit seinem famosen Zwanzigtausend Meilen unter den Meeren gehörte ich zu Monsieur Vernes begeisterten Lesern. Zwischendurch kümmerte ich mich um Toby und verschaffte ihm auf dem Oberdeck Auslauf. Von Dieppe aus ging es mit dem Zug weiter nach Paris, wo wir mitten in der Nacht am Gare du Nord eintrafen.

Die Suche nach einem Hotel erwies sich wegen Toby als schwierig. Erst das vierte Hotel, das wir aufsuchten, ein kleines Haus namens „Hôtel de Marengo“ in der Rue de la Fayette, hatte einen tierlieben Besitzer, der gegen unseren vierbeinigen Begleiter nichts einzuwenden hatte. Der Name des Hotels bezog sich nicht zufällig auf jenen italienischen Ort, bei dem Napoleon vor siebenundachtzig Jahren die Österreicher geschlagen hatte, das bemerkten wir schon im Empfangsraum. Dort waren in einer Ecke allerlei Erinnerungsstücke an die napoleonische Armee in sorgsam gepflegten Vitrinen ausgestellt: Waffen, Uniformteile und Mützenschilder der verschiedensten Regimenter. An der Wand dahinter prangten Säbel mit reich verzierter Scheide und eine mit einem rot-weißen Wimpel bestückte Lanze. Die Waffen umrahmten ein Gemälde, das den Kaiser der Franzosen auf seinem Schimmel mitten im Schlachtgetümmel zeigte; um ihn herum kämpften und starben die Soldaten, während ihr Feldherr mit finsterer Miene zusah. Der Hotelbesitzer erklärte uns, das Haus sei von seinem Großvater eröffnet worden, der wegen seiner Verdienste bei Marengo vom Kaiser persönlich ausgezeichnet worden sei.
Trotz der kriegerischen Umgebung hatte ich einen guten Schlaf. Am nächsten Morgen brachen Holmes und ich mit Toby nach einem guten und reichhaltigen Frühstück zum Justizpalast auf. Wir gingen zu Fuß, um ein wenig Pariser Luft zu atmen. Als wir in Richtung Seine spazierten, lag rechts von uns die prunkvolle, von Charles Garnier erbaute Oper, aber wir konnten ihre Umrisse wegen der weiten Entfernung nur erahnen. Wir kamen an der Börse, der Bank von Frankreich und an den berühmten Markthallen vorbei, während die Nationalbibliothek, der Palais Royal und der Louvre nur von fern zu sehen waren. Auf der Brücke, die zur Ile de la Cité führte, blieben wir eine Weile stehen und sahen auf die Seine hinab. Ein paar Ausflugsschiffe und Lastkähne schwammen unter uns auf dem Wasser, und in Ufernähe dümpelten einige Ruderboote, fast alle mit Anglern besetzt. Links von uns stand die prachtvolle Kathedrale Notre-Dame mit ihren beiden wie mahnende Arme emporgereckten Türmen, und Victor Hugos Roman, den ich vor langer Zeit gelesen hatte, stieg

wieder in mein Bewusstsein.
Wir gingen in die entgegengesetzte Richtung und betraten das Hauptquartier der Sûreté, der französischen Kriminalpolizei, die zu Beginn des Jahrhunderts von dem berühmt-berüchtigten Vidocq ins Leben gerufen worden war. Einem uniformierten Wächter, der am Eingang hinter einem Tisch saß, teilte Holmes mit, dass er Monsieur Dubuque zu sprechen wünsche. Wir hatten Dubuques Bekanntschaft im vergangenen Herbst gemacht, als Holmes im Auftrag des Premierministers die internationale Spionageaffäre aufklärte, die ganz Europa in die Gefahr eines Krieges brachte. Monsieur Dubuque und Fritz von Waldbaum, der bekannte Kriminalist aus Danzig, hatten damals falsche Fährten verfolgt, und nur der überragende Verstand meines Freundes hatte einmal mehr Licht ins Dunkel bringen können.
Ich habe die Einzelheiten unter dem Titel Der zweite Fleck aufgeschrieben.
Holmes gab dem Uniformierten seine Karte, woraufhin dieser nickte und uns eine Zimmernummer im zweiten Stock nannte. Auf den Treppen und Gängen herrschte reger Verkehr von in Uniform, in Juristentracht und zivil gekleideten Personen, weshalb Holmes Tobys Leine sehr kurz nahm. Die genannte Nummer gehörte zu einem Vorzimmer, in dem ein junger, zivile Kleidung tragender Polizist an einem mit Papieren überhäuften Schreibtisch seinen Dienst versah. Auch ihm reichte mein Freund seine Karte. Der Mann verschwand durch eine Tür neben dem Tisch und kam bereits nach wenigen Sekunden zurück, um uns in das hinter der Tür liegende Zimmer zu führen. Dieses war doppelt so groß wie das Vorzimmer; zwei Wände waren mit Aktenschränken zugestellt; ein großer Schreibtisch und vier Stühle vervollständigten die Einrichtung; an der Wand mit der Tür hing ein gezeichnetes Porträt Vidocqs; die gegenüberliegende Wand wurde von einem großen Fenster beherrscht, das den Blick auf die Seine freigab. Von dort kam Monsieur Dubuque hinter dem Schreibtisch hervor, um uns erfreut und stürmisch zu begrüßen. Er war von kleiner, gedrungener Gestalt, vierzig bis fünfzig Jahre alt, hatte schwarzes Haar, lange Koteletten, einen Schnurr- und einen Spitzbart. Ein Knei-

fer saß zuweilen auf seiner Nase und hing ansonsten an einer Schnur, die an seiner Weste befestigt war.
„Willkommen in Paris, Monsieur Holmes und Docteur Watson! Ich hätte nicht gedacht, dass wir uns so bald wiedersehen." Obwohl Holmes und ich des Französischen mächtig waren, sprach Dubuque in unserer Gegenwart am liebsten in seinem nicht gerade akzentfreien Englisch, um sich in unserer Sprache zu üben.
Dubuque schüttelte unsere Hände und umarmte uns. Dabei stolperte er über Toby.
„Wen haben wir denn da, einen Hund?"
„Das ist Toby, Monsieur Dubuque", sagte Holmes mit gespielter Förmlichkeit. „Ein zuverlässiger Helfer mit einer goldenen Nase."
„Freut mich, Toby", sagte Dubuque und bückte sich, um Tobys Pfote zu schütteln. „Nehmen Sie Platz, meine Herren, und sagen Sie mir, welchem Umstand ich die Freude Ihres Besuches zu verdanken habe."
„Leider keinem erfreulichen Umstand", antwortet Holmes, nachdem wir es uns bequem gemacht hatten. „Der grauenhafte Tod eines Menschen und das Verschwinden eines anderen haben uns zu Ihnen geführt. Sagen Ihnen die Namen François le Villard und Professor Jacques Chalonge etwas?"
Das taten sie, und Holmes erzählte dem Franzosen die ganze Geschichte. Als er geendet hatte, rief Monsieur Dubuque nach seinem Assistenten im Vorzimmer: „Dax!"
„Bringen Sie mir die Akte Jacques Chalonge, Dax!", befahl Dubuque auf Französisch, als der junge Polizist den Kopf hereinstreckte. „Vite!" Zu uns sagte er: „Das Verschwinden des Professors hat einiges Aufsehen bei uns erregt, ist er doch so etwas wie eine nationale Größe. Die Ermittlungen liegen allerdings in den Händen der Polizeipräfektur von Lyon. Deshalb wusste ich nicht, dass Monsieur le Villard sich in den Fall eingeschaltet hatte. Ich kannte ihn übrigens persönlich und schätzte seine Fähigkeiten sehr. Wir haben einige Male erfolgreich zusammengearbeitet. Und Sie sagten, Monsieur Holmes, Sie vermuten das Motiv für Chalonges Entführung in seiner wissenschaftlichen Arbeit?"

„Ich kann mir zurzeit jedenfalls kein anderes Motiv vorstellen", erwiderte mein Freund. „Ich habe während der Reise ein paar von Chalonges Abhandlungen gelesen, vermag jedoch nicht zu sagen, worin genau das Motiv bestehen könnte."

Dax brachte die verlangte Akte herein und legte sie vor seinem Chef auf den Schreibtisch. Bevor er sie aufschlug, nahm Dubuque eine Zigarette aus einem mit kleinen roten und weißen Perlen besetzten Etui, die er in eine vergoldete Spitze steckte. Ich nahm sein Angebot an und bediente mich ebenfalls, während Holmes seine Shagpfeife vorzog. Dubuque blätterte die Akte durch und schlug sie dann mit einem lauten Knall zu.

„Hier ist in der Tat vermerkt, dass Mademoiselle Chalonge le Villard mit der Suche nach ihrem Vater beauftragt hat. Doch Neuigkeiten hat unsere Polizei für Sie leider nicht, Monsieur Holmes. Was gedenken Sie als Nächstes zu unternehmen?"

„Ich würde mir gerne le Villards Wohnung in der Avenue d'Jéna ansehen, und Ihre Unterstützung wäre mir dabei willkommen."

„Ich werde Sie selbstverständlich dorthin begleiten. Kommen Sie mit!"

Dubuque führte uns auf einen großen Hof mit Ställen, wo Wagen und Pferde der Polizei untergebracht waren. In einem dieser Wagen fuhren wir am nördlichen Seine-Ufer nach Westen, vorbei am Louvre und den Tuilerien, überquerten den Place de la Concorde und erreichten schließlich die Avenue d'Jéna, die auf den Place de l'Etoile zuführte. Dort erhob sich in einiger Entfernung der Triumphbogen.

Le Villards Wohnung lag im obersten Stock eines vierstöckigen Hauses, dessen Fassade einen altehrwürdigen Eindruck erweckte, als habe sich seit den glorreichen Tagen Napoleons I. niemand mehr um sie gekümmert. Wir klopften die Concierge heraus, eine rundliche Person namens Madame Poitrin.

Dubuque wies sie an, le Villards Wohnung für uns zu öffnen. Sie holte einen Schlüsselbund aus ihrer Wohnung und ging vor uns die Treppe hinauf, wozu sie eine gewisse Zeit benötigte und bei jeder Stufe prustete, als sei es ihr letzter Atemzug. Endlich waren wir oben, und die

Concierge schloss die Tür auf, an der François le Villards Namen und die Berufsbezeichnung „Privatdetektiv“ in silbernen Lettern prangten. Madame Poitrin erkundigte sich, noch immer schwer atmend, bei Dubuque, weshalb wir uns für die Wohnung interessierten.

„Monsieur le Villard ist tot, Madame“, sagte der französische Kriminalist, während wir uns an der Frau vorbei in die Wohnung begaben. Das letzte, was ich von ihr wahrnahm, war, dass ihr vor Schreck der Schlüsselbund die Treppe hinunter bis ins Parterre fiel. Die Wohnung bestand aus einem großen Wohn-, einem Schlaf- und einem kleinen Waschraum. Auffällig waren die Übereinstimmungen mit unserem Domizil in der Baker Street. Hier wie dort gab es einen Tisch mit chemischen Apparaturen, Unmengen von Akten über Kriminelle und Kriminalfälle sowie stapelweise Zeitungsausschnitte, die noch auf ihre Einsortierung warteten – jetzt wohl für immer. Wir hielten uns fast zwei Stunden hier auf, fanden aber weder einen Hinweis auf le Villards Auftrag bezüglich Professor Chalonge noch einen auf seine Mörder. Madame Poitrin musste die Wohnung wieder verschließen, und Dubuque unterzog sie einem kurzen Verhör, das ergebnislos blieb. Vor dem Haus sagte Holmes: „Ein Fehlschlag ist noch keine Niederlage. In diesem Sinne hoffe ich, dass uns in Lyon mehr Erfolg beschieden sein wird.“

„Der Fall ist von nationalem Interesse“, sagte Dubuque, „und Paris kann mich für eine Weile entbehren. Ich werde Sie also nach Lyon begleiten, wenn Sie nichts dagegen haben.“ Er zog eine goldene Taschenuhr aus der Westentasche und klappte den Deckel auf. „Wenn ich mich nicht irre, können wir in knapp zwei Stunden vom Gare de Lyon abfahren. Ich werde Sie zu ihrem Hotel bringen, damit Sie Ihre Sachen packen können. Wir treffen uns anschließend auf dem Bahnhof.“ Und so dauerte unser Besuch in der französischen Hauptstadt nicht einmal einen Tag.

6. Kapitel – Eine Entführung in Lyon

Planmäßig am Nachmittag traf unser Zug in Lyon ein. Wir fuhren vom Bahnhof mit einer Droschke zu der Universität, an der Professor Chalonge seinen Lehrstuhl hatte. Monsieur Dubuque hatte den Vorschlag gemacht, dass wir uns mit Dr. Louis Goutard unterhalten sollten, Chalonges wissenschaftlichem Assistenten und Mitarbeiter.
„Eine hervorragende Idee", sagte Sherlock Holmes dazu. „Goutards Name taucht in sämtlichen Abhandlungen von Chalonge auf, die neueren Datums sind. Niemand dürfte mit der Arbeit des Professors vertrauter sein als er."
Auf dem Universitätsgelände fragten wir mindestens ein halbes Dutzend Personen, bis uns ein Sekretär in einen Trakt führte, in dem Dr. Goutard gerade eine Gruppe Studenten bei einem Experiment beaufsichtigte. Der Geruch unzähliger Chemikalien hatte sich zu einem nur schwer erträglichen Gemisch verbunden, das den großen Raum bis in den kleinsten Winkel erfüllte. An den Arbeitstischen waren die Studenten eifrig damit beschäftigt, Reagenzgläser mit einer graugrünen Flüssigkeit über Bunsenbrennern zu erhitzen. Sie schauten dabei fast ständig auf die Uhr und trugen in regelmäßigen Abständen irgendwelche Werte in Tabellen ein. Dubuque, Holmes, ich selbst und erst recht Toby bildeten einen Fremdkörper in dieser von wissenschaftlichem Ernst geprägten Atmosphäre. Obgleich die Studenten ihr Experiment fortführten, ließen sie uns nicht aus den Augen. Ein etwa fünfunddreißigjähriger Mann mit einem Mondgesicht, das von unpassend wirkendem schulterlangem, blondem Lockenhaar umrahmt wurde, trat uns energisch entgegen. Er trug einen Kittel, der einmal weiß gewesen war, nun aber von einer Farbschattierung in die andere überging.
„Ich muss Sie ersuchen, diesen Raum sofort zu verlassen, meine Herren!", sagte er barsch mit einer Stimme, die einem Feldwebel Ehre gemacht hätte. „Sie stören meine Studenten bei der Arbeit. Hunde sind

hier schon gar nicht gestattet."
Ich bemerkte, dass er an einem nervösen Leiden litt, das sich in einem Zwinkern des linken Auges äußerte, welches alle fünf bis zehn Sekunden erfolgte.
„Wir haben die Ehre mit Dr. Louis Goutard, nehme ich an", sagte Dubuque.
„Der bin ich."
„Mein Name ist Dubuque, und ich bin Beamter bei der Sûreté." Er stellte auch uns vor. „Wir kommen wegen des Verschwindens von Professor Chalonge."
Augenblicklich wechselten Goutards Gesichtsausdruck und Haltung vom Abweisend-Herrischen zum Unterwürfig-Freundlichen.
„Das ist natürlich etwas anderes", erwiderte er lächelnd. „Aber hier können wir uns schlecht unterhalten. Dort hinten haben wir eine Art Büro. Wenn Sie mir folgen wollen."
Wir durchquerten den Versuchsraum und entzogen uns durch eine Tür den neugierigen Blicken der Studenten. Der enge Raum, den Goutard als „Büro" bezeichnet hatte, war eher eine Abstellkammer für Geräte und Chemikalien. Da nur zwei Stühle vorhanden waren, lehnte Holmes sich an die Fensterbank, während Goutard sich auf die Schreibtischkante setzte. Die Unterhaltung wurde auf Französisch geführt.
„Haben Sie Jacques endlich gefunden?", fragte Goutard.
„Nein, sonst wären wir nicht hier", antwortete Dubuque.
„Die arme Marie", sagte Goutard und schüttelte seinen Kopf, dass die Haare hin- und herflogen. „Sie macht sich solche Sorgen um ihren Vater."
„Sind Sie mit Mademoiselle Chalonge gut bekannt?", fragte Holmes, der die Chemikalien in einem Schrank neben dem Fenster betrachtete.
„Wie das so ist. Jacques Chalonge ist nicht nur mein Kollege und Vorgesetzter, sondern er ist für mich im Laufe der Jahre, die wir schon zusammenarbeiten, zu einem väterlichen Freund geworden. Ich bin häufig bei ihm zu Gast. So habe ich auch seine Tochter kennengelernt,

die allerdings die meiste Zeit über in einem Genfer Internat lebt. Ihre Mutter ist schon vor etlichen Jahren gestorben, und Jacques will Marie die bestmögliche Erziehung zukommen lassen."
„Im Moment ist sie aber zu Hause, oder?"
„Ja, schon, sonst wäre Jacques' Verschwinden gar nicht so schnell aufgefallen."
„Was wissen Sie darüber?"
„Nicht viel. Der Professor wollte nach London reisen, um Dr. Troy zu beraten, der Jacques' Werke ins Englische überträgt. Doch dort ist er niemals angekommen."
„Wer wusste alles von dieser Reise?"
„Genau kann ich das nicht sagen. Wohl der Dekan, einige Kollegen und ein Teil der Studenten. Madame Minot, Jacques' Haushälterin, wird es bestimmt auch gewusst haben."
„Und Sie selbst?"
„O ja, natürlich. Ich ging davon aus, dass Sie mich zu diesem Kreis zählen, ebenso Dr. Troy."
„Natürlich", sagte mein Freund. „Haben Sie irgendeine Erklärung für das Verschwinden des Professors?"
„Nein, wirklich nicht. Ich versichere Ihnen, dass ich mir darüber schon den Kopf zerbrochen habe."
„Halten Sie es für möglich, dass Chalonge wegen seiner wissenschaftlichen Arbeiten entführt wurde?"
„Das kann ich mir nicht vorstellen. Wenn jemand etwas vom Professor wissen möchte, braucht er es nur in einer seiner Veröffentlichungen nachzulesen. Eine Entführung scheint mir da eine recht drastische Methode zu sein."
„Vielleicht hat Chalonge eine wichtige Entdeckung gemacht, oder er stand kurz davor, eine solche zu machen. Möglicherweise eine, die ihm jemand neidete."
„Ich habe eng mit Jacques zusammengearbeitet, doch weiß ich nichts von einer solchen Entdeckung. Selbst wenn er eine gemacht hätte, so sind Wissenschaftler zwar zuweilen sehr eifersüchtig aufeinander, aber ich habe noch nie gehört, dass sie ihre Rivalen gefangen setzen."

„Da haben Sie auch wieder recht“, gab Holmes zu und fragte wie beiläufig: „Kennen Sie François le Villard?“
Erst wollte Goutard verneinen, doch im letzten Moment besann er sich anders. „Ist das nicht der Name dieses Privatdetektivs aus Paris, den Marie beauftragt hat, nach ihrem Vater zu suchen?“
„Richtig. Was hat Mademoiselle Chalonge Ihnen darüber erzählt, Dr. Goutard?“
„Sie war letzte Woche in Paris, um den Detektiv aufzusuchen. Am Freitag war das, wenn ich mich recht erinnere. Marie hatte von seinen Erfolgen in der Zeitung gelesen. Romantisch veranlagt, wie junge Mädchen nun mal sind, hatte sie sich in den Kopf gesetzt, le Villard zu beauftragen. Ich riet ihr davon ab, weil ich es für eine Geldverschwendung hielt und noch immer halte. Ein Privatdetektiv kann schließlich auch nicht mehr herausfinden als die Polizei.“ (Holmes verzog bei dieser Bemerkung keine Miene.) „Oder hat er tatsächlich eine Spur gefunden?“
„Das kann man nicht sagen“, erwiderte Holmes ausweichend. „Eine letzte Frage noch, Doktor: Woran hat Professor Chalonge zuletzt gearbeitet?“
„Er experimentierte mit der Zellteilung. Genaueres kann ich nicht sagen, denn bevor er nicht Erfolge vorzuweisen hatte, blieb Jacques immer sehr verschlossen, selbst mir gegenüber.“
Holmes bedankte sich bei Dr. Goutard für die Auskünfte und fragte ihn noch nach dem Weg zur Rue Foire, wo Chalonges Haus stand. Es war nur ein paar Straßen weiter, sodass wir zu Fuß dorthin gingen. Das war auch gut für Toby, der nach der Zugreise Auslauf benötigte.
„Was halten Sie von Docteur Goutard, Monsieur Holmes?“, fragte Dubuque. „Seine Haare sind zwar etwas zu lang, aber ansonsten hat er auf mich einen annehmbaren Eindruck gemacht.“
„Ich weiß nicht, ob er ganz ehrlich zu uns war“, antwortete mein Freund.
„Pourquoi? Ich meine, warum?“
„Als ich ihn fragte, ob Chalonge eine wichtige Entdeckung gemacht habe, verneinte er das und sagte, er arbeite eng mit dem Professor zu-

sammen. Dann aber erklärte Goutard, Chalonge sei sogar ihm gegenüber verschlossen. Wie konnte der Doktor dann so sicher sein, dass Chalonge keine Entdeckung gemacht hatte?"

„Hm", machte Dubuque. „Meinen Sie, ich sollte Goutard mal genauer überprüfen lassen?"

„Eine ausgezeichnete Idee, Monsieur Dubuque", sagte Holmes und zwinkerte mir heimlich zu. Er hatte bei Inspektor Lestrade und dessen Kollegen von Scotland Yard hinreichend gelernt, ihnen seine Ideen als ihre eigenen erscheinen zu lassen.

„Rue Foire Nr. 28, hier muss es sein", sagte ich und blieb vor einem Haus stehen, das durch eine mannshohe Hecke von der Straße abgeschirmt wurde. Zwischen der Hecke und dem Haus erstreckte sich eine mit Obstbäumen bepflanzte Wiese.

Wir gingen auf einem Kiesweg zu dem zweistöckigen, lang gestreckten Gebäude, und Holmes zog sechs- oder siebenmal vergeblich an der Klingelschnur.

„Niemand zu Hause", meinte Dubuque. „Da haben wir Pech gehabt."

„Seltsam", sagte Holmes nachdenklich. „Man sollte doch annehmen, dass wenigstens die Tochter oder die Haushälterin da ist für den Fall, dass eine Nachricht vom Professor kommt. Gehören sonst noch Personen zum Haushalt, Monsieur Dubuque?"

„Nach unserer Akte nicht."

„Was haben wir denn da!", stieß Holmes hervor, kniete sich hin und betrachtete das Türschloss, erst mit bloßen Augen, dann durch sein Vergrößerungsglas. „Am Schloss sind frische Kratzspuren, als hätte erst kürzlich jemand versucht, die Tür gewaltsam zu öffnen. Er hatte aber keinen Erfolg, jedenfalls nicht an der Tür."

Er untersuchte den Boden vor der Haustür. „Heute Nacht hat es geregnet, und der Boden ist aufgeweicht. Rechts neben der Tür haben sich die Fußabdrücke zweier Männer eingegraben, die am Haus entlanggegangen sind. Folgen wir ihnen!"

Holmes betätigte sich als Fährtensucher, Dubuque und ich gingen hinterher. Toby, den ich an der Leine hielt, schien zu spüren, dass etwas nicht in Ordnung war; er fletschte die Zähne, knurrte und

zerrte unruhig am Riemen.
Die Spur führte uns zu einem Parterrefenster an der Rückseite des Hauses, das man geöffnet hatte, indem man ein kreisrundes Stück aus der Scheibe herausschnitt und dann von außen hindurchgriff und die Verriegelung löste. Holmes fand das ausgeschnittene Glasstück auf dem Rasen.
„An der Außenseite klebt noch der Kitt", stellte er fest, „mittels dessen die Einbrecher die Scheibe während des Ausschneidens festhielten, damit sie nicht ins Haus fiel und Lärm verursachte. Wir haben es wirklich nicht mit Amateuren zu tun. Ich fürchte, wir kommen zu spät, aber seien wir trotzdem vorsichtig, wenn wir das Haus durchsuchen!"
Das aufgebrochene Fenster war nur angelehnt. Holmes stieg als Erster hindurch, gefolgt von Dubuque, der bei Weitem nicht so beweglich war wie mein Freund; deshalb stellte ich mich mit dem Rücken zur Hauswand und verschränkte die Hände vor dem Bauch zu einer „Leiter", auf die der Franzose sich beim Hineinklettern stellen konnte. Ich reichte ihnen Toby hinein und stieg als Letzter durchs Fenster, um mich in einer großen Bibliothek wiederzufinden.
„Hier ist nichts", sagte Holmes und öffnete eine Tür, die auf einen Gang führt. „Geben Sie mir Toby, Watson. Sie und Monsieur Dubuque durchsuchen das Parterre, während ich mir mit dem Hund das Obergeschoss vornehme."
Holmes und Toby erstiegen die Treppe. Dubuque und ich gingen in das Zimmer neben der Bibliothek, das ebenso groß war und eine vollständige Laborausrüstung beherbergte. Professor Chalonge hatte seine Experimente offenbar auch nach Feierabend fortgesetzt. Menschen fanden wir hier nicht, und die beiden Fenster waren verriegelt.
Wieder auf dem Gang, hörten wir Holmes rufen: „Watson, Dubuque, kommen Sie herauf!"
Wir eilten nach oben.
„Holmes, wo sind Sie?", fragte ich laut und hielt meinen Revolver mit gespanntem Hahn in der Hand.
Holmes' unverkennbarer Kopf mit der langen, gebogenen Raubvo-

gelnase und der Jagdmütze, die er auf Reisen bevorzugt trug, streckte sich hinter einer Tür hervor. „Hier herein, meine Freunde. Sie können die Waffe einstecken, Watson. Es besteht keine akute Gefahr."

Wir betraten das Schlafzimmer einer fünfzigjährigen Frau, die im Nachthemd auf ihrem zerwühlten Bett saß und einen sehr mitgenommenen Eindruck machte. Ein blau-weißes Tuch, das ursprünglich als Knebel gedient hatte, hing um ihren Hals. Der Detektiv war damit beschäftigt, mit seinem Taschenmesser die Stricke durchzuschneiden, mit denen man die Frau verschnürt hatte wie ein Weihnachtspaket. Der Knebel hatte sie beim Atmen gestört, und jetzt holte sie voller Inbrunst Luft. Sie war eine große, grobknochige Person mit bereits leicht ergrauten Haaren. Ihr Gesicht war freundlich und drückte unter normalen Umständen wohl jene mütterliche Fürsorge aus, die wir an unserer Mrs. Hudson so sehr schätzten.

„Kümmern Sie sich doch mal um die Dame, Watson", forderte Holmes mich auf, während er die letzte Fessel an ihren Füßen löste.

Ich sagte der Frau auf Französisch, dass ich Arzt sei, und untersuchte sie. Puls und Herzschlag gingen sehr schnell; das war der Aufregung zuzuschreiben und würde sich bald normalisieren. Die Stricke hatten an verschiedenen Stellen in ihre Haut geschnitten, doch das war nicht weiter tragisch. Sonst fehlte ihr nichts.

Dubuque brachte ihr ein Glas Wasser, das er einer Karaffe auf einem kleinen Tisch entnommen hatte. Die Frau leerte es auf einen Zug.

„Sie sind Madame Minot, die Wirtschafterin, nehme ich an?", fragte Holmes, ebenfalls auf Französisch.

„Ja", keuchte sie nur.

Holmes stellte uns vor und sagte: „Madame Minot, erzählen Sie uns möglichst der Reihe nach und vollständig, was vorgefallen ist!"

Sie musste sich erst sammeln, bevor sie begann: „Es geschah in der Nacht, als ich schon schlief. Plötzlich wurde ich wach und wusste nicht, was mich geweckt hatte, hörte dann aber Geräusche und leise Stimmen. Ich steckte eine Kerze an und ging hinaus auf den Gang. Im selben Moment kamen aus Maries Zimmer zwei Männer, die Marie mit sich führten, geknebelt und die Hände zusammengebunden. Ich zog mich rasch in mein Zimmer zurück und wollte die Tür verschließen, aber die Männer waren schneller. Sie drückten die Tür auf, warfen mich aufs Bett und fesselten mich. Das ist eigentlich schon alles."

„Mademoiselle Chalonge ist entführt worden", fasste Dubuque den Bericht zusammen.

„Das ist offensichtlich", erwiderte Holmes gereizt. „Während wir uns in Paris herumtrieben, haben die Entführer erneut zugeschlagen. Aber vergossener Milch soll man nicht nachtrauern. Die wichtigste Frage ist nun, wo wir die Entführer und ihre Opfer zu suchen haben."

„In Marseille", sagte Madame Minot.

Holmes' Kopf fuhr ruckartig zu ihr herum. „Wie bitte?"

„Sie wollten nach Marseille", erklärte Madame Minot. „Als der eine mich fesselte, forderte der andere ihn auf, sich zu beeilen. ‚Keine Angst', beruhigte der Erste ihn da. ‚Den Frühzug nach Marseille erwischen wir allemal.'"

„Das ist kaum zu glauben", meinte Holmes. „Unsere Gegner sind eigentlich zu gewitzt, um sich derart zu verplappern."

„Vielleicht wollen sie uns auf eine falsche Fährte locken", vermutete Dubuque.

„Daran denke ich auch", sagte Holmes.

„Das glaube ich nicht", sagte die Wirtschafterin. „Die Männer nahmen wohl an, ich könnte sie nicht verstehen. Sie sprachen sehr leise miteinander und zudem auf Holländisch. Meine Schwester ist mit einem Kaufmann in Amsterdam verheiratet, und deshalb kenne ich mich ein wenig in der Sprache aus."

„Das ändert die Sachlage", sagte Holmes. „Monsieur Dubuque, würden Sie uns Fahrkarten für den nächsten Zug nach Marseille besorgen?"

„Oui, Monsieur Holmes. Außerdem muss ich die hiesige Polizei benachrichtigen."

Dubuque verließ uns, und mein Freund setzte die Befragung Madame Minots fort.

„Haben die Männer noch etwas gesagt, das Sie verstehen konnten?"

„Nein."
„Wie sahen sie aus?"
„Der mich fesselte, hatte dunkle Haare und einen dunklen Schnurrbart. Aufgefallen sind mir seine schwarzen Zähne. Der andere war größer und blond. Ihn konnte ich nicht so gut sehen."
„Ist Ihnen an der Hautfarbe etwas aufgefallen?"
„Sie war für Europäer ungewöhnlich dunkel, glaube ich, bin mir aber nicht sicher, denn das Zimmer war nur schwach erleuchtet."
„Benutzen Sie noch ein anderes Parfüm als das, welches dort auf der Kommode steht?"
Madame Minot war von Holmes' Gedankensprung genauso überrascht wie ich und sah den Detektiv verständnislos an.
„Ich erkundigte mich nach Ihrem Parfüm, Madame. Ist jenes dort die einzige Marke, die Sie verwenden?"
„Ja."
„Im Haus hängt nämlich noch ein anderer Duft, stärker und süßlicher. Er stammt wohl von Mademoiselle Chalonges Parfüm."
„Ja, die jungen Mädchen tragen immer etwas dick auf in solchen Dingen. Aber wir waren früher auch nicht anders."
Holmes stellte ihr noch einige Fragen über das Verschwinden des Professors. Madame Minot hatte sowohl von seiner Reise gewusst als auch davon, dass Marie Chalonge François le Villard eingeschaltet hatte. Mein Freund empfahl der Haushälterin, sich bis zum Eintreffen der Polizei etwas auszuruhen. Wir gingen in Mademoiselle Chalonges Zimmer, das schräg gegenüber lag.
„Meinen Sie, Madame Minot hat ihre Herrschaft verraten, Holmes?"
„Das weiß ich noch nicht."
„Dann wäre die angebliche Reise der Entführer nach Marseille doch eine falsche Fährte."
„Das Risiko müssen wir eingehen, denke ich."
Holmes widmete sich intensiv den Fläschchen und Dosen, die vor einem großen Wandspiegel auf einer Ablage standen. Er fischte eine eckige Flasche, die zur Hälfte mit einer bernsteinfarbenen Flüssigkeit gefüllt war, heraus und roch daran.

„Marie Chalonges Parfüm“, teilte er mir mit.
„Das scheint es Ihnen angetan zu haben, Holmes.“
„Ja, in der Tat. Mögen Sie es nicht, Watson? Sie haben doch sonst ein Faible für das schöne Geschlecht und alles, was damit zusammenhängt. Ich finde das Parfüm sehr penetrant, ausgezeichnet! Die Neigung der Frauen, sich von Kopf bis Fuß mit solchen Wässerchen zu bestäuben, vereinfacht ihre Identifizierung oft sehr.“
Als Holmes bei diesen Worten Toby ansah, verstand ich auf einmal, warum er sich so für das Parfüm interessierte.
„Schon seit einiger Zeit erwäge ich, diesem Thema eine kleine Monografie zu widmen“, fuhr er fort und steckte die Flasche in seine Manteltasche. „Lassen Sie uns mal nach draußen gehen, Doktor. Ich bemerkte vorhin auf dem Rasen Spuren, die darauf hinweisen, dass die Entführer samt ihrem Opfer das Haus durch das Fenster verlassen haben.“
Wir gingen nach unten in die Bibliothek und kletterten wieder durch das Fenster. Holmes bückte sich und untersuchte den Rasen durch sein Vergrößerungsglas.
„Hier sind die Spuren, Watson, allerdings nur die der Männer, dafür tiefer eingedrückt als auf dem Hinweg. Sie trugen eine schwere Last und gingen dabei hintereinander. Diese Last war natürlich ihr Opfer. Sie hatten Marie Chalonge betäubt oder ihre Füße gefesselt.“
Wir verfolgten die Spur, die diesmal nicht dicht am Haus entlang, sondern quer über den Rasen führte und an der Stelle endete, wo der Kiesweg auf den Bürgersteig stieß.
„Wahrscheinlich hat an der Straße ein Wagen auf sie gewartet“, erklärte Holmes. „Damit verliert sich die Fährte für uns – vorerst. Holla, da hinten führt unser Freund Dubuque seine Kavallerie in die Attacke!“
Eine von zwei Pferden gezogene, geschlossene Kutsche donnerte mit einem Höllentempo über das Straßenpflaster. Neben dem uniformierten Kutscher saß Dubuque auf dem Bock, hielt mit der einen Hand sich und mit der anderen seinen Hut fest. Funken sprühten vom Pflaster auf, als das Gefährt vor uns anhielt, und beinahe wäre Dubuque

dabei doch noch heruntergefallen. Hinten ging am Kastenaufbau eine Tür auf, und eine Abteilung Uniformierter sprang auf die Straße, angeführt von einem Polizisten in Zivil.
„Wenn wir den nächsten Zug nach Marseille noch erreichen wollen, müssen wir uns beeilen", sagte der Pariser Kriminalist. „Er fährt in weniger als einer halben Stunde ab."
„Ich hätte mich gerne genauer im Haus umgesehen", meinte Holmes. „Aber Marseille ist wichtiger. Können wir diesen Wagen nehmen?"
„Bien sûr", antwortete Dubuque. „Selbstverständlich."
„Dann mal los", sagte Holmes. „Wir haben keine Zeit zu verlieren!"

7. Kapitel – Unter den Straßen von Marseille

So kam es, dass wir uns am Abend in einem großen Zimmer in der Polizeipräfektur von Marseille wiederfanden, der zweitgrößten Stadt Frankreichs, zugleich der bedeutendste Hafen dieser Nation am Mittelmeer. Mit „wir" meine ich außer Holmes, Dubuque und meiner Wenigkeit (und natürlich Toby) noch Monsieur Lasalle, den Polizeipräfekten dieser Stadt, und einen jungen Mann, der als Zeichner für die Polizei arbeitete. Als Vorlage für seine Zeichnung diente ihm eine Fotografie von Professor Jacques Chalonge und seiner Tochter, die Holmes in Maries Zimmer eingesteckt hatte, ohne dass ich es bemerkte. Im Zug hatte er sie aus der Tasche gezogen und sie Dubuque und mir wie eine Trumpfkarte vorgelegt. Sein Hang zu solchen Taschenspielertricks war eine von Holmes' unauslöschbaren Eigenheiten.
Die Fotografie zeigte Vater und Tochter, wie sie auf einer Couch in einem Salon saßen. Eine Eintragung des Fotografen auf der Rückseite teilte uns mit, dass die Aufnahme im Dezember 1886 gemacht worden war, also erst vor zwei Monaten.

Das machte sie für uns noch wertvoller.
Der achtundfünfzigjährige Professor war ein kleiner, gedrungener Typ, dessen Figur mich an unseren Monsieur Dubuque erinnerte. Er hatte ein volles, pausbäckiges, bartloses Gesicht. Sein Haar schien grau zu sein (man konnte es nicht genau erkennen), war noch voll und sträubte sich energisch gegen eine ordentliche Frisur. Chalonge lächelte auf eine gemütlich und zufrieden wirkende Art und wirkte wie ein Ladenbesitzer am Abend eines erfolgreichen Geschäftstages. Einen erfolgreichen Wissenschaftler hätte ich in ihm nicht vermutet. Seine sechzehnjährige Tochter sah ihm nicht im geringsten ähnlich. Sie war größer als er und schlank. Das Gesicht mit den großen Augen hatte etwas Katzenartiges an sich. Halblanges, glattes, dunkles Haar legte sich eng an die Kopfform an.
Sherlock Holmes fasste die Ereignisse für Monsieur Lasalle zusammen und rauchte dabei seine Shagpfeife. Das Gespräch fand auf Französisch statt.
„Mademoiselle Chalonges überraschende Rückkehr nach Lyon hat die Entführer ihres Vaters aus dem Konzept gebracht", hörte ich meinen Freund sagen. „Erst einmal haben sie François le Villard gefangen genommen. Ob er tatsächlich etwas für sie Gefährliches herausgefunden hatte oder ob sie nur wegen seines bekannten Namens in Panik gerieten, lässt sich noch nicht sagen. Fest steht, dass es einen Verräter gibt, der die Entführer zuverlässig über das in Kenntnis setzt, was im Kreis um Professor Chalonge vor sich geht. Sonst wäre le Villard ihnen nicht so rasch ins Netz gegangen. Ich bin bereits gespannt, wann das erste Attentat auf Watson und mich erfolgt."
Ich dagegen war überhaupt nicht darauf gespannt und fasste unwillkürlich an das beruhigende Metall des Revolvers in meiner Manteltasche.
„Bei Chalonges Entführern handelt es sich um eine gut geführte und schlagkräftige Truppe", fuhr Holmes fort. „Weshalb sie Marie nun auch entführten, kann ich nicht genau sagen. Vielleicht wollten sie weitere Nachforschungen von ihrer Seite unterbinden. Sie wussten schließlich nicht, ob le Villard noch jemandem etwas hatte mitteilen

können. Wäre er irgendwo in den Straßen Londons gestorben, wäre er mit seinen schlimmen Entstellungen vermutlich niemals identifiziert worden, da er keine Papiere bei sich trug."

„Aber was suchen die Entführer in Marseille?", fragte Monsieur Lasalle, ein großer, hagerer Mann mit schlohweißem Haar und buschigen, weißen Brauen, den ich auf Mitte Sechzig schätzte.

„London ist eine Hafenstadt, und Marseille ist eine Hafenstadt", antwortete Holmes. „Die Hautfarbe der Entführer wurde als ungewöhnlich dunkel beschrieben. Das lässt darauf schließen, dass sie sich lange Zeit in Übersee aufgehalten haben. Vielleicht wollen sie nun dorthin zurückkehren."

„Sie meinen, diese Männer sind nach Europa gekommen, um Professor Chalonge zu entführen und mitzunehmen, Monsieur Holmes?"

„Genau das meine ich, monsieur le préfect."

„Das wäre aber ein gewagtes Unternehmen. Klingt das alles nicht etwas unglaubwürdig?"

„Haben Sie eine Theorie, die glaubwürdiger klingt?" entgegnete Holmes.

Der Zeichner beendete seine Arbeit, und mein Freund nahm die Fotografie wieder an sich. Die Zeichnung würde vervielfältigt und in sämtlichen Polizeistationen der Stadt ausgehängt werden.

„Ich lasse alle Bahnhöfe und alle auslaufenden Schiffe überwachen", sagte der Polizeipräfekt. „Sie können sich kaum vorstellen, was für eine Arbeit das in einer Stadt wie Marseille bedeutet. Es bindet einen Großteil meiner Männer. Was ist, wenn die Entführer gar nicht nach Marseille gefahren sind?"

„Das ist, wie ich bereits zu Dr. Watson sagte, ein Risiko, das wir eingehen müssen."

Dubuque sagte: „Ich muss Sie doch nicht daran erinnern, monsieur le préfect, dass es sich bei dem Verschwinden von Professor Chalonge um einen Fall von nationalem Interesse handelt."

„Nein, das müssen Sie nicht, Dubuque!", fuhr der Präfekt ihn an.

„Wenn sich die Entführer in dieser Stadt aufhalten, können Ihre Leute noch etwas tun, um sie ausfindig zu machen, Monsieur Lasalle", sagte

Holmes betont sachlich. „Sie müssen alle Obsthändler dahin gehend überprüfen, ob in jüngster Zeit jemand auffallend viel Obst bei ihnen gekauft hat, so zehn bis fünfzehn Pfund pro Tag."

„Habe ich Obst verstanden?", erkundigte sich Lasalle und hielt dabei eine Hand hinters Ohr.

„Das haben Sie", bestätigte Holmes. „Die Entführer kauften es schon in London, nach meiner Meinung als Futter für das Tier, das sie bei sich haben."

„Merkwürdige Leute müssen das sein, die bei einem solchen Unternehmen ein Schoßtier mitnehmen", bemerkte Lasalle.

„Ich glaube nicht, dass es ein Schoßtier ist", erwiderte Holmes. „Nicht bei der Menge Futter."

„Gut, ich werde die Befragung der Obsthändler umgehend veranlassen. Sie bringen uns ganz schön auf Trab, Monsieur Holmes."

Holmes, Dubuque und ich nahmen uns Zimmer in einem Hotel, das nur einen Steinwurf weit von der Präfektur entfernt war. Es nannte sich „Hôtel de Mer". Auf diese Weise war gewährleistet, dass wir die Neuigkeiten erfuhren, solange sie noch Neuigkeiten waren. Ich nahm Toby mit auf mein Zimmer, weil Holmes unmissverständlich geäußert hatte, er wolle beim Nachdenken keinesfalls gestört werden.

„Dies ist ein Dreipfeifenproblem, Watson", sagte er noch, bevor die Tür hinter ihm zuschlug.

Als ich mit hinter dem Kopf verschränkten Armen auf meinem Bett lag und mich zu entspannen versuchte, konnte ich fast sehen, wie der Detektiv in einem Sessel saß, vom Pfeifenrauch umwallt, unbeweglich wie eine Statue. Dafür bewegte sich in seinem Kopf das Räderwerk der unvergleichlichen Denkmaschine, zog alle Fakten und Möglichkeiten in Betracht, setzte sie zu einem passenden Ganzen zusammen, suchte Schwachstellen in dem Mosaik und verwarf es wieder, wenn es welche fand. Mit diesem Bild im Kopf schlief ich ein.

Entweder Tobys aufgeregtes Gekläff weckte mich, das laute Pochen an der Tür oder beides zusammen. Ich benötigte ein paar Sekunden, um mich zu orientieren, und fragte dann laut nach dem Namen des Störers.

„Hier ist Dubuque", lautete die Antwort. „Machen Sie auf, Docteur Watson, machen Sie auf!"
Ich zündete die Nachttischlampe an und sah auf meine Uhr; es war kurz vor vier, die Zeit des tiefen Schlafes. Noch halb benommen, rollte ich mich aus dem warmen Federbett und ging zur Tür. Der Franzose war vollständig angezogen.
„Was gibt es denn, Monsieur Dubuque?"
„Ein Bote von der Präfektur war vor wenigen Minuten bei mir. Lasalle hat Neuigkeiten für uns und erwartet uns so bald wie möglich. Monsieur Holmes weiß bereits Bescheid. Also ziehen Sie sich an, Docteur, wenn Sie mitkommen wollen."
„Um was für Neuigkeiten handelt es sich?"
Dubuque zog die Schultern hoch. „Ich weiß nicht."
Als ich mich angezogen hatte, warteten die anderen bereits auf mich, und wir gingen zur Präfektur. Toby nahmen wir vorsichtshalber mit. Im Zimmer des Präfekten saßen ein Mann und eine Frau, die offenbar auch aus dem Schlaf geholt worden waren. Beide waren mittleren Alters, dunkelhaarig und klein. Doch während der Mann spindeldürr war, erinnerte die Frau eher an eine Regentonne. Sie sahen unsicher und verwirrt aus und schienen sich zu fragen, weshalb man sie belästigte. Uns Neuankömmlinge musterten sie mit scheuen Blicken.
„Wie ich sehe, ist die Überprüfung der Obsthändler erfolgreich gewesen", sagte Holmes. „Ich gratuliere Ihnen, Monsieur Lasalle!"
„Wie können Sie wissen, dass es sich um die Obsthändler handelt, Monsieur Holmes? Der Bote, den ich zu Ihnen schickte, wurde darüber nicht unterrichtet."
„Den Beruf der meisten Menschen kann man an ihren Händen erkennen, so auch hier. Das jahrelange Hantieren mit dem Obst hat seine eigentümlichen Verfärbungen hinterlassen."
„Oui, Sie haben recht. Monsieur Georges Audran und seine Frau führen einen Obsthandel im Viertel St. André. Vorgestern und gestern hat ein Mann, den sie vorher noch nie gesehen hatten, bei ihnen jedes Mal ungefähr fünfzehn Pfund Obst gekauft."
„Wenn er zu den Entführern gehört, haben sie sich getrennt", über-

legte Holmes laut. „Während zwei von ihnen Mademoiselle Chalonge entführten, hatte der dritte bereits Quartier in Marseille bezogen. Er hatte das Tier bei sich – und vielleicht den Professor." Er wandte sich an das Obsthändlerpaar. „Wie sah der Mann aus?"
„Er war groß und schlank", antwortete der Mann.
„Aber nicht besonders groß und nicht besonders schlank", berichtigte die Frau ihn.
„Welche Haarfarbe hatte er?"
„Es war hell", sagte der Mann.
„Ich würde sagen, eher dunkel", meinte die Frau.
„Trug er einen Bart?"
„Non, er war glatt rasiert", antwortete Monsieur Audran.
„Das stimmt nicht, Georges, er trug einen kleinen Schnurrbart."
„War seine Haut hell oder dunkel?"
„Dunkel", antwortete der Obsthändler.
„Non, hell."
„Lassen wir das", resignierte Holmes. „Hat der Mann irgendetwas gesagt, wie er heißt, wo er herkommt oder wo er wohnt?"
„Non, er war nicht sehr gesprächig", teilte uns Georges Audran mit.
„Das ist wahr", stimmte ihm seine Frau überraschenderweise zu.
„Um welche Uhrzeit kam er?"
„Vorgestern kam er nachmittags, gestern schon morgens."
Auch diesmal hatte Madame Audran nichts gegen die Aussage ihres Mannes einzuwenden.
„Wenn er heute wiederkommt, werden wir vorbereitet sein", sagte Holmes. „Können Sie ein Zeichen geben, wenn der Mann Ihren Laden verlässt?"
Georges Audran überlegte und sagte dann: „In meinem Fenster hängt eine große Bananenstaude, die könnte ich herunternehmen."
„Hervorragend. Ich werde mich so postieren, dass ich Ihr Fenster beobachten kann. Monsieur le préfect, könnten Sie im Bereich von St. André einen großen Trupp Polizisten bereitstellen, ohne dass es auffällt?"
„Das lässt sich machen, Monsieur Holmes."

Ein speckiger Schlapphut, ein uralter, mit Flicken übersäter Mantel, ein Krückstock und ein falscher, verfilzter Vollbart. Das waren die Utensilien, mit denen Holmes sich als alter Bettler verkleidete, bevor er das Hotel vor Sonnenaufgang verließ. Er hatte sich die Sachen irgendwo besorgt, als Dubuque und ich schon ins Hotel zurückgekehrt waren. Er wollte jetzt seinen Posten vor dem Laden der Audrans beziehen, und Dubuque und ich fuhren in einer Polizeikutsche zur Polizeistation von St. André, wo Lasalle unter dem Kommando eines Monsieur Rovert ein Kontingent Gendarmen zusammengezogen hatte.

Dort warteten wir, bis kurz vor Mittag ein Gendarm forschen Schrittes das Büro des Stationskommandanten betrat und einen Zettel abgab, den ihm ein Bettler gegeben hatte. Ich erkannte Holmes' Handschrift sofort, als ich die Mitteilung las: „Rue Paysan Nr. 15. S.H." Das war alles, typisch Holmes.

Rovert gab den Einsatzbefehl an seine Männer, und ein halbes Dutzend Polizeiwagen ratterte vom Hof. Ich saß, Toby zu meinen Füßen, mit Dubuque, Rovert und einer Abteilung Gendarmen in einer der Kutschen. Unser Ziel lag in einem Viertel im Norden Marseilles, das sicher nicht zu den besten Wohngegenden der Stadt gehörte und mich ans Londoner East End erinnerte. Der verkleidete Holmes hielt unseren Konvoi an und zeigte auf ein verwittertes Haus in einiger Entfernung.

„Als Audran mir das vereinbarte Zeichen gab, bin ich dem Mann gefolgt, der mit einem großen, bis zum Rand gefüllten Korb den Laden verließ. Er war übrigens mittelgroß, weder sehr schlank noch sehr dick, hatte dunkelblondes Haar, keinen Bart und eine dunkle Hautfarbe. Er ging in dieses Haus, und seitdem ist niemand herausgekommen. Wenn die Gendarmen ausgeschwärmt sind und das Gebäude umstellt haben, können wir es stürmen."

Rovert gab diesbezügliche Befehle, und seine Männer verteilten sich. Holmes riss seinen falschen Bart ab und rieb sein Kinn. „Es juckt", meinte er.

Ein krachendes Geräusch lenkte unsere Aufmerksamkeit auf die Hof-

einfahrt neben dem Haus Nr. 15, die durch ein Holztor verschlossen gewesen war. Jemand hatte das Tor gewaltsam aufgestoßen. Eine große Kutsche, geschlossen und zweispännig, preschte auf die Straße und fuhr in die uns entgegengesetzte Richtung. Die sich dort schon aufhaltenden Gendarmen mussten zur Seite springen, wollten sie nicht überrollt werden. Zudem schoss der Mann, der neben dem Kutscher auf dem Bock saß, aus einem Revolver auf sie.
„Unser Aufmarsch ist bemerkt worden!“, übertönte Holmes’ Stimme den Lärm der allgemeinen Aufregung. „Wir müssen hinterher! Rovert, ein paar Männer sollen das Haus durchsuchen!“
Dubuque und ich sprangen in die Kutsche, mit der wir gekommen waren, gefolgt von einigen Gendarmen. Holmes kletterte zu dem Fahrer auf den Bock. Das Gefährt setzte sich so ruckartig in Bewegung, dass wir Insassen kräftig durcheinandergeschüttelt wurden. Toby rutschte quer über den Boden und beklagte sich mit einem lauten Jaulen.
Ich kannte mich in Marseille zu wenig aus, um zu erkennen, in welche Richtung wir uns bewegten. Straßen und Gassen flogen an uns vorbei. Wir nahmen die Kurven manchmal mit solcher Geschwindigkeit, dass der Wagen nur auf zwei Rädern fuhr und umzustürzen drohte. Ein zweiter Polizeiwagen folgte uns, fiel jedoch weit zurück. Sicher spornte Holmes unseren Kutscher tüchtig zu Waghalsigkeiten an, die der Fahrer der zweiten Kutsche für zu gefährlich hielt.
Ab und zu erhaschte ich einen Blick auf den Wagen unserer Gegner, die immer, wenn wir ein wenig aufholten, vom Bock und aus dem Inneren auf uns schossen. Wegen der rasanten Fahrt war die Wahrscheinlichkeit eines Treffers aber sehr gering, und es kam auch nicht dazu.
So ging es mehr als zehn Minuten durch die Stadt, und andere Fahrzeuge und Fußgänger konnten oft erst im letzten Augenblick ausweichen. Irgendwann sah ich unsere Gegner nicht mehr.
„Umdrehen, Fahrer!“, rief Holmes oben auf dem Bock. „Sie haben die andere Abzweigung genommen.“
Der Kutscher wendete das schwere Gefährt umständlich und wäre

dabei fast mit dem zweiten Polizeiwagen zusammengestoßen, der inzwischen zu uns aufgeschlossen hatte. Wir fuhren ein Stück zurück und bogen an einer Kreuzung ab. Dort stand die Kutsche, die wir verfolgt hatten, am Straßenrand. Sie war leer!

„Wir haben sie verloren“, sagte Dubuque, als wir vor der fremden Kutsche standen und uns davon überzeugten, dass sie tatsächlich vollkommen verlassen war.

Ich schaute mich in der menschenleeren Seitenstraße um, konnte aber nichts Auffälliges entdecken.

„So schnell geben wir nicht auf“, sagte Holmes. „Toby, komm her!“ Er nahm den Hund und setzte ihn ins Innere der fremden Kutsche. Dann zog er etwas aus der Manteltasche: die Parfümflasche, die er aus Marie Chalonges Zimmer mitgenommen hatte. Er schraubte den Deckel auf, ließ Toby am Inhalt riechen und steckte die Flasche wieder ein. Tobys Gebell zeigte an, dass er die Witterung aufgenommen hatte. Mit einem Satz verließ er den Wagen und zog Holmes quer über die Straße, bis er auf einem Deckel stehen blieb, der einen Eingang zu den Abwasserkanälen verschloss. Toby sah den Deckel an und bellte ununterbrochen.

„Gut gemacht, Toby“, lobte der Detektiv. „Den Deckel aufmachen, schnell!“

Ein Gendarm lief zu unserem Wagen und kehrte mit einer Eisenstange zurück, mit der wir den Deckel aus seiner Umfassung heraushoben. Ein paar Männer blieben oben zurück. Dubuque, Holmes und ich stiegen mit dem Rest in den Untergrund hinab. Einige Laternen aus den Wagen sorgten für Licht in dem finsteren Schacht. Während ein Gendarm nach dem anderen an den Eisensprossen herabkletterte, setzte Holmes, der als Erster unten angelangt war, Toby auf dem Boden ab.

Die aus groben Steinen bestehenden Wände waren kalt und klamm. Neben uns flossen stinkende Abwässer durch den Kanal, und man musste achtgeben, um nicht hineinzufallen. Ich fragte mich insgeheim, ob Toby bei diesem Gestank die Witterung würde behalten können.

Aber er schaffte es und führte uns bald unter den Straßen von Marseille entlang, entschied sich für eine Abzweigung und ließ eine andere achtlos hinter sich zurück. Der Gestank schien immer unerträglicher zu werden, und ich bemühte mich, nur durch den Mund zu atmen. Unsere Schritte auf dem Steinboden erzeugten einen unwirklichen Hall, und das Laternenlicht ließ unsere Schatten an den Wänden verrückte Tänze aufführen. Eine Legion der Todgeweihten auf dem Weg in die Unterwelt, dachte ich.

Da krachte ein Schuss und kurz darauf weitere. Der Kanalschacht steigerte den Schall zu einem Donnergrollen, welches das Aufblitzen des Mündungsfeuers in der vor uns liegenden Dunkelheit begleitete.

„Geht in Deckung!", rief vor mir Holmes, kniete sich selbst hin und schoss zurück.

Neben mir stöhnte Dubuque auf, und sein Revolver fiel klirrend auf den Boden. Seine Linke fuhr zum rechten Oberarm. Es war zum Glück nur eine Fleischwunde, die ich rasch mit einem großen Taschentuch verband.

„Geben Sie acht, dass Sie nicht den Professor oder seine Tochter treffen, Monsieur Holmes", sagte der Verwundete.

„Ich schieße nur auf jene Stellen, wo das Mündungsfeuer zu sehen ist", erwiderte mein Freund. „Der Gegner scheint sich zurückgezogen zu haben. Weiter!"

Dubuque nahm seine Waffe in die linke Hand, und wir setzten die Verfolgung fort. Nach ein paar Minuten hörten wir irgendwo vor uns ein seltsames Geräusch, als schlüge Metall auf Metall. Ich konnte es mir nicht erklären, aber ein ungutes Gefühl beschlich mich.

„Was ist das?", fragte auch Dubuque.

Holmes zuckte nur mit den Schultern und sagte: „Schneller!"

Dann sahen wir, was das Geräusch verursacht hatte: Ein Eisengitter durchzog den Schacht vom Boden bis zur Decke und trennte ihn in zwei Teile. Irgendwie war es unseren Gegnern gelungen, die in das Gitter eingelassene Tür hinter sich zu verschließen. Holmes hatte seinen Bund mit Nachschlüsseln dabei und versuchte sie vergebens an dem Schloss.

„Geben Sie's auf, es hat keinen Zweck!", rief eine Stimme auf Französisch von der anderen Seite des Gitters. „Wir haben das Schloss unbrauchbar gemacht. Die Tür lässt sich nicht mehr öffnen."

Die Stimme gehörte einem Mann, der aus einer Abzweigung hervorgetreten war und eine Laterne so vor sein Gesicht hielt, dass man es nicht erkennen konnte. So wie Holmes Toby an der Leine führte, hielt er ein anderes Tier an der Leine, das dafür umso besser zu sehen war.

„Leben Sie wohl!", rief der gesichtslose Unbekannte und lachte höhnisch.

Als ich auf ihn feuerte, war er schon mit seinem Tier verschwunden. Das Bild des Tieres hatte sich jedoch unauslöschlich in mein Gedächtnis geprägt: Die Gestalt ähnelte der eines Menschen, war nicht so groß wie ein erwachsener Mann, dafür aber sehr kräftig. Die Arme waren so lang wie der Torso und die Beine zusammen. Das Tier stützte sich auf sie beim Gehen und wirkte dabei wie ein Buckliger. Rotbraunes Fell bedeckte den ganzen Körper, den Kopf und bildete einen Bart um den Mund. Die Augen lagen unter dicken Wülsten tief in ihren Höhlen.

„Ein Orang-Utan oder Pongo maeus", setzte Holmes meine Gedanken in die korrekte Bezeichnung um. „Ich habe es geahnt."

Er trat ein paar Schritte von dem Gitter zurück und drängte dabei auch uns nach hinten. Dann hob er einen Revolver, zielte genau und schoss die Trommel auf das Schloss leer. Hier unten war der Lärm fast unerträglich, und bei jedem Treffer stieben Funken auf. Er ging wieder zum Gitter und rüttelte mit aller Kraft (und Holmes besaß für einen Menschen ungewöhnliche Körperkräfte) an der Tür – ohne Erfolg.

„Sie haben uns ausgetrickst", sagte er, fast tonlos vor Enttäuschung. „Da hilft alles nichts, wir müssen umkehren!"

8. Kapitel – Der Befehl des Präfekten

Es war ein unbeschreiblich wohltuendes Gefühl, die frische Luft zu genießen, die unsere Lungen erfüllte, als wir die Kanalisation verließen. Ich unterstützte Dubuque beim Hinaufklettern, weil er wegen seiner Verwundung nur einen Arm gebrauchen konnte.

„Ich möchte wissen, wieso man dieses Gitter im Kanal eingebaut hat", bemerkte ich, als wir wieder auf der Straße standen. „Es erfüllt keinerlei Zweck."

„Fragen Sie mich nicht, Docteur Watson. Ich bin bei der Pariser Polizei, nicht bei der Marseiller Stadtverwaltung."

Holmes, der sich mit den Gendarmen unterhalten hatte, trat zu uns heran und sagte: „Kommen Sie, Watson! Wir werden versuchen, die Fährte erneut aufzunehmen."

„Wie das?", fragten Dubuque und ich fast gleichzeitig.

„Wir werden mit einem Wagen alle Ausgänge der Kanalisation, die jenseits des Gitters liegen, abfahren und Toby dort ansetzen. Vielleicht gelingt es ihm, die Witterung wiederzufinden."

„Das ist eine Sisyphosarbeit, unmöglich zu bewältigen", entgegnete Dubuque. „Bei den weitverzweigten Kanälen kann man nicht alle Ausgänge absuchen, jedenfalls nicht an einem Tag.

„Wir werden uns die Ausgänge in näherem Umkreis vornehmen", sagte mein Freund.

Ein Polizeiwagen sollte Dubuque ins Krankenhaus bringen. Mit dem anderen begannen Holmes und ich, unterstützt von Toby und einigen Gendarmen, die Suchaktion, die bis zum Einbruch der Abenddämmerung andauerte, ohne dass Toby eine Spur entdeckte.

„Es hat keinen Zweck mehr", gab Holmes schließlich auf. „Die Chalonges und ihre Entführer können inzwischen sonst wo sein. So lange bleibt der Geruch des Parfüms selbst für unseren guten Toby nicht wahrnehmbar. Er hat alles getan, was in seinen Kräften stand, und es

war nicht seine Schuld, dass Entführer und Entführte uns entwischt sind."
„Es war niemandes Schuld, Holmes", versuchte ich, meinen Freund zu trösten.
Wir fuhren zurück in die Rue Paysan, wo wir Rovert antrafen, der die Ermittlungen bezüglich des Hauses leitete.
„Das Haus gehört einem Monsieur Maurice Marechal, der mehrere Häuser in dieser Gegend besitzt", teilte er uns mit. „Es wurde vorgestern von einem Engländer, der sich Willard Dent nannte, für einen Monat gemietet und im Voraus bezahlt."
Nach der Beschreibung zu urteilen, die Monsieur Marechal von Willard Dent gegeben hatte, war letzterer mit dem Mann identisch, der in London unter dem Namen James Robeson aufgetreten war.
„Dann ist die Gesellschaft erst geschlossen nach Marseille gereist und hat hier Quartier genommen, bevor Robeson/Dent und sein Begleiter nach Lyon aufbrachen, um Mademoiselle Chalonge zu entführen", schlussfolgerte Holmes. „Das Haus war menschenleer, als Sie es betraten, Monsieur Rovert?"
„Oui. Wir fanden drinnen Kleidungsstücke und andere Dinge. Im Keller steht ein großer Tierkäfig, den man so verschließen kann, dass er wie eine gewöhnliche Kiste aussieht."
„Fanden sich darin Reste rotbraunen Haares?"
Rovert nickte. „Aber woher wissen Sie das, Monsieur Holmes?"
„Wir haben das Tier gesehen und auch schon früher solche Haare gefunden."
„Was ist es für ein Tier?"
„Ein Orang-Utan."
„Ein – Orang-Utan?", echote Rovert.
„Der Name kommt aus dem Malaiischen und heißt so viel wie ‚Waldmensch'", dozierte Holmes, als halte er einen Schulunterricht ab. „Der Orang-Utan gehört zur Gattung der Menschenaffen und lebt in den Wäldern auf Borneo und Sumatra. Er ernährt sich von Pflanzen, vorwiegend Früchten."
Rovert führte uns in den Keller, wo Holmes den Käfig einer einge-

henden Untersuchung unterzog. Dann nahm er sich das übrige Haus vor.
„In einem gleichen sich die Polizisten aller Nationen", bemerkte Holmes zu mir. „Wo sie lang getrampelt sind, findet man nicht mehr die geringste Spur."
In einem Raum im Parterre lagen auf einem Tisch alle Sachen, von denen man glaubte, dass sie nicht zum Haus gehörten. Das waren überwiegend Kleidungsstücke, die bei der eiligen Flucht zurückgelassen worden waren. Dazwischen lag auch ein Leinenbeutel, dessen offenes Ende zugeschnürt war. Holmes öffnete ihn und schüttelte einen Teil des Inhalts auf den Tisch. Es waren seltsam aussehende Nüsse.
„Aha", machte Holmes, als er sich die Nüsse besah. „Ein weiterer Stein in unserem Mosaik."
„Was heißt ‚aha', Holmes?", fragte ich. „Kennen Sie dieses Zeug?"
„Es sind Betelnüsse, Samen der Areka- oder Betelpalme, die man in Ostasien als Kau- und Genussmittel verwendet. Sie schmecken bitter-erfrischend, färben den Speichel rot und die Zähne schwarz."
Ich dachte an Robeson/Dent, den Mann mit den schwarzen Zähnen, und verstand jetzt Holmes' „Aha". Der steckte sich derweil eine Nuss in den Mund und zerkaute sie mit sichtlichem Vergnügen.
„Schmeckt wirklich gut, Watson. Möchten Sie auch eine?"
Ich hob abwehrend die Hände. „Danke, Holmes, aber ich halte nichts von schwarzen Zähnen."
Der Detektiv begann, die Kleidungsstücke zu untersuchen. In einer Hosentasche fand er ein winziges Etwas, das er eingehend durch sein Vergrößerungsglas betrachtete.
„Was haben Sie da, Holmes?", fragte ich.
„Ein kleines Stückchen Gummi."
„Was bedeutet das?"
„Vielleicht gar nichts, vielleicht ist es aber auch unser wichtigster Hinweis. Genaueres lässt sich erst nach einer chemischen Analyse sagen."
Er legte seinen Fund in eine kleine Dose, wandte sich wieder den Kleidungsstücken zu und machte nach kurzer Zeit einen zweiten Fund.

„Diese Hose ist überaus ergiebig, Watson. Ihr Besitzer wird noch bereuen, sie bei der Flucht nicht getragen zu haben. Sehen Sie, drei Münzen."
„Es ist holländisches Geld", stellte ich fest. „Und Madame Minot sagte, Mademoiselle Chalonges Entführer hätten sich der holländischen Sprache bedient."
Holmes nickte bestätigend. „Was schließen Sie daraus, Watson?"
„Die Entführer kommen aus Holland."
Jetzt schüttelte er streng den Kopf. „Aber Watson, denken Sie doch an die dunkle Hautfarbe der Männer, an die Betelnüsse und an den Orang-Utan!"
Ich dachte daran. „Die dunkle Hautfarbe, natürlich; Sie äußerten bereits die Vermutung, die Männer kämen aus Übersee, Holmes. Die holländische Sprache und das holländische Geld weisen auf die holländischen Kolonialgebiete hin. Sie sagten auch, die Betelnüsse kämen aus Ostasien. Dann müssen die Männer aus Niederländisch-Indien stammen: Borneo, Sumatra, Java, Celebes, Timor oder Neuguinea. Der Orang-Utan, das bemerkten Sie auch, ist auf Borneo und auf Sumatra beheimatet. Also kommen unsere Gegner von einer dieser Inseln."
„Bravo, Watson", rief Holmes und klatschte in die Hände. „Besser hätte ich es auch nicht darlegen können."
Er steckte die Münzen ein. Gerade als er mit der Untersuchung der Kleider fertig war, ohne weitere Spuren gefunden zu haben, trat Rovert ins Zimmer.
„Wir haben unsere Arbeit hier abgeschlossen, Monsieur Holmes. Sind Sie auch so weit?"
„Ja, wir können gehen. Ich möchte gerne die Präfektur aufsuchen, um zu erfahren, ob man unsere ausgeflogenen Vögel am Hafen oder auf dem Bahnhof eingefangen hat."
Rovert machte ein ernstes Gesicht und sagte: „Das glaube ich kaum, denn ich habe eben erfahren, dass der Präfekt befohlen hat, die Überwachung abzubrechen. Und zwar zu jenem Zeitpunkt, als wir dieses Haus umstellten."

Holmes stand wie versteinert, und in seinem Gesicht drückte sich alle Missachtung aus, die er jemals für die Polizisten dieser Welt empfunden hatte. Sein Urteil über den Befehl des Präfekten war dementsprechend: „Dieser Stümper!"

„Als der Präfekt erfuhr, dass die Verbrecher durchgebrochen und entkommen sind, hat er angeordnet, die Überwachung wieder aufzunehmen", fuhr Rovert fort. „Aber die fraglichen Orte waren ein bis zwei Stunden unbewacht, und in dieser Zeit hat man am Hafen eine Gruppe gesehen, die aus einigen Männern, einer jungen Frau und einem großen Affen bestand."

Holmes' sowieso schon langes Gesicht wurde immer länger. Selten hatte mein Freund so viel Zeit gebraucht, seine Fassung wiederzugewinnen. Als es ihm endlich gelungen war, sagte er: „Wir können uns jetzt nur noch an die Worte des Architekten halten, dessen in jahrzehntelanger Arbeit erbaute Kathedrale am Tag der Einweihung wie ein Kartenhaus zusammenstürzte: ‚Fangen wir von vorne an!' Ich weiß, dass Sie in London Verpflichtungen haben, Watson, aber könnten Sie es ermöglichen, mich nach Niederländisch-Indien zu begleiten?"

„Niederländisch-Indien?", fragte Monsieur Lasalle ungläubig, als wir uns am nächsten Morgen in seinem Büro versammelten. „Wie kommen Sie bloß darauf, Monsieur Holmes?"

Außer dem Präfekten, Holmes und mir nahmen auch Rovert und Dubuque an der Besprechung teil. Letzterer trug den verwundeten Arm in einer Schlinge, war aber sonst wohlauf. Holmes legte den Beutel mit den Betelnüssen, die holländischen Münzen und ein Büschel Haare des Orang-Utans auf Lasalles großen Schreibtisch und wiederholte dann die Beweisführung, die mir mit seiner Hilfe am vorangegangenen Abend gelungen war.

„Das ist aber noch nicht alles", sagte er dann und holte das kleine Stück Gummi hervor, um es für alle sichtbar hochzuhalten. „Dies hier fand ich in der Hose, aus der auch die Münzen stammen, und identifizierte es als Gummi. Inzwischen habe ich es im Polizeilabor einer chemischen Analyse unterzogen. Es ist weder vulkanisiert worden noch wurde Schwefel zugesetzt. Daraus ergibt sich, dass es sich um Rohkautschuk handelt. Der Orang-Utan grenzt das Gebiet unseres Interesses auf die Inseln Borneo und Sumatra ein. Die Kautschukgewinnung wiederum findet hauptsächlich auf Sumatra statt. Deshalb geht meine Theorie dahin, dass wir die Entführer und ihre Opfer auf Sumatra finden werden. Ich war heute ganz früh im Hafenbüro und habe die Schifffahrtslisten eingesehen. In der Zeit, in der der Hafen unbewacht war" – (Holmes' alles andere als wohlwollender Blick ruhte für einen Moment auf Lasalle) – „sind nicht weniger als dreizehn Schiffe ausgelaufen. Gelegenheit genug für unsere Gegner unterzutauchen und auf mehr oder weniger großen Umwegen den Indischen Ozean anzusteuern."

Lasalle legte seine Stirn zwischen dem weißen Haar und den weißen Brauen in Falten. „Ihre Theorie erscheint mir sehr weit hergeholt, Monsieur Holmes. Jedes Ihrer sogenannten Beweisstücke – ich ziehe die Bezeichnung ‚Indizien' vor – kann auch eine andere Bedeutung haben; vielleicht stammt der Affe aus einem Zoo, und dieses Stück Kautschuk geriet rein zufällig in die Hosentasche. Woher sollten die Unbekannten wissen, dass die auslaufenden Schiffe nicht mehr überwacht wurden? Ich glaube, sie haben den französischen Boden nicht verlassen. Wahrscheinlich sind sie noch in Marseille, und dann werde ich sie früher oder später fangen."

„Natürlich kann man jedem Beweisstück eine andere Bedeutung zuschreiben, wenn man es für sich allein betrachtet", entgegnete Holmes. „Nur ist es ein Kardinalfehler, auf diese Weise vorzugehen. Die richtige Bedeutung eines Beweisstückes erfährt man nur, wenn man es in eine sinnvolle Beziehung zu den anderen setzt. Und daraus ergibt sich, dass meine Theorie die einzig wahrscheinliche ist. Dr. Watson und ich werden Marseille in vier Tagen an Bord des holländischen Dampfers Friesland verlassen, der nach Niederländisch-Indien ausläuft."

Holmes und ich verbrachten die uns in Marseille verbleibende Zeit mit Reisevorbereitungen. Ich schrieb einen langen Brief an meine Mary, in dem ich ihr erklärte, weshalb ich meinen Freund auf dieser

Reise begleiten wollte und musste. Sie hatte Holmes kennengelernt und schätzte ihn. Ich war mir sicher, dass sie Verständnis für meine Situation aufbringen würde.
Holmes erhielt Nachrichten von Inspektor Lestrade und von Dr. Ainstree, doch brachten sie uns keine Neuigkeiten. Lestrade hatte bislang keine Spur gefunden, und Dr. Martin Troy benahm sich vollkommen unverdächtig. Ainstree teilte mit, dass er in Zusammenarbeit mit Jasper Meek und Penrose Fisher ein Mittel gegen die seltsame Krankheit suche, der François le Villard erlegen war, aber noch nicht erfolgreich gewesen sei.
Einen Hund auf eine so weite Reise mitzunehmen, war nicht empfehlenswert. Deshalb sorgten wir für den sicheren Rücktransport Tobys nach London.
Auch Monsieur Dubuque verließ uns, was ihm leid tat, wie er uns versicherte. Er hielt von Holmes' Theorie mehr als von den Mutmaßungen Lasalles und hätte uns gerne begleitet, aber ein Polizist in Staatsdiensten konnte sich nicht so frei bewegen wie ein Privatdetektiv. Er ließ es sich jedoch nicht nehmen, Holmes ein Schreiben an die holländische Polizei auf Sumatra mitzugeben. Mein Freund steckte es zu dem Schreiben, das er von Lestrade erhalten und nicht benutzt hatte. Dubuque fuhr zunächst nach Lyon und kabelte uns von dort, dass die Überwachung Dr. Louis Goutards und Madame Minots keine Verdachtsmomente ergeben hatte.
Als wir an Bord der Friesland den Hafen von Marseille verließen, beschlich mich wieder jenes beklemmende Gefühl, das ich zuerst verspürt hatte, als wir mit Toby das nächtliche London durchquerten, um le Villards Gefängnis aufzuspüren. Ein bedrohlicher Schatten lag über der ganzen Affäre. Unser unbekannter Gegner, der uns immer einen Schritt voraus war, schien gefährlicher zu sein als alle anderen zuvor. Ich stellte mir die bange Frage, wer oder was uns auf Sumatra erwartete.

Zweiter Teil: Das Geheimnis von Aravia

9. Kapitel – Willkommen in Padang!

Während der Überfahrt lasen Holmes und ich sämtliche an Bord erhältliche Literatur über Niederländisch-Indien und machten uns mit einigen Grundbegriffen der holländischen Sprache vertraut. Mein Freund vergrub sich zudem erneut eifrig in Professor Chalonges Werken. Aber die Reise verlief keineswegs nur beschaulich, denn wo auch immer der große Detektiv sich aufhielt, waren seine einzigartigen Fähigkeiten irgendwann gefordert. Die Friesland hatte gerade den Suezkanal passiert, als das Schiff von einer Serie höchst rätselhafter Vorfälle heimgesucht wurde, die nur ein Mann wie Sherlock Holmes aufzuklären vermochte. Jedoch standen diese Ereignisse mit dem Zweck unserer Reise in keinerlei Zusammenhang, weshalb ich mir vorgenommen habe, sie ein anderes Mal zu schildern.[6] Der Kapitän der Friesland, ein alter Seebär namens Janssen, sah sich Holmes zu größtem Dank verpflichtet und behandelte ihn und auch mich fortan als bevorzugte Passagiere. Er kümmerte sich so intensiv um unsere Bedürfnisse, dass es meinem Freund, der sich bei seinen Studien gestört fühlte, schon wieder lästig wurde.

Als wir planmäßig Aden anliefen, über dem der Union Jack wehte, warteten dort Telegramme von Lestrade, von Ainstree und von Dubuque auf uns, doch enthielten sie keine erwähnenswerten Mitteilungen. Holmes und ich schienen bei der Lösung des Rätsels ganz auf uns allein gestellt zu sein.

Nachdem die Friesland das ebenfalls britische Ceylon umschifft hatte, geriet sie in einen schweren Sturm, doch der erfahrene Kapitän Janssen meisterte alle Gefahren bravourös. Die dreiwöchige Reise fand ihr Ende, als der Ausguck im Krähennest aus vollem Halse rief: „Land in Sicht!“ Alle Passagiere strömten an Deck, um mit Fernrohren oder mit bloßen Augen auf das tiefblaue Meer hinauszustarren, das sich am Horizont mit dem helleren Blau des wolkenlosen Himmels traf. Es war Vormittag, und Holmes und ich beschatteten unsere Augen mit den Händen, um nicht von der Sonne geblendet zu werden. Ganz allmählich erhob sich vor uns die Landmasse des Malaiischen Archipels und trennte Himmel und See voneinander.

Die Friesland lief zunächst Padang an der Westküste Sumatras an, das bis vor einigen Jahren nicht mehr als eine befestigte Handelsniederlassung gewesen war. Holmes und ich wollten in der aufstrebenden Stadt von Bord gehen und dort unsere Nachforschungen aufnehmen. Ob dies der richtige Ort war, musste sich erst zeigen. Die Friesland würde ihre Fahrt fortsetzen nach Java, Neuguinea, Celebes und Borneo, würde das unter britischer Oberhoheit stehende Singapur anlaufen, die Straße von Malakka durchfahren und dann wieder Kurs auf Europa nehmen.

Je größer Sumatra für uns wurde, desto deutlicher war die Farbe der Insel als dunkles Grün erkennbar. Ich musste an die wechselhafte Geschichte der malaiischen Inselwelt denken. Vom fünften bis zum fünfzehnten Jahrhundert war sie in verschiedene Königreiche unterteilt gewesen. Dann kamen die arabischen Eroberer und drangen immer weiter vor, was zur Folge hatte, dass ein großer Teil der Einwohner sich dem Islam zuwandte. Um das Jahr 1600 herum trafen die ersten Holländer ein, gründeten Handelsposten und breiteten sich mehr und mehr aus, beschränkten sich zunächst aber auf Java. Von 1811 bis 1816 übernahm unsere Nation die holländischen Besitzungen, und T.S. Raffles, der spätere Gründer Singapurs, führte eine liberalere Politik gegenüber den Ureinwohnern ein, die dann von den Holländern fortgeführt wurde. Bis etwa 1870 gab es auf Sumatra nur die befestigten Handelsstationen Padang und an der Ostküste Palembang. Zur Ausbreitung der Holländer kam es, weil das Sultanat Atjeh in Nordsumatra fortgesetzt die Schiffe in der Malakkastraße plünderte. Die Holländer begannen 1873 einen Krieg gegen Atjeh, der sich jahrelang hinzog. Im Zuge dieser Ereignisse wurden Sumatra und der restliche Archipel kolonisiert.

Sumatra wurde von Weißen, Malaien und Chinesen bevölkert. Letztere holte man in großen Mengen als Kulis für die Plantagen ins Land, wogegen es malaiische Plantagenarbeiter so gut wie gar nicht gab. Auch hatten sich bereits in vorkolonialer Zeit chinesische Händler auf den Inseln niedergelassen, die nun gewaltigen Zulauf erhielten. Sumatras Erzeugnisse waren Tabak, Kaffee, Tee, Pfeffer, Reis, Kopra, Edelhölzer und Kautschuk. Zu jener Zeit wurden aber nur Tabak, Kaffee und Tee in so großen Mengen produziert, dass man mit ihnen Außenhandel trieb. Alle übrigen Erzeugnisse waren zur Deckung des Inlandsbedarfs bestimmt. Neben dem auf Java angebauten Zucker war Kaffee das hauptsächliche Exportprodukt Niederländisch-Indiens, und sein Anbau unterlag der staatlichen Kontrolle.

Als die Landmasse Sumatras den gesamten Horizont einnahm, konnten wir mit bloßen Augen die vulkanreiche Gebirgskette erkennen, welche die Insel von Nordwesten nach Südosten durchzog und nach Nordosten zu einer flachen Küstenebene mit vielen Flüssen abfiel. Die Friesland änderte ihren Kurs von Südost auf Südsüdost, denn um Padang anzulaufen, musste sie zwischen Sumatra und einer Inselkette hindurchfahren, die sich in lang gestreckter Reihe wie ein von Neptun errichteter Schutzwall vor Sumatras Westküste entlangzog. Gefährliche Untiefen zwangen den Kapitän dazu, die Fahrt zu verlangsamen. Auch begegneten wir immer häufiger anderen Wasserfahrzeugen, die dem Handel und dem Fischfang dienten: Dhaus, Dschunken, Prahms und Pirogen[7]. Ein gepanzertes Schiff mit rot-weiß-blauer Flagge näherte sich uns, ein holländisches Kanonenboot. Als es mit uns auf einer Höhe war und wir an seiner Seite den Namen Admiral Tromp erkennen konnten, übermittelte der Signalgast Grüße an die Friesland.

Noch einmal verlangsamte Janssen unsere Fahrt drastisch, als der Hafen von Padang vor uns auftauchte. Dort war auf dem Wasser eine eigene kleine Stadt entstanden, bestehend aus Sampans, kleinen Booten mit keilförmigem Rumpf und flachem Boden, die auf Deck einen von einem runden Dach überspannten Schutzraum besitzen. Auf diesen Wohnbooten lebten die Menschen wie anderswo in Häusern. Das tiefe Brüllen der Schiffssirene begleitete das langsame Einlaufen der

Friesland in den Hafen. Kleine Boote und Flöße mit Malaien umschwärmten das große Schiff wie eine Schar Piranhas ihr Opfer. Die Malaien reckten ihre Arme empor und riefen und kreischten, um ein Almosen zu ergattern. Die Matrosen machten sich ein Vergnügen damit, ihre Gaben absichtlich ins tiefe Wasser zu werfen, sodass jedes Mal eine ganze Horde junger Eingeborener hinterhersprang und nach dem heiß begehrten Gut tauchte. Manchmal wühlten sie dabei das Wasser derart auf, dass ich glaubte, sie würden in der Tiefe miteinander kämpfen, und vielleicht taten sie das auch. Wenn die Malaien beim Auftauchen feststellen mussten, dass der Lohn ihrer Anstrengungen nur ein Stück wertloses, rostiges Eisen war, stellte das für die Matrosen einen Hauptspaß dar. Sie lachten und brüllten, schlugen sich auf die Schenkel und gegenseitig auf die Schultern.

„Sie haben recht, Watson, es ist ein entwürdigendes Schauspiel", bemerkte Sherlock Holmes an meiner Seite, als ich gerade zu einer entsprechenden Bemerkung ansetzen wollte. „Es ist betrüblich, dass Menschen, die zur sich überlegen fühlenden weißen Rasse gehören, sich an solchen Dingen ergötzen. Wo wir Europäer ein Vorbild für die Eingeborenen sein sollten, degradieren wir uns selbst zur Karikatur unserer Ideale. Da ist es nicht verwunderlich, dass wir bei den Eingeborenen immer wieder auf Ablehnung stoßen. Wir würden auch keinem Menschen vertrauen, der anders handelt, als er spricht."

Ich stimmte meinem Freund zu und wandte meinen Blick von der abstoßenden Szene ab, um ihn über die Hafenanlagen schweifen zu lassen. Große und kleine Schiffe hatten hier festgemacht, von denen einige be- oder entladen wurden. Große Lasten wurden in Netze eingebunden, die dann mit Kränen an oder von Bord gehievt wurden. An einigen Stellen sah man die Überreste einstiger Verteidigungsanlagen, die aus jenen Tagen stammten, als Padang nur eine einfache Handelsniederlassung gewesen war. Der unabänderliche Lauf der Zeit hatte sie überholt und nutzlos werden lassen.

„Der Laufsteg wird ausgefahren", unterbrach Holmes meine Gedanken. „Wir sollten unser Gepäck holen."

Also suchten wir zum letzten Mal unsere Kabinen auf und bemäch-

tigten uns unserer Sachen. Unsere für das häufig nasskalte europäische Wetter bestimmten Kleider hatten wir längst gegen helle Anzüge aus Ölleinen eingetauscht, die für das tropische Klima Sumatras wesentlich besser geeignet waren. Dazu trugen wir passende breitkrempige Hüte als Schutz gegen die Sonne. Diese Sachen hatten wir bereits in Marseille erworben.
Am oberen Ende des Laufstegs stand Kapitän Janssen und verabschiedete sich per Handschlag von jedem Passagier. Die Hände von Holmes und mir hielt er besonders lange in seinen kräftigen Seemannspranken fest. Wir bedankten uns für die trotz aller Aufregungen angenehme Reise, wenn ich auch insgeheim dachte, dass sie auf einem britischen Schiff schneller vonstattengegangen wäre.[8] Am unteren Ende des Laufstegs hatte sich eine ganze Armee von Händlern, Gepäckträgern, Schuhputzern und Bettlern versammelt, die jeden an Land Kommenden stürmisch bedrängte. Dabei brach ein Orkan von Wortfetzen verschiedener Sprachen über uns herein. Damit die Passagiere das Schiff überhaupt verlassen konnten, hatte der Kapitän zehn seiner Matrosen befohlen, einen Kordon um den Laufsteg zu bilden. Hatte man diesen Brückenkopf jedoch verlassen, war man der Menge schutzlos ausgeliefert. Auch Holmes und mir erging es nicht anders.
Als wir uns durch die Masse aus Menschenleibern hindurchgekämpft hatten, stand schon eine zweite Angriffswelle bereit. Kutscher und Rikschamänner hatten ihre Fahrzeuge zu einer Phalanx aufgereiht und boten ihre Dienste ebenso lauthals und handgreiflich an wie alle anderen. Wir entschieden uns für den Einspänner eines Malaien, der einen nicht ganz so aufdringlichen Eindruck machte. Er sprach uns auf Holländisch an, bemerkte aber rasch, dass wir diese Sprache nur äußerst rudimentär beherrschten. Also versuchte er es in einem bruchstückhaften Englisch.
„Englischmänner sein?“
Wir nickten zur Bestätigung, was bei diesem Lärm das sicherste Verständigungsmittel war.
„Hotel suchen?“

Wir nickten wieder.
„Red Parrot Englischmann-Hotel sein. Zentral liegen. Einverstanden sein?"
Abermals ein Nicken, und wir stiegen in den offenen Wagen, während der Malaie das Gepäck in unserem Rücken verstaute.
Ich sagte zweifelnd: „Red Parrot – Roter Papagei, das hört sich aber mehr nach einer Hafenkaschemme an, Holmes. Hoffentlich sind wir da gut beraten."
Holmes machte eine Geste der Gleichgültigkeit. „Wahrscheinlich ist hier eine Unterkunft so gut oder so schlecht wie die andere, aber ich weiß es nicht. Ich kann mir sogar vorstellen, dass jeder dieser Kutscher und Rikschaläufer mit einem Hotel auf Provisionsbasis zusammenarbeitet; das ist durchaus üblich. Jedenfalls versteht man dort unsere Sprache, und eine zentrale Lage ist in manchen Situationen von Vorteil. Außerdem denke ich nicht, dass wir viel Zeit im Hotel verbringen werden."
Mit der letzten Bemerkung sollte der Detektiv recht behalten, mehr als uns lieb sein konnte.
Der Kutscher trieb sein schon recht betagtes Pferd mit einem Wortschwall an, der mir nicht das Geringste sagte. Sogar jetzt liefen Händler mit umgeschnallten Bauchkästen neben dem Wagen her und priesen, zumeist auf Holländisch, ihre Waren an. Der Kutscher bahnte sich mit routinierter Rücksichtslosigkeit einen Weg durch das Gewimmel. Die ganze Atmosphäre war für mich nicht ungewohnt, erinnerte doch vieles an Afghanistan.
Der Hafen lag hinter uns, und wir fuhren durch Straßen, die zu beiden Seiten von Verkaufsständen gesäumt waren, an denen Malaien und Chinesen miteinander oder mit Holländern feilschten. Dann gelangten wir in eine fast menschenleere Gegend, deren Gebäude sehr vernachlässigt aussahen.
Holmes, der bereits seit einer Weile auffallend ruhig gewesen war, warf sich plötzlich nach vorn und schlang einen Arm um den Hals des Kutschers, der ein gurgelndes Geräusch von sich gab. Mit der anderen Hand zog Holmes ruckartig die Bremse an. Darauf war das

Pferd nicht gefasst, und der Wagen kam schlingernd zum Stehen. Als mein Gefährte den Kutscher losließ, klatschte dieser wie ein nasser Sack in den Staub der Straße.

Ich war ebenso überrascht wie entsetzt. Was hatte Holmes zu dieser scheinbaren Wahnsinnstat bewogen? Ich befürchtete schon, das ungewohnte Klima hätte bei ihm einen frühzeitigen Tropenkoller ausgelöst.

„Ich habe keinen Sonnenstich, Watson“, beantwortete er meine unausgesprochene Frage. „Der Mann hat uns in eine Falle gelockt. Sehen Sie doch!“

Mein Blick folgte der Richtung seines ausgestreckten Fingers und fiel auf eine Horde von zehn bis fünfzehn Malaien, die in einiger Entfernung von beiden Seiten auf die Straße stürzten und auf uns zuliefen. Es waren durchweg verwegen aussehende Gestalten, deren wenig vertrauenerweckende Gesichter zum Teil große Narben aufwiesen. In den Händen schwangen sie Säbel, Dolche, Messer und Äxte. Sie ließen weder Angriffsgeschrei noch sonst einen Laut hören, was dem Ganzen etwas Gespenstisches verlieh.

„Wir haben keine Zeit mehr, den Wagen zu wenden“, stieß Holmes hastig hervor. „Laufen wir durch diese Gasse zu unserer Linken.“

Während ich vom Wagen sprang, bellte Holmes’ Webley-Revolver dreimal auf, und die drei vordersten Angreifer wurden niedergestreckt. Dann gab ich meinem Freund Feuerschutz, doch ich war ein wenig aus der Übung. Drei Kugeln jagte ich aus meinem Armeerevolver, und nur zwei fanden ihr Ziel. Die Malaien kümmerten sich überhaupt nicht um ihre fünf gefallenen Gefährten, sondern stürmten mit ungebrochenem Kampfesmut heran. Welch Glück für uns, dass sie keine Feuerwaffen besaßen!

Wir liefen durch die Gasse, die Holmes als Fluchtweg auserkoren hatte, von den Malaien dicht gefolgt. Wir bogen um Ecken und hasteten durch Seitenstraßen, vermochten unsere Verfolger aber nicht abzuschütteln. Ein paarmal begegneten wir malaiischen Passanten, die sich rasch in irgendwelche Winkel zurückzogen und taten, als bemerkten sie nichts. Wir waren offenbar in ein Viertel geraten, in dem

Weiße nichts zu suchen hatten, nicht einmal Chinesen.
Unsere Flucht nahm eine dramatische Wendung, als wir sahen, dass die lang gezogene, sich mehrmals krümmende Gasse, durch die wir hetzten, vor einer mehr als vier Yards hohen Mauer endete. Wir sahen uns beim Laufen um, entdeckten aber keinen Fluchtweg.
„Wir haben uns selbst in die Falle begeben", keuchte ich, als wir die verhängnisvolle Mauer erreichten. „Was jetzt, Holmes?"
„Wir müssen hinüber. Ich höre schon die Schritte der Malaien. Helfen Sie mir hinauf, Watson, rasch!"
Wie damals bei dem Haus in Lyon für Dubuque machte ich jetzt für Holmes eine Leiter. Der Absatz seines Schuhs riss meine Wange auf, dann war er endlich oben. Gerade noch rechtzeitig, denn schon bogen die ersten Verfolger um die letzte Krümmung der Gasse. Ich benutzte den linken Unterarm als Stütze für meinen Revolver und zielte so genau, wie es bei der gebotenen Eile ging. Jede meiner drei Kugeln traf diesmal, und den drei vordersten Verfolgern wurde ihre Schnelligkeit zum Schicksal.
„Gut gemacht, Watson. Klettern Sie an mir hoch!"
Mein Freund hielt sich mit den Händen oben an der Mauer fest und ließ sich auf meiner Seite herunterhängen. Ich kletterte an seinem Körper wie an einem Baumstamm empor und betete, dass seinen Fingern die Ausdauer eiserner Krallen gegeben sein möge. Als ich rittlings auf der Mauer saß, half ich Holmes zu mir herauf. Gleichzeitig erschienen die restlichen Malaien in unserem Blickfeld.
Holmes zog seinen Revolver aus der Rocktasche und presste zwischen zwei rasselnden Atemzügen hervor. „Springen Sie, Watson!"
Es war das einzig Richtige, denn meine Waffe war leergeschossen. Ich hielt mich an der Mauerkrone fest, ließ meinen Körper an der den Malaien abgewandten Seite hinunterbaumeln und ließ mich dann fallen, während Holmes, auf der Mauer sitzend, seine letzten Kugeln verschoss. Er schwang von oben herunter, landete auf allen vieren neben mir im Staub und rollte sich über die Schulter ab. Ich half ihm auf, und wir liefen erneut eine Gasse entlang, bogen um eine Ecke – und blickten direkt in die Mündungen eines Revolvers und zweier

Karabiner!
Ein holländischer Ausruf des Mannes mit dem Revolver ließ uns genauso überrascht und ratlos dastehen wie zuvor. Er war ein Weißer, offensichtlich ein Holländer, die beiden anderen Malaien, und alle drei trugen Uniform.
„Wir sind Engländer", erklärte Holmes in unserer Muttersprache.
Der Holländer nickte kurz und sagte mit leichtem Akzent, aber in einem sonst einwandfreien Englisch: „Ich bin Polizeileutnant van Strathen. Wir haben Schüsse gehört. Wer sind Sie, und was ist geschehen?"
Holmes stellte uns vor und erzählte kurz unser Abenteuer mit den blutrünstigen Malaien.
„Geben Sie mir Ihre Waffen!", befahl van Strathen. „Danke. Wir mögen hier nämlich keinen Aufruhr. Jetzt werden wir nachprüfen, ob Ihre Geschichte stimmt."
Er ging mit uns voran, und seine beiden Männer bildeten die Nachhut. Über einen Umweg durch einige verwinkelte Gassen gelangten wir an die Stelle, wo wir auf die Mauer geklettert waren.
„Hier sind keine Malaien", stellte van Strathen fest, „weder lebende oder verwundete noch tote. Ich sehe hier noch nicht mal Spuren eines Kampfes."
„Als wir über die Mauer flohen, haben Dr. Watson und ich ein halbes Dutzend der Kerle er- oder angeschossen", entgegnete Holmes. „Sie müssen ihre Verluste weggeschafft und die Spuren verwischt haben. Schließlich handelte es sich nicht um irgendwelche beliebigen Halsabschneider, sondern um gedungene Mörder aus den Reihen der Tukans."
„Oh!", machte der Polizeileutnant.
„Wer oder was sind die Tukans, Holmes?", fragte ich, denn der Name war mir vollkommen unbekannt.
„Kennen Sie die Thugs, Watson?"
„Ja, so nennt sich ein indischer Geheimbund, dessen Angehörige eine verschworene Gemeinschaft bilden und zu den abscheulichsten Gräueltaten bereit sind, wenn man sie gut genug bezahlt. Unsere Polizei

in den Kolonien versucht vergeblich, sie unter Kontrolle zu bekommen."
„All das trifft auch auf die Tukans zu, die das malaiische Gegenstück zu den Thugs darstellen", sagte Holmes. „Ihren Namen haben sie sich vom Tukan ausgeliehen, einem dem Specht verwandten Urwaldvogel mit einem großen, gezackten Schnabel. Die Angehörigen des Tukan-Bundes haben so einen Vogel auf dem linken Unterarm eintätowiert. Wer immer unser Gegner sein mag, er hat mit unserer Ankunft gerechnet oder davon gewusst und sich unsere Beseitigung einiges kosten lassen. Die Tukans sind übrigens nicht dafür bekannt, schnell aufzugeben. Jedenfalls besitzen wir nun Gewissheit darüber, dass wir uns auf der richtigen Spur befinden."
„Woran erkannten Sie, dass der Kutscher uns in eine Falle lockte?", stellte ich die Frage, die mir schon lange auf der Zunge brannte.
„An der Sonne."
„Wie bitte?"
„Die Sonne hat den Fahrer verraten, Watson. Welche Uhrzeit haben wir jetzt?"
Ich zog meine Uhr aus der Rocktasche und klappte den Deckel auf. „Zwei Uhr nachmittags, Holmes."
„Folglich hat die Sonne ihren Zenit überschritten und steht in leicht westlicher Richtung am Firmament. Der Hafen liegt im Westteil der Stadt. Um zum Hotel zu gelangen, das angeblich im Zentrum liegen soll, mussten wir also gen Osten fahren und die Sonne im Rücken haben, was anfangs auch so geschah. Als die Straßen immer menschenleerer wurden, spürte ich die Sonnenstrahlen aber auf meiner linken Wange, was nur bedeuten konnte, dass unser Fahrer nach Norden abgebogen war. Dafür gab es nur zwei mögliche Gründe: Entweder wollte er uns in eine Falle locken, oder er wollte einfach die Fahrtstrecke verlängern, um mehr Geld aus uns herauszuschlagen. Ich beobachtete ihn fortan genau und erkannte dabei den eintätowierten Tukan auf seinem Arm, als sein Hemdsärmel sich einmal nach oben schob. Da wusste ich, dass es ihm nicht um einen höheren Fahrpreis ging, und setzte ihn außer Gefecht. Ich nehme an, ein Großteil der

Kutscher, wenn nicht alle, die heute am Hafen waren, gehören zu den Tukans."

„Das mit der Sonne hätte mir auch auffallen müssen", sagte ich, etwas zerknirscht darüber, dass Holmes wieder einmal besser aufgepasst hatte als ich.

„Man muss die Dinge eben nicht nur sehen, sondern sie auch beobachten. Aber Sie haben sich wacker geschlagen, mein Freund. Ich könnte mir keinen besseren Kampfgefährten vorstellen."

Dieses Lob verwandelte meine Zerknirschtheit in Stolz.

„Schluss jetzt!", fuhr van Strathen dazwischen. „Ich verstehe nur die Hälfte von dem, was Sie da reden."

„Sie haben recht, Mijnheer van Strathen", sagte Holmes. „Wir sollten uns besser um die Tukans kümmern."

Wir gingen den Weg, der unsere Flucht gesehen hatte, in umgekehrter Richtung. Wie fast immer, hatte Holmes' Autorität wie von selbst die Führung übernommen. Als wir einigen Malaien begegneten, fragte ich den jungen Leutnant, ob er sie nicht verhören wolle.

„Sie haben sich eine üble Gegend ausgesucht", antwortete er. „Ich kenne die Menschen hier zur Genüge. Wenn man sie etwas fragt, verstehen sie einen meist erst gar nicht. Und wenn doch, dann haben sie nichts gesehen, nichts gehört und nichts gerochen. Es hat keinen Zweck, glauben Sie mir!"

Wir erreichten den Ort des Überfalls. Dort gab es keine Kutsche, kein Pferd, keinen Fahrer und keine Tukans. Alles hatte sich gleichsam in Luft aufgelöst wie ein böser Spuk am Ende der Geisterstunde. Leider war damit auch unser Gepäck verschwunden.

„Ihre Feinde sind sehr gründlich, meine Herren", meinte der Leutnant. „Auch hier sehe ich keine Kampfspuren."

„Aber ich!", erwiderte Holmes, der mitten auf der menschenleeren Straße kniete und mit den Händen im Schmutz herumrührte. „Sehen Sie sich das an, Mijnheer van Strathen! Blutflecke auf der Straße, in der Eile nur unzulänglich mit Schmutz verdeckt." Der Detektiv steckte einen Finger in die dunkle Masse und hielt ihn hoch. „Es ist so frisch, dass es noch an meinem Finger klebt."

„Sie haben mich überzeugt", sagte der Holländer. „Jedoch sind noch viele Fragen zu klären, was am besten im Hauptquartier geschieht. Ich muss Sie bitten, mich dorthin zu begleiten!"
Eine halbe Stunde später saßen Holmes und ich in einem Büro des Polizeihauptquartiers von Padang und harrten der Dinge, die da kommen sollten. Die Luft war heiß und stickig und nahm uns jede Lust auf eine Unterhaltung. Hinter dem Schreibtisch, vor dem wir saßen, führte ein vergittertes Fenster auf die Straße hinaus. Die ehemals weißen Wände neben einem Aktenschrank wurden von einer Landkarte Sumatras und von einem Gemälde geschmückt, das eine wohl für die Holländer historische Seeschlacht zeigte. Wenn man um die halbe Welt fuhr, war eine der dabei zu gewinnenden Erkenntnisse, dass Polizeibüros sich immer ähnelten.
Ein schwergewichtiger Mann mit einem von einem blonden Backenbart umrahmten, vollen Gesicht trat ein und legte unsere Papiere und unsere Waffen auf den Schreibtisch, um dann in den sesselartigen Stuhl dahinter zu plumpsen. Der Mann, der mich in seiner Fülle an einen unserer Bekannten von Scotland Yard, Inspektor Athelney Jones, erinnerte, zog ein großes, fleckiges Taschentuch hervor und wischte sich den Schweiß aus dem Gesicht. Danach ersetzte er das Tuch durch einen bunten Fächer, den er mit apathischen Bewegungen vor- und zurückschwenkte.
„Willkommen in Padang, Mr. Holmes und Dr. Watson", sagte er in einem Englisch, das dem van Strathens ähnelte. „Sie hatten eine aufregende Ankunft hier, wie Leutnant van Strathen mir berichtete. Ich bin übrigens Inspektor Bruno van der Cronje. Und jetzt erzählen Sie mal – alles!"
Ich hatte den Eindruck, dass hinter seiner scheinbaren Lethargie ein bissiger Hund steckte. Das diesbezügliche Sprichwort gab mir recht, denn van der Cronje bellte nicht.
Sherlock Holmes setzte zu einem langatmigen Bericht an, der sämtliche Stationen unserer Odyssee beinhaltete, von London bis Padang. Der Inspektor saß scheinbar teilnahmslos hinter dem Tisch, und man hätte ihn für tot halten können, wäre nicht das ständige Wedeln mit

dem Fächer gewesen. Am Ende seines Berichts zog Holmes einen Umschlag aus der Innentasche seines Rocks und schob ihn über den Tisch.

„Ein Brief von Monsieur Dubuque, Angehöriger der Pariser Sûreté, der meine Worte bestätigt."

„War es Glück oder weise Voraussicht, dass Sie ihn nicht in unserem Gepäck verstaut haben, Holmes?"

„Von beidem etwas."

Van der Cronje nahm sich viel Zeit, um den Brief zu lesen. Vielleicht benötigte er sie auch, um Dubuques Französisch zu entziffern. Mittendrin sauste sein Hand in einer blitzartigen Bewegung durch die Luft, und als er sie öffnete, fiel eine tote Fliege in den Papierkorb neben seinem Stuhl. Ich beugte mich neugierig vor und sah, dass dort mindestens zwanzig der Insekten ihr Grab gefunden hatten. Endlich war er fertig, steckte den Brief wieder in den Umschlag und gab ihn Holmes zurück.

„Ihre Geschichte ist so wild, dass sie einfach wahr sein muss", sagte er. „So etwas denkt man sich nicht aus. Ich hätte Ihnen auch ohne den Brief geglaubt. Leider kann ich Ihnen keinen Hinweis auf die Leute geben, die Sie suchen. Wir sind völlig überlastet mit der Jagd nach Aufwieglern, Mördern, Straßenräubern, Piraten und anderem Gesindel. Sie werden Ihre Nachforschungen daher auf eigene Faust anstellen müssen."

„Daran sind wir gewöhnt, und es macht uns nichts aus", meinte Holmes, dem es oft sogar lieber war, ohne die Polizei auszukommen.

„Aber seien Sie vorsichtig!", ermahnte van der Cronje uns. „Dieses Tukan-Pack ist unberechenbar."

„Dann wäre es für uns vorteilhaft, die Revolver zurückzuerhalten", sagte Holmes und wies auf unsere Waffen.

„Natürlich können Sie Ihre Sachen wieder an sich nehmen. Und wenn Sie eine konkrete Spur haben, wenden Sie sich an mich."

Nachdem wir unsere Waffen und Papiere eingesteckt hatten, fragte mein Freund: „Mijnheer van der Cronje, können Sie uns das Hotel Red Parrot empfehlen?"

„Warum nicht? Es ist nicht besser oder schlechter als andere Hotels“, wiederholte er fast Holmes’ Worte. „Es ist nicht weit von hier. Wenn Sie das Gebäude verlassen, müssen Sie sich nach links wenden und dann die zweite Straße rechts nehmen. Es ist nicht zu verfehlen.“

10. Kapitel – Der Mischling und der Rote Han

Meine Vermutung bezüglich des Red Parrot bestätigte sich dahin gehend, dass das Hotel einem ehemaligen Seemann gehörte, der ausgerechnet Jack Sailor hieß, meiner Meinung nach ein angenommener Name. Im Empfangsraum saß ein großer Hellroter Ara auf einer Holzstange und gab ein nervtötendes Geplapper von sich. Holmes fragte Mr. Sailor, ob er jemanden kenne, der sich einen Orang-Utan als Haustier halte.

„Ich habe schon davon gehört, dass Leute sich Orangs halten“, antwortete der Hotelier, „kenne aber niemanden mit dieser abstoßenden Angewohnheit. So’n Affe kommt mir nicht ins Haus, damit das mal klar ist! ’Nen Papagei können Sie gerne mitbringen; die sind die liebsten Viecher der Welt. Aber’n Affe, nee!“

Er schüttelte energisch seinen Kopf, und Holmes beruhigte ihn mit der Mitteilung, dass wir nicht vorhätten, uns in nächster Zeit einen Affen zuzulegen.

Wir erhielten zwei nebeneinanderliegende Zimmer im ersten Obergeschoss, zwischen denen es eine Verbindungstür gab. Die Einrichtung enthielt nur das Nötigste, genügte aber für unsere Zwecke. Was die Sauberkeit betraf, konnte das Red Parrot mit europäischen Hotels nicht mithalten, lag aber für hiesige Verhältnisse eher noch über dem Durchschnitt. Nachdem wir uns frisch gemacht hatten, verließen wir das Hotel auch schon wieder, um auf einem Einkaufsbummel unser verloren gegangenes Gepäck zu ersetzen.

„Unser Verschleiß an Kleidungsstücken bei diesem Fall steigt ins Unermessliche", bemerkte ich zu Holmes, als wir über die Basare schlenderten. „Es ist übrigens ein merkwürdiges Gefühl, als lebende Zielscheibe herumzulaufen."

„Wie meinen Sie das?"

„Dass Sie das Red Parrot als Unterkunft auswählten, obwohl es uns von dem Tukan-Kutscher empfohlen wurde, kann nur bedeuten, dass Sie es auf einen zweiten Anschlag der Tukans anlegen, um dabei mit ihnen oder ihrem Auftraggeber in Verbindung zu treten, Holmes. Sollte das geschehen, dann wohl auf eine für uns lebensgefährliche Art und Weise."

„Hervorragend geschlussfolgert, Watson, und Sie haben hundertprozentig recht. Deshalb werden wir uns als erstes ausreichend Munition für unsere Revolver besorgen."

Abends kehrten wir ins Hotel zurück, um unsere Pakete abzuladen. Die Kammern unserer Schusswaffen waren inzwischen wieder gefüllt. Wir nahmen eine halb englische, halb einheimische Mahlzeit ein und begannen danach eine Tour durch die Spelunken, bei der wir diversen „Gesprächspartnern" jede Menge Schnaps spendierten. Zweck dieser Aktion war, Informationen über die von uns Gesuchten zu erhalten. Wir selbst hielten uns daher mit dem Trinken zurück, und der Inhalt so manches Glases landete im Spucknapf oder auf dem Fußboden.

In der sechsten oder siebten Kneipe machte Holmes mich auf einen Mann aufmerksam, der sich an der Bar herumdrückte und sich bemühte, uns möglichst unauffällig in Augenschein zu nehmen. Vielleicht wäre ihm das bei mir geglückt, aber bei Holmes war er damit an den Falschen geraten. Mein Freund bedeutete mir, ich möge mir nicht anmerken lassen, dass wir unsererseits ihn beobachteten. Der Mann war mittelgroß, schlank und so um die fünfundzwanzig. Trotz seiner dunklen Hautfarbe und seines schwarzen Haars, das unter einem alten Hut hervorlugte, besaß er die Gesichtszüge eines Europäers. Schließlich fasste er sich ein Herz, trat an unseren Tisch und wandte sich an Holmes und mich. Sein Englisch war nicht so gut wie das der Polizisten, aber verständlich.

„Entschuldigung, die Herren. Darf ich Sie sprechen für einen Augenblick, allein?“
„Aber sicher“, antwortete Holmes und wollte sich erheben.
Ein Holländer, der in unserer Runde saß, drückte Holmes auf seinen Stuhl zurück. Das gelang ihm mühelos, weil er selbst den hochgewachsenen Detektiv um Haupteslänge überragte und auch sonst eher wie ein Bär aussah als wie ein Mensch. Er hieß Han Bos, aber wegen seines feuerroten Haares und des gleichfarbigen struppigen Vollbarts nannten ihn alle nur den Roten Han.
„Wir haben's hier nicht mit Bastarden, Mister Engländer“, erklärte er Holmes.
Bei diesen Worten wurde mir das widersprüchliche Äußere des Fremden klar. Er war ein Mischling eines weißen und eines malaiischen Elternteils.
Der Rote Han stand langsam auf und stellte sich wie eine Mauer vor den Mischling, der ihm nur bis an die Brust reichte.
„Hör mal zu, Kleiner, was ich dir jetzt sage!“, brummte der Bär mit seiner tiefen, rauen Stimme. „Bastarde haben hier nichts zu suchen. Also verschwinde schleunigst und geh dahin, wo du hingehörst, in die Gosse!“
Die Holländer an unserem Tisch brachen in ein schallendes Gelächter aus.
„Ich habe dasselbe Recht, hier zu sein, wie alle anderen!“, beharrte der Mischling.
Die Konfrontation erinnerte mich an den Kampf Davids gegen Goliath, bloß hatte ich den Eindruck, der Ausgang würde diesmal anders sein als in der Bibel.
„Du hast überhaupt keine Rechte!“, donnerte der Rote Han. „Es gibt nämlich keine Rechte für Bastarde. Sag mal, was hat dein Vater eigentlich für deine Mutter bezahlt?“
Inzwischen hatten sich fast sämtliche Gäste der Schenke um unseren Tisch versammelt, und die meisten von ihnen begleiteten jede Bemerkung des Roten Han mit Gelächter. Sherlock Holmes stand in einer schnellen Bewegung auf und schob sich zwischen David und

Goliath.
„Mijnheer Bos“, sagte er mit eisiger Stimme, „ich glaube, der Herr wollte mit mir und nicht mit Ihnen sprechen!“
Der Rote Han stierte meinen Freund an, als sei er das achte Weltwunder. „Bist du etwa ein Bastard-Freund, Mister Engländer? Dann bist du auch nicht besser als er!“
„Nach meiner Auffassung ist niemand hier im Raum besser als er, höchstens einige schlechter!“, erwiderte Holmes.
„Du Hund!“, brüllte der Rote Han und wollte sich mit seinen geballten mächtigen Fäusten auf ihn stürzen. Gleichzeitig ergriffen zwei seiner Kumpane Holmes' Arme, um den Detektiv damit den Schlägen schutzlos auszuliefern. Das Krachen des Revolvers, das meinen Schuss in die Decke begleitete, während ich aufsprang, ließ alle in der Bewegung erstarren, und aller Augen richteten sich überrascht auf mich.
„Drei zu eins ist unfair, also lasst meinen Freund los!“
Entweder verstanden alle plötzlich Englisch, oder meine Waffe sprach für sich. Jedenfalls wurde meine Aufforderung prompt befolgt, und Holmes konnte sich wieder frei bewegen.
„Danke, Watson!“
Der Wirt, ein Glatzkopf mit schwabbelndem Fettbauch, drängte sich durch den Menschenring und stand händeringend vor uns.
„Wenn ihr euch unbedingt schlagen wollt, dann nicht hier drinnen!“, jammerte er. „Erst in der letzten Woche hat man mir zweimal die Einrichtung kurz und klein geschlagen. Prügelt euch gefälligst draußen!“
„Auf der Straße erwischt uns die Streife, und wir wandern alle für eine Nacht in den Knast“, wandte einer der Kumpane des Roten Han ein.
„Geht doch auf den Hinterhof“, schlug der um seine billige Einrichtung besorgte Wirt vor. „Den kann man von der Straße aus nicht einsehen.“
„Von mir aus“, brummte der Rote Han.
„Ich bin auch einverstanden“, sagte Holmes.
„Aber es wird ein fairer Kampf!“, ermahnte ich alle und fuchtelte dabei demonstrativ mit dem Revolver herum.
Der Mischling hielt meinen Freund am Arm fest. „Hören Sie, er mich

hat beleidigt, nicht Sie. Es mein Kampf sein!"
„Sie irren sich, Mijnheer", entgegnete Holmes. „Mich hat er einen Hund genannt, nicht Sie!"
„Der Rote Han ist stark wie eine Dampfmaschine. Sie werden verlieren, und er Sie zermalmen", meinte der Mischling.
Holmes sah ihn gelassen an. „Wir werden sehen."
Wir drei folgten den anderen auf den Hinterhof, der von einigen nach draußen gebrachten Laternen beleuchtet wurde, denn während unserer Kneipentour hatte sich die Sonne zur Nachtruhe begeben. Von seinen Kumpanen umringt, stand der Rote Han mit entblößtem Oberkörper in der Mitte des Kampfplatzes. Seine gewaltigen Muskelpakete riefen einen derart starken Eindruck bei den Schaulustigen hervor, dass die hastig abgeschlossenen Wetten zehn zu eins gegen Holmes standen, der seinen Oberkörper nun auch freimachte. Seine sehnige Figur sah im Vergleich zu dem rothaarigen Fleischberg tatsächlich nicht sehr vertrauenerweckend aus.
Falls der Kampf fair verlaufen sollte, machte ich mir jedoch keine Sorgen um meinen Freund, kannte ich doch seine immense Körperkraft. Ich erinnerte mich gut an jene Szene vor ein paar Jahren, als der ebenso tyrannische wie verschlagene Dr. Grimesby Roylott von Stoke Moran einen Feuerhaken krummbog und in unseren Kamin warf; Holmes hatte ihn, was viel schwerer ist, ungerührt wieder geradegebogen.[9] Obgleich der Detektiv von Körperertüchtigung um ihrer selbst willen nicht das Geringste hielt, war er ein vorzüglicher Boxer und Fechter, und er beherrschte auch Baritsu, eine japanische Art des Ringens, wo immer er das gelernt haben mochte.
„Halten Sie mir den Rücken frei, Watson, ich verlasse mich auf Sie", sagte Holmes, bevor er wie ein römischer Gladiator in die Arena marschierte.
Ich nickte ihm zu und hielt meinen Revolver hoch. An meiner Seite stand der Mischling, im Zweifelsfall ein weiterer Verbündeter. Der dicke Wirt hatte sich selbst zum Kampfrichter ernannt, stand jetzt neben den Kontrahenten und erzählte etwas von erlaubten und unerlaubten Kampfmitteln. Zu letzteren zählten Treten, Beißen, Spu-

cken und Haareausreißen. Er war bester Laune und sichtlich erleichtert darüber, dass es ihm gelungen war, die Austragung des Kampfes ins Freie zu verlagern. Er forderte Holmes und den Roten Han auf, sich vor dem Kampf die Hände zu schütteln, aber der Holländer weigerte sich mit einem wütenden Schnauben.

„Ich geb' einem Bastard-Freund nicht die Hand!", knurrte er.

Der Wirt eröffnete den Kampf und wich eiligst zurück. Die beiden Gegner umkreisten sich wie zwei Hunde, die einander beschnuppern. Aus der Menge erschollen die ersten Anfeuerungsrufe für den Roten Han und wurden immer lauter. Mit einem ohrenbetäubenden Schrei stürmte der Holländer plötzlich auf Holmes los wie ein wild gewordener Stier auf ein rotes Tuch. Ich befürchtete schon, mein Freund wäre von dem Angriff überrascht und von dem Riesen überrannt worden, denn er stand unbeweglich wie eine Säule auf seinem Platz. Doch im letzten Moment machte er eine ebenso schnelle wie geschickte Drehung, die ihn in den Rücken seines Gegners brachte. Statt Holmes traf der Rote Han die Männer, die zuvor hinter dem Detektiv gestanden hatten. Sie drehten ihn in die Richtung, wo mein Freund jetzt stand und seinem Gegner zulächelte. Der stürmte erneut los, und alles geschah genauso wie beim ersten Mal.

„Bleib endlich stehen, du Hund, und kämpfe wie ein Mann!", schrie der Rote Han, außer sich vor Wut.

„Was bin ich nun, ein Hund oder ein Mann? Sie scheinen sich genauso schlecht entscheiden zu können, Mijnheer Bos, wie Sie kämpfen!"

Das brachte den Riesen noch mehr in Rage. Er griff wieder an und lief wieder ins Leere. Die Menge fand Vergnügen an diesem Spiel und tat dies durch lautes Johlen kund. Der Rote Han wurde vorsichtiger und rannte nicht mehr so blindwütig auf Holmes los. Aber je geplanter seine Angriffe wurden, desto schneller und geschickter reagierte mein Freund auf sie. Nach einigen Minuten stand der Riese schwer atmend und keuchend auf dem Platz. Sein schweißbedeckter Körper glänzte im Licht der Laternen, und die Arme mit den mächtigen Fäusten hingen schlaff herunter. Holmes dagegen war keinerlei Anstrengung anzumerken. Er stand lächelnd da und tat, als gehe ihn das alles gar nichts an. Der Rote Han wischte sich mit dem Handrücken den brennenden Schweiß aus den Augen.

Da begann Holmes seinen Angriff, war mit ein paar schnellen Schritten bei dem Holländer und überschüttete ihn mit einem wahren Hagel von Faustschlägen, die immer wieder ungedeckte Stellen am Kopf trafen. Der Riese schien überhaupt nicht mitzubekommen, was da mit ihm geschah, und stürzte schließlich wie ein gefällter Baum in den Schmutz, unfähig, sich wieder zu erheben.
„Das war's dann wohl", meinte Holmes mit demselben überlegenen Lächeln, das er während des gesamten Kampfes zur Schau gestellt hatte. „Ich empfehle mich."
Er kam zu mir, um seine Kleider anzuziehen. Der Mischling und ich gratulierten ihm zu seinem Sieg.
„Es war leichter, als ich anfangs gedacht hatte. Je stärker manche Leute sind, desto weniger verlassen sie sich auf ihr Gehirn, was ein Manko darstellt. An Ihnen, Watson, schätze ich so, dass Sie sich niemals auf Ihre bloße Kraft verlassen, sondern immer auf – Ihren Revolver."
Er freute sich über seinen eigenen Scherz und kicherte in sich hinein, als wir mit dem Mischling den Barraum durchquerten und auf die Straße traten.
„Sie wollten uns sprechen, Mijnheer?", fragte Holmes den Fremden.
„Ja, wenn Sie die Engländer sind, die suchen einen Mann mit einem Orang-Utan."
„In der Tat, so einen Mann suchen wir. Können Sie uns weiterhelfen?"
„Vielleicht, aber nicht hier und nicht jetzt. Zu gefährlich. Sie sind gekommen mit der Friesland? Gut, dann wir treffen uns da, wo Sie sind an Land gegangen, heute Nacht um drei."
„Einverstanden", sagte Holmes. „Wie heißen Sie?"
„Mein Name ist Jan Pelen."
„Hat man Sie da drinnen so belästigt, nur weil Sie ein Mischling sind?", erkundigte ich mich.

„Ja. Wir von Gesetz den reinrassigen Holländern sind gleichgestellt, aber die meisten uns behandeln wie Dreck." Er ballte seine Faust und schüttelte sie, zuckte aber dann mit den Achseln. „Ich kann nicht ändern Dinge. Wir uns sehen am Hafen."

Er verdrückte sich in eine Seitengasse und verschmolz mit der Dunkelheit.

„Das riecht verdächtig nach einer Falle. Was halten Sie davon, Holmes?"

„Ich weiß es wirklich nicht, aber in ein paar Stunden sind wir schlauer. Lassen Sie uns noch eine Mütze voll Schlaf nehmen, mein Freund, bevor wir uns in das nächste Abenteuer stürzen. Ich habe so das Gefühl, dieses Sumatra hält noch einige Überraschungen für uns bereit."

Als wir zum Hotel zurückkehrten, hielten wir uns im Schatten der Häuser und sahen uns ständig nach allen Seiten um. Der Überfall der Tukans steckte uns noch in den Knochen. Im Red Parrot betraten wir mit gezogenen Revolvern erst Holmes' und dann mein Zimmer, doch nirgendwo hatte sich ein Attentäter versteckt.

„Schließen Sie die Verbindungstür nicht ab, Watson. Wenn einer von uns in Gefahr gerät, kann das für ihn die Lebensrettung sein. Gute Nacht!"

11. Kapitel – Nächtliche Gefahren

Und für mich war es die Lebensrettung!

Etwas schreckte mich aus dem unruhigen, von wilden Träumen geplagten Schlaf, und ich benötigte einige Sekunden, um mir darüber klar zu werden, wo ich mich befand. Fahles Mondlicht schien schwach durch die dünnen Vorhänge vor dem Fenster meines Hotelzimmers. Meine vom Schlaf getrübten Augen versuchten, sich an das Sehen in dem Zwielicht zu gewöhnen. Als es mir gelang, die einzelnen Einrichtungsgegenstände zu unterscheiden, sah ich auch etwas, das hier nicht hingehörte, und zwar dort, wo ich die Verbindungstür zu

Holmes' Zimmer wähnte. Die Tür stand weit offen, und davor stand der Schatten eines Menschen, den rechten Arm lang ausgestreckt und in der Hand etwas, das wie ein Revolver aussah.

‚Ein Attentäter!', durchfuhr es mich. Und da die Verbindungstür geöffnet war, musste Sherlock Holmes bereits ausgeschaltet sein: gefangen, verwundet oder – tot!

Ich griff unter mein Kopfkissen, wo ich vor dem Schlafengehen meinen Revolver deponiert hatte. Doch der andere hielt seine Waffe bereits in der Hand und auf mich gerichtet. Welche Chance blieb mir da noch? Trotzdem wollte ich versuchen, ihm zuvorzukommen, wenn es auch meinen Tod bedeuten konnte.

„Nicht bewegen, Watson! Liegen Sie ruhig!"

Ich traute meinen Ohren kaum, denn der Schatten sprach mit Holmes' Stimme. Aber wenn es wirklich mein Freund war, der vor meinem Bett stand, warum zielte er dann mit der Waffe auf mich?

„Holmes?", fragte ich zögernd.

„Seien Sie still, Watson, und liegen Sie endlich ruhig, wenn Ihnen Ihr Leben lieb ist!"

Ich begriff die Bedeutung dessen, was sich hier abspielte, nicht, aber in Holmes' Stimme lag etwas, das keinen Widerspruch duldete. Also erstarrte ich in der Bewegung, den rechten Arm halb unter dem Kissen.

Ein Schuss aus Holmes' Waffe, dessen Echo laut im Zimmer widerhallte, löste die Erstarrung. Die Kugel flog so nahe an mir vorüber, dass ich ihren Luftzug an meinem Kinn spürte, und blieb in der kleinen Kommode neben dem Bett stecken.

„Ein Loch mehr fällt bei den vielen Holzwürmern gar nicht auf", meinte Holmes im gemütlichsten Plauderton und blies in den Lauf seiner Waffe. „Sie dürfen sich jetzt wieder rühren, Watson, die Gefahr ist vorbei."

„Holmes, was hat dieses Theater zu bedeuten?", fragte ich mit einer für die Nachtzeit ungewöhnlichen Lautstärke.

„Ich kann Ihre Erregung verstehen, mein Freund, aber im Interesse der übrigen Hotelgäste sollten Sie sich mäßigen. Der Schuss dürfte sie schon genug aufgeschreckt haben. Sie werden mir den Auftritt von eben sicher verzeihen, wenn Sie erfahren, dass ich Ihnen damit das Leben gerettet habe. Es war tatsächlich eine kluge Entscheidung, die Verbindungstür unverschlossen zu lassen."

„Was reden Sie da, Holmes? Ich verstehe noch immer nichts."

„Ich werde sofort Licht in die Sache bringen", versprach der Detektiv und stellte die Zimmerlampe an. „Schauen Sie dorthin!" Sein Zeigefinger wies auf die Bettdecke, dicht unter meinem Kinn.

Dort breitete sich eine ekelhafte Masse aus Fleischklumpen und Körperflüssigkeit aus, Überreste eines Tieres, das von Holmes' Kugel zerfetzt worden war. Ich streifte die Decke vom Bett und kämpfte gegen die in mir aufsteigende Übelkeit an.

„Holmes, um Gottes willen, was ist das?"

„Das ist von dem Attentäter übrig geblieben, der es auf Ihr Leben abgesehen hatte, mein Freund: ein Skorpion aus der Ordnung der Spinnentiere, der zu einer hiesigen tödlichen Art gehört. Ein paar Sekunden später und sein Giftstachel hätte Ihr Gesicht erreicht."

Ich stellte mir vor, wie das handgroße Tier mit den mächtigen Scheren und dem Giftstachel am Ende des Hinterleibes auf mich zugekrabbelt kam. Schweiß trat auf meine Stirn, während gleichzeitig ein kalter Schauer über meinen Rücken lief.

„Danke, Holmes! Sie haben mir in der sprichwörtlich letzten Minute das Leben gerettet. Doch wieso wussten Sie um die Gefahr?"

Rasche Schritte auf dem Gang und ein heftiges Klopfen an meiner Tür hinderten Holmes, meine Frage zu beantworten. Er gab mir ein Zeichen, und ich erkundigte mich nach dem Namen des Klopfers.

„Hier is' Sailor. Haben Sie eben geschossen, Doktor?"

„Ja, es war ein Versehen. Beim Waffenreinigen hat sich ein Schuss aus meinem Revolver gelöst."

„Waffenreinigen um diese Zeit?"

„Ich konnte nicht schlafen."

„Haben Sie was beschädigt?"

„In der Kommode ist ein Loch. Ich werde selbstverständlich für den Schaden aufkommen."

„Das will ich hoffen! Lassen Sie nachts das Waffenreinigen besser bleiben!“
Beim Weggehen murmelte der Hotelier etwas von Gästen mit einem Tick für Affen und Revolver.
„Geistesgegenwärtig geantwortet, Watson“, sagte Holmes mit zufriedener Miene. „Die Aussicht auf eine Entschädigung in barer Münze beruhigt solche Leute immer. Um auf Ihre Frage zurückzukommen: Ich wurde von einem Artgenossen Ihres Attentäters heimgesucht. Der Anschlag wäre sicher gelungen, wenn ich nicht wegen unserer Verabredung mit dem Eurasier gerade aufgestanden wäre. Als ich das Licht anmachte, sah ich, wie der Skorpion sich auf mein Bett zubewegte. Ein kräftiger Schlag mit meinem Schuh bereitete dem Spuk ein Ende. Da die Tukans keine halben Sachen machen, war für mich so gut wie sicher, dass Sie ebenfalls solch reizenden Besuch hätten. Also griff ich nach meinem Revolver und eilte in Ihr Zimmer. Der Schuss dürfte den Tukans verraten haben, dass ihr zweiter Anschlag ebenfalls fehlgeschlagen ist. Aber mir blieb keine Wahl, und sie hätten sowieso bald erfahren, dass wir noch unter den Lebenden weilen. Ein Gutes hat die Sache: Wir können davon ausgehen, dass dieser Jan Pelen uns nicht in eine Falle lockt.“
„Warum können wir das?“, fragte ich, noch immer etwas schlaftrunken.
„Ich sagte doch, dass es nur meinem Aufstehen um diese ungewöhnliche Zeit zu verdanken ist, dass der Anschlag misslang. Gehörte Pelen zu unseren Feinden, hätten sie die Skorpione zu einem früheren Zeitpunkt auf uns angesetzt und somit eine doppelte Chance gehabt, uns unschädlich zu machen.“
„Vielleicht war es nur ein Trick, der unser Misstrauen gegenüber dem Mischling einschläfern soll“, schlug ich vor.
Holmes hob eine Augenbraue an. „Watson, Sie setzen mich immer wieder in Erstaunen. Natürlich haben Sie recht. Wir werden Mijnheer Pelen mit Vorsicht begegnen. Bevor wir aufbrechen, möchte ich herausfinden, wie die kleinen Biester in unsere Zimmer gelangt sind.“
„Vielleicht durch die Entlüftungsschächte, Holmes, wie damals die

Sumpfnatter auf Stoke Moran“[10], meinte ich, während ich mich anzog.
„Nein, sie sind fest vergittert. Das habe ich überprüft.“
„Oder die Tukans sind an der Außenwand des Gebäudes emporgeklettert und haben die Skorpione durch die Fenster hereingelassen.“
„Auch nicht möglich, Watson. Die Verriegelung der Fenster kann von außen nicht aufgehoben werden.“
„Möglicherweise waren die Tiere bereits hier, als wir heimkehrten.“
„Das wäre zu riskant für die Tukans gewesen“, entgegnete Holmes, der sich aufmerksam im Zimmer umsah. „Wir hätten sie zu leicht entdecken können.“
„Dann bleiben nur noch die Türen.“
„Das denke ich auch, Watson. Allerdings können die Tukans nicht die Türen geöffnet haben, um die Tiere drinnen abzusetzen, jedenfalls nicht in meinem Zimmer. Ich habe Gläser auf die Klinken der Verbindungs- und meiner Eingangstür gestellt, die bei jedem Versuch, die Türen zu öffnen, heruntergefallen wären.“
„Weshalb haben Sie mich nicht darauf hingewiesen, es Ihnen gleichzutun?“
„Nun ja, ich wollte die Tukans nicht jeder Möglichkeit berauben, Kontakt mit uns aufzunehmen. Schließlich ist es unser Ziel, ihren oder ihre Auftraggeber ausfindig zu machen.“
„Kontakt mit uns aufnehmen nennen Sie das, Holmes?“, fragte ich zutiefst empört. „Ich würde eher sagen, Sie haben mich als Köder benutzt!“
„Ich habe, wie man so sagt, nur mit einem Auge geschlafen.“
„Trotzdem wäre es beinahe schiefgegangen!“
„Touché, mon ami. Ich glaube, ich weiß jetzt, wie sie es geschafft haben, die Skorpione hereinzubringen.“
Holmes kniete sich vor meiner Zimmertür hin und machte sich an einem Bodenbrett zu schaffen. „Von innen geht's nicht“, murmelte er und öffnete die Tür. Dann fingerte er wieder an dem Brett herum und hielt es schließlich in den Händen.
„Die Methode der Tukans ist ebenso einfach wie genial, Watson.

Während wir unterwegs waren, entweder am Nachmittag oder am Abend, haben unsere Feinde die Bretter unter den Zimmertüren so gelockert, dass man sie von außen mühelos herausnehmen kann. Sie taten das in der Nacht, bugsierten die Skorpione durch die auf diese Art entstandene Lücke und schoben die Bretter an ihren Platz zurück. Ich kann eine gewisse Bewunderung für den Einfallsreichtum unserer Gegner nicht verhehlen."

„Na, schönen Dank", winkte ich ab. „Bewunderung ist das Letzte, was ich für diese Leute empfinde."

„Sie sehen die Dinge zu persönlich, Watson. Es ist wie ein Spiel zwischen ihnen und uns, bei dem die bessere Partei überlebt. Wenn wir von unserem Ausflug zurück sind, sollten wir daran denken, die Bretter festzunageln."

Wenige Minuten später verließen wir das Hotel durch einen Nebeneingang, zu dem jeder Gast einen Schlüssel erhielt, damit Mr. Sailor nicht von Nachtschwärmern belästigt wurde. Die Stände, an denen Händler Früchte, Süßigkeiten, Tabakwaren, Kleider und Stoffe, Töpferwaren, Schnitzereien, Schmuck und unzählige andere Dinge feilboten, waren von den Straßen verschwunden. Nur in den Kaschemmen, den Opiumhöhlen und anderen zweifelhaften Vergnügungen dienenden Häusern wurde das Nachtleben mit unverminderter Heftigkeit fortgesetzt. Mehrmals mussten wir uns aufdringlicher Schlepper und gieriger Hände erwehren, die uns in eines dieser Etablissements locken oder zerren wollten.

„Holmes", sagte ich nach kurzer Zeit, „durch unser Abenteuer mit dem verschlagenen Kutscher bin ich vorsichtig geworden. Mir ist aufgefallen, dass wir nicht zum Hafen, sondern in die entgegengesetzte Richtung gehen. Werden wir etwa verfolgt?"

„Genau das ist der Grund, aber drehen Sie sich nicht um, und lassen Sie sich auch sonst nichts anmerken. Ungefähr ein halbes Dutzend Tukans schleicht uns hinterher. Wir müssen versuchen, das Mörderpack loszuwerden!"

Ich hatte niemanden bemerkt, doch Sherlock Holmes besaß ein katzengleiches Sehvermögen, dank dessen er im Dunkeln fast ebenso gut sehen konnte wie am Tag. Das hatte sich bei seinem Schuss auf den Skorpion als nützlich erwiesen und war auch nun wieder äußerst hilfreich. Als wir an einem Hof vorbeikamen, auf dem mehrere große Fässer standen, zog Holmes mich durch die Einfahrt.

„In die Fässer, Watson, rasch!", flüsterte er.

Die Gefäße, groß genug, um einem Menschen Unterschlupf zu gewähren, waren leer, aber ein unerträglicher Gestank nach verfaultem Fisch schlug uns aus ihnen entgegen. Uns blieb jedoch keine Wahl. Wir krochen in die stinkenden Röhren und zogen die Deckel auf die Öffnung zurück. Ich hielt meinen Revolver mit gespanntem Hahn und mit nach oben gerichtetem Lauf in der Hand und war sicher, dass Holmes es mir gleichtat. Schon bald hörte ich leise Schritte auf dem Hof und gedämpfte Stimmen, die sich auf Malaiisch miteinander unterhielten, gefolgt von einem Geräusch, das nur bedeuten konnte, dass unsere Verfolger damit begonnen hatten, die Deckel von den Fässern zu nehmen. Meine Hand krampfte sich um den Griff der Waffe zusammen, und ich hielt den Atem an. Auf einen leise, aber scharf ausgestoßenen malaiischen Befehl folgten eilige Schritte. Nach einer kurzen Stille vernahm ich wieder Geräusche, und der Deckel meines Verstecks wurde entfernt.

„Kommen Sie heraus, Watson!", forderte Holmes mich auf. „Wir sind gerade noch einmal davongekommen. Lassen Sie uns diesen ungastlichen Ort so schnell wie möglich verlassen, denn die Malaien werden zurückkommen, sobald sie bemerken, dass sie unsere Spur verloren haben."

Mein Freund half mir aus dem Fass heraus, huschte zur Einfahrt, sah sich nach allen Seiten um und gab mir ein Zeichen, dass von unseren Feinden nichts zu sehen war. Wir nahmen nicht den Weg, den wir gekommen waren, sondern schlugen einen leichten Bogen, um zum Hafen zu gelangen. Holmes trieb mich zur Eile an, denn drei Uhr war bereits vorüber. Unsere Verfolger hatten wir erfolgreich abgeschüttelt, wie es aussah.

Als wir endlich den verabredeten Treffpunkt erreichten, war es halb vier. Vor uns erhob sich die Silhouette der Friesland, die einen Teil ihrer alten Ladung gelöscht, neue an Bord genommen hatte und nun auf das Licht des kommenden Tages wartete, um wieder in See zu stechen. Das Plätschern des Wassers gegen den Schiffsrumpf und gegen die Kaimauer war das einzig hörbare Geräusch in der menschenleeren Gegend, die um diese Zeit der ideale Ort für einen Überfall war.

„Wir sind zu spät gekommen, Holmes", sagte ich nach einem Blick auf meine Uhr. „Der Mischling ist nicht mehr hier, falls er jemals hier gewesen ist."

„Doch, ich hier sein!", hörte ich eine Stimme in meinem Rücken.

Holmes und ich drehten uns gleichzeitig um und standen dem Eurasier gegenüber, der wie aus dem Boden gewachsen am Rand des Kais stand.

„Teufel noch mal!", stieß ich hervor. „Sie haben uns einen hübschen Schreck eingejagt."

„Ich sichergehen musste, dass Sie kommen allein. Deshalb ich mich versteckt habe. Sie kommen spät."

„Wir sind aufgehalten worden", sagte Holmes. „Was haben Sie uns mitzuteilen?"

„Hier draußen nicht reden. Wir wissen nicht, wer zuhören. Mitkommen in mein Versteck!"

Pelen wartete unser Einverständnis nicht ab, sondern steuerte zielstrebig auf einen engen Weg zwischen zwei Lagerhäusern zu. Wir mussten ihm folgen, wenn wir ihn nicht aus den Augen verlieren wollten. Ich war mir seiner noch immer nicht sicher und beschloss, ein wachsames Auge auf ihn zu haben. Trotzdem gelang es mir nicht, mir den Weg einzuprägen, denn hier am düsteren Hafen sah ein Gebäude aus wie das andere. Unser Ziel war ein kleiner Schuppen, der von außen baufällig und verlassen wirkte, aber nichtsdestotrotz nach Pelens Aussage seine derzeitige Unterkunft darstellte. Die Inneneinrichtung bestand hauptsächlich aus ein paar Kisten, auf denen wir Platz nahmen, nachdem unser Gastgeber zwei Kerzenreste angezündet hatte. Er nahm eine schmutzige Flasche aus einer Ecke, entkorkte sie mit den Zähnen und bot uns etwas zu trinken an. Die gebotene Vorsicht und der Geruch nach billigstem Fusel ließen uns dankend ablehnen. Daraufhin nahm der Eurasier einen großen Schluck, wischte sich den Mund mit dem Handrücken ab und begann mit seiner Erzählung.

12. Kapitel – Die Insel des Schreckens

Der Vater des Eurasiers war ein Holländer namens Willem Pelen, der in der Zeit, als das holländische Interesse sich ganz und gar auf Java konzentrierte, mit einem kleinen Boot die anderen Inseln des Malaiischen Archipels anfuhr, um dort mit weißen Vorposten wie auch mit den Malaien Handel zu treiben. Eines Tages, als er gerade bei Eingeborenen auf Sumatra zu Gast war, verliebte sich Willem Pelen in die Tochter eines niederen regionalen Fürsten. Der Händler einigte sich mit dem Vater auf einen Preis, nahm die junge Malaiin zur Frau und mit auf sein Schiff. Sie gebar ihm zwei Söhne, Jan und den zwei Jahre jüngeren Robert, bei dessen Geburt die Mutter starb. Die Jungen lebten während ihrer frühen Kindheit in einer Missionsstation auf Java, wo Willem Pelen sie in Pflege gegeben hatte. Als sie kräftig genug zum Arbeiten waren, holte er sie zurück auf sein Schiff. Während die holländische Expansion auf dem Archipel voranschritt, gingen die Geschäfte des Händlers trotz seiner beiden billigen Arbeitskräfte von Jahr zu Jahr schlechter. Schließlich musste er sein Boot verkaufen, und wenige Monate später starb er. Zu dem Vater ihrer Mutter konnten die beiden Brüder nicht gehen, denn auch er war gestorben, nachdem er von den Holländern entmachtet worden war. Seitdem schlugen Jan und Robert sich mit den verschiedensten Arbeiten durch, auf den Plantagen, in den Häfen und auf See. Obgleich alle Eurasier in Niederländisch-Indien nach dem Gesetz Holländer waren, gab es starke Ressentiments gegen sie, und selbst die Gebildetsten unter ihnen nahmen keine höheren Stellen ein als die eines Angestellten oder eines niederen Beamten.

Seit einem Jahr war Robert verschollen, was mit einer Wette und mit der Insel Aravia zusammenhing. Aravia lag im Süden der Inselkette vor der Westküste Sumatras und war etwa sieben Seemeilen von Padang entfernt. Das Eiland bestand aus einer nördlichen und einer südlichen Halbinsel, die nur durch eine schmale Landzunge miteinander verbunden waren. Diese Landzunge wurde von einem Vulkanberg beherrscht, der das Passieren nur unter erschwerten Umständen gestattete. Im Nordteil Aravias gab es ein paar Dörfer, deren Einwohner vom Reisanbau und vom Fischfang lebten; der Rest war Urwald und Sumpf.

Der Südteil gehörte einem finanzkräftigen Holländer, einem gewissen Baron Maupertuis, der die „Holland-Sumatra-Gesellschaft" gegründet hatte und dort Pfeffer- und Kautschukplantagen betrieb, auf denen chinesische Kulis arbeiteten. Allerlei Gerüchte rankten sich um den Baron, der wie ein König über seinen Teil der Insel herrschen sollte und den man trotzdem so gut wie nie zu Gesicht bekam. Ungebetene Besucher waren auf Südaravia unwillkommen und auch leicht abzuwehren, denn die gesamte Halbinsel wurde von Klippen umgeben, die fremden Schiffen eine Landung unmöglich machten. Der einzige von Klippen freie Zugang lag an der Südspitze, wo Maupertuis seinen Hafen errichtet hatte. Die Malaien Nordaravias mieden den Südteil, und man erzählte sich, dass niemand von dort lebend zurückgekommen sei. Die Gruselgeschichten, die über Maupertuis' Eiland kursierten, führten dazu, dass die Malaien es die „Insel des Schreckens" nannten. Einmal im Monat lief ein Frachter des Barons, die Lydia, Padang an, um Erzeugnisse abzuladen und um Versorgungsgüter an Bord zu nehmen.

Robert Pelen hatte in einer Alkohollaune gewettet, dass es ihm gelingen werde, sich an Bord der Lydia zu schmuggeln und der „Insel des Schreckens" einen Besuch abzustatten. Er versteckte sich eines Nachts zwischen der für die Lydia bestimmten Ladung und gelangte tatsächlich an Bord des Schiffes. Das war das letzte Mal, dass unser Gastgeber etwas von seinem Bruder gesehen oder gehört hatte. Als die Lydia das nächste Mal in Padang vor Anker ging, versuchte er, von der Besatzung Näheres über Roberts Schicksal zu erfahren, doch man gab vor, ihn

nicht zu kennen und nichts von einem blinden Passagier zu wissen.
Dann kam der Eurasier endlich auf den Umstand zu sprechen, der Aravia für uns interessant machte: Einer von Maupertuis' Untergebenen, ein Holländer namens Pieter de Man, hielt sich als Schoßtier einen Orang-Utan, von dem er unzertrennlich war. De Man war meistens dabei, wenn die Lydia nach Padang kam, und stets führte er den Affen mit sich.
Sherlock Holmes fragte den Eurasier, ob er auch einen Engländer mit schwarzen Zähnen kenne.
Das war der Fall, und zwar unter dem Namen, den der Mann auch in London benutzt hatte: James Robeson.
Holmes erkundigte sich auch nach Professor Chalonge und dessen Tochter, doch sie waren Pelen unbekannt.
„Wann war die Lydia zuletzt in Padang?", fragte mein Freund weiter.
„Vor fast genau einem Monat", antwortete der Eurasier nach kurzem Überlegen. „Das Schiff bald müssen wiederkommen, vielleicht schon morgen oder übermorgen."
„Waren de Man oder Robeson das letzte Mal an Bord?"
„Ich mich nicht an sie erinnern."
Sie konnten schlecht an Bord gewesen sein, wenn sie zu dieser Zeit in Europa waren. Das Zusammentreffen mit dem Eurasier erwies sich als unschätzbar wertvoll, bestätigte es doch Holmes' von Monsieur Lasalle so verlachte Theorie. Einmal mehr hatte sich Holmes' Scharfsinn als unübertrefflich erwiesen und uns über Tausende von Meilen hinweg auf die richtige Spur geführt, nur gestützt auf Hinweise, mit denen die meisten Polizisten nichts anzufangen gewusst hätten.
„Welches ist Ihrer Meinung nach die beste Möglichkeit, nach Südaravia zu gelangen, Mijnheer Pelen?", wollte Holmes wissen.
„Man landen müssen mit einem Boot im Norden von Insel und dann überqueren Vulkanberg. Ich denken an diese Möglichkeit, um Robert zu suchen, aber für einen Mann allein zu gefährlich. Sie dorthin wollen? Warum?"
Holmes erklärte ihm, dass de Man und Robeson in Europa Verbrechen begangen hatten, deretwegen wir sie verfolgten.

„Ich Sie begleiten. So ich vielleicht meinen Bruder finden. Einverstanden?“

„Einverstanden“, sagte Holmes.

So entstand folgender Plan: Wir gaben Pelen Geld, für das er ein Boot sowie die notwendige Ausrüstung erstehen sollte. In der kommenden Nacht um zwölf Uhr wollten wir uns am alten Treffpunkt einfinden, um gemeinsam nach Nordaravia überzusetzen. Holmes stimmte Pelens Vorschlag zur Landung auf Aravia zu.

Nachdem alles besprochen worden war, wollte Pelen uns aus dem Labyrinth am Hafen herausführen, aber Holmes hatte sich den Weg gemerkt und lehnte ab.

Auf dem Rückweg zum Hotel sagte ich: „Falls Pelen uns die Wahrheit erzählt hat, haben wir mit ihm ein As in diesem Spiel.“

„Ihr Misstrauen in allen Ehren, Watson, doch denke ich, wir haben in ihm einen aufrichtigen Verbündeten gewonnen. Ich bin schon sehr gespannt auf Baron Maupertuis. De Man und Robeson scheinen unsere Männer zu sein, und wenn sie für den Baron arbeiten, dürfte er der Drahtzieher der ganzen Angelegenheit sein. Dass auf Aravia auch Kautschuk gewonnen wird, ist übrigens ein weiteres Indiz dafür, dass wir uns auf der richtigen Spur befinden.“

„Aber was will jemand, der sein Geld mit Kautschuk und Pfeffer verdient, von einem Mann wie Professor Chalonge?“

„Eine berechtigte Frage, mein Freund, auf die, das muss ich Ihnen eingestehen, ich noch keine Antwort weiß. Ich gehe jedoch davon aus, dass es auf Aravia mehr gibt als Kautschuk und Pfeffer. Apropos Pfeffer: Wissen Sie, dass man den Tukan auch Pfefferfresser nennt? Wohl ein Zufall, aber nicht ohne innere Stimmigkeit.“

Im Hotel sorgten wir mit der gebotenen Gründlichkeit dafür, dass uns während der wenigen Stunden, die uns noch zum Schlafen blieben, keine unliebsame Überraschung mehr widerfuhr. Als ich, so gut es ging, die Überreste des Skorpions von meiner Bettdecke entfernte, verspürte ich ein flaues Gefühl in der Magengegend. Den todbringenden Stachel fasste ich mit besonderer Vorsicht an.

Der Morgen sah uns frühzeitig am Hafen, denn Holmes wollte sich die Lydia ansehen, falls sie heute kommen sollte. Zuerst erlebten wir aber das Auslaufen der Friesland, der ich lange hinterhersah, stellte sie doch so etwas wie unsere letzte Verbindung mit der Heimat dar. Als sie am Horizont verschwunden war, beschlich mich unsinnigerweise das Gefühl, dass Holmes und ich nun erst recht auf uns allein gestellt waren.

Kurz vor Mittag lief eine Brigg mit zusätzlichem Dampfantrieb ein, die Lydia. Sie machte nicht weit von dem Platz fest, wo zuvor die Friesland gelegen hatte. Wir zogen uns hinter einen Stapel mit Kisten zurück und beobachteten von da aus, wie die Mannschaft der Lydia die Ladung löschte, die aus großen Säcken bestand und auf Ochsenkarren verladen wurde.

„Pfeffer", meinte Holmes, der mehr erkennen konnte als ich, weil er die Szene durch ein Taschenfernrohr beobachtete, das er bei einem holländischen Trödelhändler in der Stadt gekauft hatte.

Kurz darauf stieß er einen Pfiff aus und sagte: „Sie fühlen sich unverschämt sicher, Watson, obwohl sie wissen, dass wir in Padang sind. Pieter de Man und sein Affe sind an Bord."

Nachdem er mir das Fernrohr gereicht hatte, sah ich zum ersten Mal das Gesicht des Mannes, der uns in der Kanalisation von Marseille verhöhnt hatte. Er war glatt rasiert, von kräftigen Konturen und mit einem hervorspringenden Kinn. Das Haar des mittelgroßen Mannes war dunkelblond.

„Er ist der Mann, den ich in Marseille vom Laden des Obsthändlers aus verfolgt habe", teilte mir Holmes mit.

De Man hielt die Leine des Orang-Utans, der scheinbar teilnahmslos neben ihm hockte, in der Hand, während er sich mit einem untersetzten Mann unterhielt, den ich anhand seiner Uniform als Kapitän des Schiffes identifizierte.

Ich gab meinem Freund das Teleskop zurück und meinte: „Vielleicht glauben de Man und seine Freunde, die Tukans hätten uns mittlerweile ausgeschaltet. Das würde erklären, warum er sich so offen zeigt."

„Die Organisation unserer Gegner, so muss man es schon nennen, hat sich bislang als so hervorragend erwiesen, dass ich ihr einen solchen Trugschluss nicht zutraue. De Man weiß vielmehr genau, was er tut, und sein offenes Auftreten ist als eine bewusste Provokation uns gegenüber gedacht. Baron Maupertuis hat festgestellt, dass die gefürchteten Tukans kein leichtes Spiel mit uns haben, und versucht nun auf diese Weise, uns auf seine ‚Insel des Schreckens' zu locken. Und wir werden ihm den Gefallen tun."

„Wäre es nicht besser, Inspektor van der Cronje von unserer Beobachtung in Kenntnis zu setzen, Holmes? Schließlich können wir bezeugen, dass de Man und Robeson an der Entführung beteiligt waren."

„Ich bin sicher, die beiden können eine Menge Zeugen ins Feld führen, die beschwören, dass de Man und Robeson Aravia während der letzten zwei Monate nicht verlassen haben. Sie sollten unsere Gegner nicht unterschätzen, Watson. Nein, wir werden uns erst an die Polizei wenden, wenn wir handfeste Beweise vorzulegen haben. Ziehen wir uns jetzt zurück, denn mehr werden wir hier nicht in Erfahrung bringen."

Zwölf Stunden später trafen wir uns mit Jan Pelen, nachdem wir abermals List und Mühe aufgewandt hatten, um eine Gruppe Verfolger abzuschütteln. Ein neuer Anschlag war bis jetzt nicht erfolgt. Die Lydia lag noch im Hafen, da sie erst am kommenden Tag auslaufen sollte. Der Eurasier führte uns auf einen wackeligen Holzsteg, an dem eine mit einem Ausleger versehene Piroge festgemacht war, unser Boot. Ein v-förmiger Doppelmast zeigte an, dass die Piroge mit einem Segel ausgestattet war, das zurzeit nicht aufgezogen war.

„Mit dieser Nussschale sollen wir übers Meer fahren?", äußerte ich meine Zweifel.

„Es gutes Boot sein", entgegnete Pelen. „Ich es genau geprüft haben."

„Nach so vielen Gefahren werden wir auch das überstehen", meinte Holmes lakonisch.

Im Boot lag neben drei Paddeln die von Pelen besorgte Ausrüstung: eine Seekarte des Gebiets vor Sumatras Westküste, ein Sextant, ein Taschenkompass, drei starke Karabiner mit Munition (jetzt in eine Ölhaut eingeschlagen), ein Revolver für den Eurasier (Holmes und ich hatten unserer Revolver dabei), drei Macheten, drei Jagdmesser, eine Holzfälleraxt, zwei Zeltbahnen (die man zu einem Zelt zusammenknüpfen oder einzeln als Unterschlupf verwenden konnte), drei gefüllte Wasserschläuche, drei Rationen Pökelfleisch und Zwieback sowie einige weitere nützliche Kleinigkeiten.

Holmes und ich hatten unsere Schuhe gegen feste Stiefel ausgewechselt, wie sie auch Pelen jetzt trug, und unsere Revolver steckten in Ledertaschen an unseren Hüften, die an mit Patronen gespickten Gurten hingen.

Der Ausleger bewirkte, dass ich mich in der Piroge sicherer fühlte, als ich zunächst angenommen hatte. Wir banden das Boot los und stießen uns ab. Nur das Geräusch, das unsere Paddel beim Eintauchen ins Wasser erzeugten, war zu hören, als die Piroge aus dem Hafen hinausglitt. Das Mondlicht spiegelte sich auf dem Meer, sodass es aussah, als führen wir direkt in Lunas ausgebreitete Arme. Als wir den Hafen in ausreichender Entfernung hinter uns gelassen hatten, setzten wir das große rechteckige Segel, das sich sogleich am Bug aufblähte und uns des Paddelns enthob. Wir hatten damit so lange gewartet, damit unser Auslaufen nicht bemerkt wurde. Der Eurasier steuerte das Boot, ohne auf Kompass oder Seekarte angewiesen zu sein.

Ich kam mir verloren vor in der Piroge, die angesichts der Weite des Meeres so gut wie nicht existent war, um uns herum nichts als Wasser, über uns das Sternenzelt. Solcherart waren die Gedanken, die mich in den Schlaf wiegten, bis Holmes mich an den Schultern rüttelte.

„Wachen Sie auf, Watson! Wir müssen das Segel einholen."

Am Horizont war ein Landstrich aufgetaucht, der nach Pelens Meinung die Ostküste Aravias darstellte. Wir holten das Segel ein und bedienten uns wieder der Paddel. Der Eurasier war über seine Leistung als Steuermann sichtlich zufrieden, hielten wir doch genau auf den Einschnitt zu, der die beiden Halbinseln voneinander trennte. Als die Insel immer größer wurde, änderte er den Kurs leicht nach Steuerbord, weil an der Backbordseite die gefährlichen Klippen aufragten. Endlich befanden wir uns zwischen den beiden Halbinseln.

„Gibt es keine Möglichkeit, zwischen den Klippen hindurchzumanövrieren?", fragte Holmes. „Das würde bedeutend schneller gehen. Die

Piroge ist doch nicht groß und hat kaum Tiefgang."
Pelen schüttelte energisch den Kopf. „Südaravia zu gefährlich, glauben Sie mir. Selbst für kleine Boote. Vielleicht geeignete Stelle da sein, aber ich sie nicht kennen."
Also hielten wir an unserem ursprünglichen Plan fest und landeten im Südosten der Nordhalbinsel. Wir zogen das Boot über den schmalen Kiesstrand bis zum Rand des Dschungels, wo wir es unter Büschen versteckten und gut tarnten. Anschließend verwischten wir mit Palmwedeln unsere Spuren am Strand, während Pelen einige Kokosnüsse für unser Frühstück heranschaffte.
Im Osten zog die Morgendämmerung mit ihren erst tiefroten, dann immer heller werdenden Farbmischungen herauf, als wir in den Dschungel von Aravia eintauchten.

13. Kapitel – Im Urwald

Sherlock Holmes, der mit dem Kompass hin und wieder unsere Marschrichtung überprüfte, ging voran, gefolgt von mir und Jan Pelen. In eintöniger Gleichmäßigkeit schwangen wir unsere Macheten, um einen Weg in die Mauer aus Gestrüpp und Lianen zu schlagen, der schon in wenigen Tagen wieder vollständig überwuchert sein würde. Mit den freien Händen versuchten wir vergebens, die Armee von Insekten von uns fernzuhalten, die unsere Köpfe umschwirrte. Aus der Vielzahl der lästigen Angreifer schlossen wir, dass sich in der Nähe ein Mangrovensumpf befinden musste. Das Geräusch, das die Macheten bei ihrer Arbeit verursachten, wurde von den vielfältigen Lauten des zum morgendlichen Leben erwachten Urwalds übertönt. Immer wieder scheuchten wir Vögel auf, die pfeifend und zwitschernd emporflatterten und uns dabei ihre bunte Farbenpracht präsentierten: türkisfarbene Alude, Guru-Tauben mit Federkränzchen auf dem Kopf, schillernd graue Argus mit den langen Schwanzfedern und viele nicht weniger interessante Arten, die ich nicht kannte.

Rhesus-Affen flüchteten kreischend vor uns auf die Bäume, wobei manche ein Jungtier auf dem Rücken trugen, das sich an den Leib der Mutter klammerte.

„Flucht von Affen und Vögeln vor uns gutes Zeichen sein“, erklärte der Eurasier. „Es bedeuten, lange kein Mensch hier gewesen.“

Ein paarmal hörten wir ein fernes, nichtsdestotrotz durchdringendes Gebrüll, und Pelen meinte, es könne nur von einem Tiger stammen. Da ich mit den großen gestreiften Raubkatzen in Afghanistan unliebsame Erfahrungen gemacht hatte und wusste, dass sie vor dem Angriff auf Menschen nicht zurückschreckten, zog ich unwillkürlich am Riemen meines Karabiners, um mich davon zu vergewissern, dass die Waffe fest auf meinem Rücken hing.

Gegen Mittag erreichten wir eine Lichtung, die sich für eine Rast anbot. Das feuchtheiße Klima und der Kampf gegen den Dschungel hatten uns einigermaßen erschöpft, und zudem bot die Lichtung nicht nur Ruhe, sondern auch eine Mahlzeit, denn in der Nähe wuchsen Bananenstauden und Pombobäume, die Pampelmusen in großer Zahl trugen. Ich wollte gerade meinem Rücken eine Erleichterung verschaffen und mein Gepäck ablegen, da hielt ich in der Bewegung inne, denn genau vor mir stand am Rand der Lichtung ein auf den ersten Blick Furcht einflößendes Gebilde. In einer Reflexbewegung zog ich meinen Revolver und nahm dann erst wahr, dass kein Leben in dem Ding war, das mir den Schrecken eingejagt hatte, jedenfalls jetzt nicht mehr.

„Kommen Sie her und sehen Sie sich das an!“, machte ich meine Gefährten auf meine Entdeckung aufmerksam.

Irgendjemand hatte aus zwei starken Ästen und einem Strick ein mannsgroßes Kreuz gefertigt und in den Boden gerammt. Das Gebilde ähnelte einer Vogelscheuche, weil über dem horizontalen Ast ein durchlöcherter, von der Sonne ausgebleichter Fetzen hing, der einmal ein Gewand gewesen war. Das Schreckenerregende an dem Ding war ein ebenfalls ausgebleichter Totenschädel, der auf der Spitze des Kreuzes saß und mich aus leeren Augenhöhlen anzustarren schien, während der knöcherne Mund zu einem höhnischen Grinsen verzogen war, als verheimliche der Tote etwas Furchtbares vor den Lebenden. Selbstverständlich hatte ich während meiner medizinischen Laufbahn unzählige Skelette und Totenschädel gesehen, aber an diesem Ort und unter den gegebenen Umständen war es etwas vollkommen anderes.

„Ein äußerst makaberer Scherz", bemerkte ich, als Holmes und Pelen neben mir standen und wir alle drei die seltsame Vogelscheuche anstarrten.

„Makaber ja, Watson, Scherz nein", entgegnete der Detektiv mit nachdenklichem Gesicht. „Diese geschmacklose Figur ist vielmehr sehr ernst gemeint, eine Drohung und eine Warnung zugleich, möchte ich sagen." Er holte einen Kompass hervor, klappte den Deckel hoch und sah auf die Nadel. „Der Schädel blickt nach Norden, wenn man das so sagen kann. Er starrt also all jene an, die nach Süden wollen, und soll sie davon abhalten weiterzugehen. Bei den Eingeborenen gewiss ein wirksames Mittel."

Das sahen wir an dem Eurasier, der mir bislang mehr wie ein Europäer erschienen war. Mit geweiteten Augen sah er auf das Kreuz und murmelte: „Die Insel des Schreckens!"

„Sie werden sich von dem Mummenschanz doch nicht einschüchtern lassen, Mijnheer Pelen", sagte ich. „Schließlich ist es kein Gespenst oder so etwas."

„Nein, aber wir sollten es nicht nehmen auf die leichte Schulter. Es böses Vorzeichen sein!"

Holmes hatte den Totenkopf vom Kreuz genommen und betrachtete ihn durch sein Vergrößerungsglas, was Pelen mit offensichtlich gemischten Gefühlen beobachtete. Ich war erstaunt darüber, wie schnell das Erbe des Naturvolks in ihm zum Durchbruch kam. Das konnte vorteilhaft sein, zum Beispiel wenn es auf Eigenschaften ankam, die das Überleben in der Wildnis ermöglichten oder förderten, aber es konnte auch gefährlich werden, wenn der Mischling in Krisensituationen unberechenbar und somit zum Risikofaktor für unsere kleine Gruppe wurde. Ich beschloss, ein wachsames Auge auf ihn werfen, um uns vor bösen Überraschungen zu bewahren.

„Es ist der Schädel eines eingeborenen Mannes", stellte Holmes fest, „der mindestens zwei Jahre tot ist. Der Schädel ist unversehrt und gibt somit keinerlei Aufschluss über die Todesart, aber das Kreuz lässt darauf schließen, dass es ein gewaltsamer Tod war. Oder ersehen Sie daraus etwas anderes, Doktor?"

Er gab den Totenkopf an mich weiter, und ich studierte ihn aufmerksam, konnte Holmes' Diagnose aber nichts hinzufügen.

„Wir sollten den Schädel wieder auf seinen angestammten Platz setzen", meinte mein Freund, „damit unsere Anwesenheit an diesem Ort nicht verraten wird."

Und so geschah es. Dann befestigten wir eine Zeltbahn so zwischen zwei Bäumen, dass sie als Schutzdach gegen die sengende Mittagssonne wirkte. Als wir die gesammelten Früchte verzehrten, bemerkte ich, dass dem Eurasier und mir unser grausiger Fund auf den Magen geschlagen war, während Holmes' Appetit davon offenbar nicht beeinflusst wurde. Die Reste unserer Mahlzeit vergruben wir, bevor wir unseren Marsch nach eineinhalb Stunden Rast fortsetzten.

Die Zunahme der angreifenden Insekten und ein immer morastiger werdender Boden zeigten an, dass wir uns dem Sumpfgebiet näherten. Bei jedem Schritt gab der Schlamm unter unseren Füßen widerlich schmatzende Laute von sich. Wir gingen durch braunes, zähflüssiges Wasser, das manchmal so hoch war, dass es unsere Hosen durchnässte. Aus dem dichten Blätterdach fielen Zecken auf uns herab, krochen unter unsere Kleider und saugten sich gierig an unseren Körpern fest, um sich von unserem Blut zu nähren. Größer und schlimmer waren die Blutegel, die ihnen folgten und uns so zahlreich befielen, dass wir schließlich an einem halbwegs trockenen Platz unseren Marsch unterbrachen, um uns der lästigen, ekelhaften Würmer zu entledigen. Oberkörper, Arme und Beine waren von den saugnapfbewährten Tieren befallen, und wenn man versuchte, sie einfach loszureißen, war das eine äußerst schmerzhafte Angelegenheit, die kreisrunde, rote Male am Körper hinterließ. Zu unserem Glück hatte der vorausschauende Eurasier dafür gesorgt, dass auch ein Beutel mit Salz zu unserer Ausrüstung gehörte, auf das die Egel allergisch reagierten. Wir rieben die von ihnen befallenen Stellen mit dem Natriumchlorid ein, und nach kurzer Zeit konnten wir die Blutsauger wie überreife Pflaumen abpflücken, was alles in allem auch nicht besonders angenehm war. Auch die Zecken wurden wir auf diese Weise los. Wir mussten die Prozedur dreimal wiederholen, bis wir in dieser Beziehung das Schlimmste überstanden hatten, jedenfalls vorerst, wusste doch niemand von uns, was uns noch alles bevorstand.

Der Sumpf machte freierem Gelände Platz, und das sauberer werdende Wasser fand sich in vielen kleinen Bächen zusammen, die wir mühelos übersprangen. Es ging immer mehr bergauf, und über den grünen Wipfeln des Dschungels erhob sich der Kegel des erloschenen Vulkans, auf den wir zuhielten.

Wir gelangten an ein Gewässer, das sehr reißend war und schon als kleiner Strom bezeichnet werden musste, was die Überquerung zu einem Problem machte. Wir gingen am Ufer entlang und fanden tatsächlich einen Übergang, eine Stelle, an der große Steine in regelmäßigen Abständen im Wasser lagen, sodass man den Strom mit großen Schritten von einem Stein zum nächsten überqueren konnte. Ich vermochte nicht zu erkennen, ob die Steine von Mutter Natur derart günstig platziert worden waren oder ob die behelfsmäßige Brücke von Menschenhand gebaut worden war, aber es kümmerte mich auch nicht großartig, weil etwas anderes meine und die Aufmerksamkeit meiner Begleiter auf sich zog. In der Mitte der Steinbrücke steckte eine weitere „Vogelscheuche" im Fluss, wieder aus einem Holzkreuz bestehend, auf das man einen Totenschädel gesetzt hatte, und wieder hingen Überreste eines Kleidungsstückes an der grotesken Figur, die vom Wind zu einem makabren Tanz gezwungen wurden.

„Ich werde mir das einmal ansehen", sagte Holmes und sprang von Stein zu Stein, bis er das Kreuz erreichte, nahm den Schädel von der Spitze und kehrte damit zu uns zurück.

Ich beobachtete derweil den Eurasier, der sich gefasster zeigte als auf der Lichtung.

„Wiederum der Kopf eines männlichen Eingeborenen, der mindestens zwei Jahre tot ist", sagte der Detektiv nach kurzer Untersuchung des Schädels. „Wahrscheinlich sind die Kreuze, von denen es wohl noch einige mehr gibt, zur selben Zeit aufgestellt worden. Die Leute vom Südteil der Insel haben eine unerwünschte Gruppe Malaien in die Hände bekommen und dann die Kreuze mit ihren Schädeln zur Mahnung für eventuelle weitere ‚Besucher' aufgestellt. Das hat bei den Eingeborenen natürlich die Fama von der ‚Insel des Schreckens' genährt. Dieser Malaie ist übrigens durch einen Kopfschuss aus einer Feuerwaffe getötet worden, was jedweden übernatürlichen Einfluss wohl ausschließt."

Bei den letzten Worten sah Holmes den Eurasier an. Also war auch meinem Freund die Labilität unseres Verbündeten aufgefallen. In der Stirn des Totenschädels klaffte das Einschussloch, das in seiner gleichmäßigen Form nur von dem Geschoss einer kleinkalibrigen Waffe herrühren konnte. Als wir anschließend den Fluss überquerten, setzte Holmes auch diesen Schädel auf das Kreuz zurück.

Je mehr das Gelände anstieg, desto spärlicher wurde die Vegetation, die nun von Sträuchern, Farnen und Kräutern bestimmt wurde. Der Vulkankegel wuchs zu einem riesigen Monument an, das an die Vergänglichkeit alles dessen gemahnte, was von den Menschen erdacht und erbaut worden war, im Gegensatz zu den für eine – zumindest verhältnismäßige – Ewigkeit gedachten Schöpfungen der Natur. Hoch über dem Berg zog ein einsamer Raubvogel bedächtig seine Kreise, ein fliegender Zerberus vor dem Zugang zum Hades.

Die einsetzende Dämmerung zwang uns dazu, unser Nachtlager aufzuschlagen, denn wir benötigten Tageslicht, um einen Pass über den Berg zu finden. Pelen hatte von einem Malaien gehört, dass es einen gut begehbaren Weg geben sollte. Wir lagerten an einem Bach, der uns mit klarem Wasser versorgte. Feste Nahrung bot uns die Natur diesmal nicht, weshalb wir auf unsere Rationen aus Pökelfleisch und Zwieback zurückgriffen, nicht gerade ein Festmahl, aber wir befanden uns auch nicht auf einem Picknickausflug. Wir bauten unser Zelt in einer Senke auf, sodass es windgeschützt war und wir keine Sorge haben mussten, während der Nacht könne es weggeweht werden. Auf ein Feuer verzichteten wir ganz, da Rauch und Flammenschein, auch wenn noch so gering, unsere Anwesenheit hätten verraten können. Weil die südliche Halbinsel nicht mehr weit entfernt war, mussten wir besonders vorsichtig sein. Holmes legte die Reihenfolge für die Nachtwache fest: erst Pelen, dann ich und als Letzter der Detektiv. Nach dem Essen zogen Holmes und ich uns ins Zelt zurück, wo wir aus Farnen ein möglichst bequemes Lager hergerichtet hatten.

Trotz des an Anstrengungen überreichen Tages und des Umstands, dass die vorangegangenen Nächte sehr arm an Schlaf gewesen waren, konnte ich nur schwer Ruhe finden. Die ungewohnte Umgebung forcierte meinen Gedankenfluss, der um vergangene und zukünftige Ereignisse kreiste, begleitet von den Geräuschen der Wildnis, in der sich jetzt die Tiere der Nacht tummelten.

„Ja, Watson, es war ein langer, ominöser Weg, der uns von London über Paris, Lyon und Marseille bis hierher geführt hat", durchbrach Holmes die Stille, indem er meine Gedanken in Worte fasste. „Und wenn es nicht Schicksal ist, so ist es zumindest ein ausgesprochener Glücksfall, dass mir ein Freund und Gefährte von Ihrem Kaliber zur Seite steht. François le Villard war allein und hat dafür den höchsten Preis bezahlt."

„Jener Abend, als le Villard mit letzter Kraft in unsere Wohnung taumelte, scheint mir tausend Jahre und unendlich viele Meilen entfernt zu sein, Holmes. Je länger wir die Spur verfolgen, desto unwirklicher scheint alles zu werden. An diesem Ort komme ich mir fast wie Robinson Crusoe vor. Wird unsere Suche morgen zu Ende sein? Und was werden wir auf Südaravia finden?"

„Die Antwort, mein Freund. Schlafen Sie gut!"

Holmes' Worte hatten mich mit Stolz und Befriedigung erfüllt, besonders da wir demnächst, sobald meine Mary mir das Jawort gegeben hatte, getrennte Wege gehen würden. Bald vermischten sich in mir bewusste und unterbewusste Gedanken, und ich schlief mit dem Bild des jungen Stamford ein, der mir nach meiner Rückkehr aus Afghanistan nach London von seinem Bekannten namens Sherlock Holmes erzählte, der wie ich eine günstige Unterkunft suchte.

„Mein Name Jan Pelen sein, nicht Stamford!", behauptete die Gestalt,

die an meinem Arm rüttelte.
Ich erkannte die Umrisse des Eurasiers, der mich für die Wachablösung weckte. Als ich brummte, dass ich wach sei, verließ er das Zelt wieder. Ich schüttelte den Schlaf von mir ab, zog meinen Rock an, stieg in die Stiefel, nahm meinen Revolver und den Karabiner an mich, vergewisserte mich, dass die Waffen geladen waren, und trat hinaus ins Freie. Pelen stand mit dem Rücken zu mir in ein paar Schritten Entfernung, die Hände auf die Mündung seines Karabiners gestützt und spähte in die Dunkelheit, die von Mond und Sternen mit spärlichem Licht versehen wurde. Das Geräusch meiner Schritte veranlasste ihn, sich umzudrehen.
„Die Nacht ruhig und friedlich sein, Dr. Watson, fast zu sehr, als sei sie eine Falle, uns einzuschläfern."
„Vielleicht ist es die viel zitierte Ruhe vor dem Sturm", meinte ich. „Bereuen Sie, sich unserer Expedition angeschlossen zu haben?"
„Nein, ich hier sein, um meinen Bruder zu finden, und das ich tun werde. Außerdem es nicht viele Männer wie Mr. Holmes geben, die kämpfen für einen Mann, der haben Blut von zwei Rassen in sich."
„Sie haben recht, Mijnheer Pelen, ich habe noch keinen zweiten Mann getroffen, der wie Holmes ist."
Der letzte Teil meines Satzes wurde von einem lang gezogenen Gebrüll begleitet, das der nächtliche Nordwind zu uns herübertrug.
„Der Menschenfresser die Ruhe stören und Frieden in Angst verwandeln. Er uns wie ein böser Schatten folgen und schlechtes Omen sein."
„Manchmal werde ich nicht klug aus Ihnen, Mijnheer", gestand ich ein. „Das war nur ein Tiger, kein Geist oder sonst ein übernatürliches Wesen."
„Für Sie als Christ es nur ein Tiger sein, aber für einen Buddhisten, der an Wanderung der Seele glauben, es Tier mit Seele eines gefährlichen, bösen Menschen sein. Mensch zu böse gewesen, um Frieden zu finden, und deshalb jetzt ruhelos umherstreifen."
„Und woran glauben Sie?"
„Ich nur ein ungebildeter Mann sein, der nicht wissen, ob Jesus oder Buddha mehr recht haben. Vielleicht beide."

Er ging ins Zelt und ließ mich mit diesen zwielichtigen Gedanken zurück. Wieder brüllte der Tiger. War es derselbe, den wir schon tagsüber gehört hatten? Und wenn es so war, so weigerte ich mich zu glauben, dass in ihm die Seele eines verruchten Menschen steckte, der uns verfolgte. Wenn der Eurasier bereits an ein wirres Konglomerat aus Religionen und Mythen glaubte, wie leicht musste es da den Leuten von Südaravia gefallen sein, die Eingeborenen im Norden in ihrem Sinne zu beeinflussen und abzuschrecken. Vielleicht glaubten die Malaien sogar, den Kreuzen mit den Totenköpfen hafte etwas Dämonisches an, oder sie hielten die Gebilde selbst für Geister. So etwas war natürlich unsinnig, aber nach allem, was wir bisher erlebt hatten, nahm ich an, dass das, was wir auf der Südhalbinsel vorfinden würden, nicht weniger gefährlich sein würde als ein Dämon.
Solche Überlegungen waren nicht dazu angetan, meine Nachtwache beruhigend zu gestalten. Mehrmals fuhr ich zusammen, wenn ich ein Geräusch hörte oder einen Schatten sah, der sich kaum von der übrigen Finsternis abhob, doch stets war es nur ein Tier, das über den Boden huschte, oder ein Strauch, der sich im Wind wiegte; erleichtert ließ ich dann den Karabiner wieder sinken. Zwar mussten wir irgendwann auf unseren Gegner treffen, aber an einem anderen Ort und zu einer anderen Zeit war es mir wesentlich lieber. Meine Wache näherte sich dem Ende, als ein Geräusch aus der Richtung des Zeltes mich herumfahren und das Gewehr in Anschlag bringen ließ. Diesmal war es kein Tier oder Strauch, sondern Sherlock Holmes, der von selbst erwacht war und nun kam, um mich abzulösen.
„Einen besseren Wachhund als Sie kann ich mir kaum vorstellen, Watson“, sagte Holmes, und ich glaubte, dabei ein Lächeln zu bemerken. „Sie hätten nur noch den Finger krümmen müssen, und unsere Expedition wäre um ein Drittel ihres Bestandes verringert worden.“
„Sie hätten rufen können, Holmes, statt sich wie einer dieser Tukans anzuschleichen. Kein Wunder, dass einem da der Schreck in die Glieder fährt!“
„Ich wollte Mijnheer Pelen nicht aufwecken; er schläft gerade so friedlich. Gönnen Sie sich auch noch etwas Ruhe, alter Freund. Wenn

mich nicht alles täuscht, steht uns ein Tag bevor, der noch anstrengender als der gestrige sein wird."

Holmes täuschte sich nicht.

Er weckte Pelen und mich noch vor Tagesanbruch, sodass wir bei Sonnenaufgang bereits gefrühstückt und das Zelt abgebaut hatten. Wir mussten glücklicherweise nicht den ganzen Berg erklimmen, sondern fanden bald einen Weg an der Ostseite des Vulkankegels. Als wir dessen höchsten Punkt erreicht hatten, konnten wir auf die Südhalbinsel hinabblicken wie auf ein ausgebreitetes Tischtuch. Links von uns brandete das Meer an Aravias Küste, und ich meinte die Stelle zu sehen, wo wir gelandet waren und unsere Piroge versteckt hatten, als ich durch Holmes' kleines Fernrohr spähte. Von hier oben sah Südaravia nicht anders aus als der Norden, ebenso grün und scheinbar ebenso unberührt, aber Letzteres täuschte, wie der Eurasier uns versicherte. Nur befanden sich die Siedlung und der Hafen zu weit entfernt, als dass wir sie hätten erkennen können. Wir konnten zwei Flüsse ausmachen, die einer gemeinsamen Quelle rechts von uns am Berg zu entspringen schienen und sich am Fuß des Vulkans trennten. Ein Arm führte nach Süden, und Pelen sagte uns, dass die Siedlung an seinem Ufer erbaut worden sei. Der zweite Arm floss in südöstlicher Richtung und führte nach Pelens Aussage an Baron Maupertuis' Anwesen vorbei.

Mir war das neu, und ich fragte, weshalb der Baron nicht in der Siedlung wohne.

„Ich den Grund nicht wissen. Einmal ein betrunkener Aufseher erzählt haben, der Baron nicht in Siedlung wohnen, sondern auf Anwesen in Südosten."

„Dieser Maupertuis scheint ein rechter Geheimniskrämer zu sein", meinte ich, „wenn er sich sogar von seinen eigenen Leuten absondert."

„Er wird seine Gründe haben", sagte Holmes und gab das Zeichen zum Aufbruch.

Nach wenigen Minuten gelangten wir an einen Platz, wo wieder ein Totenkopf-Kreuz stand, das dritte, das wir sahen. Abermals starrte uns der Schädel grinsend entgegen, auf dem Kopf eine alte Schiffermütze. Statt der Überreste eines malaischen Gewandes hing diesmal eine abgetragene Seemannsjacke über dem horizontalen Ast. Ich dachte, wir alle hätten uns inzwischen an einen derartigen Anblick gewöhnte, doch der Eurasier überraschte mich erneut, als er vor dem Kreuz auf die Knie fiel und die Arme in einer Geste der Hilflosigkeit ausbreitete. Er öffnete den Mund wie zu einem Schrei, aber kein Laut kam über seine Lippen.

Ich fasste ihn an der Schulter und fragte: „Was haben Sie, Mann?"

Die Erstarrung fiel von ihm ab, als er aufstand und antwortete: „Es mein Bruder sein. Ich die Mütze und die Jacke erkennen."

„Ich habe es geahnt", sagte Holmes und trat näher, um auch diesen Schädel einer Untersuchung zu unterziehen. „Der Kopf steckt noch nicht so lange auf dem Kreuz wie die anderen, die wir fanden. Da Robert Pelen erst vor einem Jahr verschwunden ist, passt das zusammen. Auch die Schädelform weist auf einen Weißen, beziehungsweise auf einen Mischling hin. Man hat dem Mann den Schädel regelrecht eingeschlagen, bei der Größe der Fraktur wohl mit letaler Wirkung."

Ein taubeneigroßes Loch im Hinterkopf bestätigte Holmes' Worte.

„Ich meinen Bruder gefunden haben", sagte Pelen, die Hände zu Fäusten geballt, „und jetzt ich Rache nehmen für seinen Tod!"

Holmes sah sich Mütze und Jacke an, ohne einen weiteren Hinweis zu finden. Robert Pelen war ein Christ gewesen, und ich überlegte, ob wir den Schädel bestatten sollten, doch mein Freund dachte gar nicht daran, sondern richtete auch diese Schreckensfigur so her, wie wir sie vorgefunden hatten. Da der Bruder des Toten keinen Einwand dagegen erhob, schwieg ich ebenfalls.

Holmes hatte jedoch bemerkt, was in meinem Kopf vor sich ging, und sagte leise zu mir: „Unsere Sicherheit geht Pietätsfragen vor, Watson." Und lauter: „Wir können hier nichts mehr tun. Lassen Sie uns weitergehen!"

Am späten Vormittag hatten wir den Vulkan hinter uns gelassen, und die wieder dichter gewordene Vegetation ging vor uns in den Urwald über.

„Ich schlage vor, wir marschieren so lange weiter, bis wir auf den linken Arm des Flusses stoßen, den wir vom Berg aus gesehen haben", sagte Holmes. „Wenn Pelens Informationen stimmen, brauchen wir nur seinem Lauf zu folgen, um zu dem geheimnisvollen Baron Maupertuis zu gelangen."

„Und was unternehmen wir, wenn wir ihn gefunden haben?", fragte ich, denn dieses Thema beschäftigte mich bereits seit geraumer Zeit.

„Das hängt von der jeweiligen Situation ab und kann deshalb jetzt noch nicht festgelegt werden."

Wir tauchten in den Dschungel ein, kamen aber nicht weit, woran ein scharfes „Halt!" von Holmes schuld war, der unsere Gruppe wie üblich anführte. Pelen und ich fragten verwundert, was ihn dazu veranlasst habe.

„Das Gelände vor uns", antwortete Holmes, als sei das eine vollwertige Erklärung.

„Ich sehe nur ein paar Bäume und Sträucher, nicht besonders viel Unterholz", entgegnete ich. „Dort scheint ein leichtes Durchkommen zu sein. Was ist an dem Gelände auszusetzen?"

„Wenn Sie einfach so losmarschieren, werden Sie nicht weit kommen, Watson, wegen des Bodens."

„Lassen Sie sich doch nicht alles aus der Nase ziehen, Holmes! Was haben Sie gegen den Boden einzuwenden?"

„Geben Sie acht!", sagte mein Freund, hob einen großen Stein auf und schleuderte ihn zwischen die Bäume vor uns, wo er einfach im Boden verschwand.

„Das begreife ich nicht", gab ich zu.

„Bleiben Sie unbedingt hinter mir!", wies uns Holmes an.

Er bewegte sich auf die Stelle zu, wo der Stein versunken war, blieb aber einige Schritte davor stehen, kniete sich hin und machte sich am Erdreich zu schaffen, wie es schien. Pelen und ich traten hinter ihn und sahen, dass dort gar kein Erdreich war, sondern ein Bambusgeflecht, über das man Gräser und Blätter so verteilt hatte, dass der Ort sich nicht vom natürlichen Boden unterschied – oder fast nicht, denn Holmes war es offenbar aufgefallen. Inzwischen hatte der Detektiv so viel von der Tarnung entfernt, dass wir dünne, oben zugespitzte

Pfähle sehen konnten, die in der Grube steckten, um jeden aufzuspießen, der hineinfiel.
„Eine Tierfalle", sagte der Eurasier. „Vielleicht hier es viele Menschenfresser geben."
„Vielleicht", meinte Holmes. „Aber ich denke, dies ist eher eine Menschen- als eine Tierfalle, obgleich sie zweifelsohne sowohl für das eine als auch für das andere geeignet ist. Wenn Sie genau hinsehen, werden Sie feststellen, dass das gesamte Gebiet vor uns mit solchen Fallen übersät ist. Die Stellen sind ein wenig heller als der natürliche Boden."
„Nur gut, dass Ihnen das aufgefallen ist, Holmes", sagte ich.
„Ich bin ganz Ihrer Meinung, Watson. Decken wir jetzt die Falle wieder zu. Wir müssen davon ausgehen, dass dieses Gebiet regelmäßig kontrolliert wird, und niemand nähme an, ein Tier habe die Falle so fein säuberlich aufgedeckt."
Nachdem wir das Bambusgeflecht wieder verdeckt hatten, gingen wir im Gänsemarsch weiter. Der uns anführende Holmes hatte sich einen Knüppel gesucht, mit dem er den Boden vor sich abtastete. Die Fallen waren in einem schachbrettähnlichen Muster angelegt, lagen aber enger beisammen als die Felder einer Farbe im Spiel der Könige. Wir bewegten uns mal wie ein Turm, mal wie ein Läufer und mal wie ein Springer über das gefährliche „Brett", bis auf einmal alles durcheinandergewirbelt wurde.
Die Bäume purzelten wie Mikadostäbe kreuz und quer; der Himmel wurde zum Boden und der Boden zum Himmel. Ich wurde gegen Holmes und Pelen gedrückt, empfand Schmerzen und Übelkeit. Dann kehrte endlich Ruhe ein – beinahe, ein leichtes Schaukeln blieb.
„Wie die Fische im Netz", beschrieb Holmes unsere Lage korrekt. „Wie unvorsichtig von mir! Ich hätte daran denken müssen, dass unsere Gegner nichts dem Zufall überlassen. Während ich mich auf die eine Falle konzentrierte, schnappte die andere zu."
Wir hingen fünfzehn bis zwanzig Fuß über dem Boden in einem großen Netz, das an einem Baum befestigt war. Geräusche und Stimmen näherten sich, und dann waren wir von Männern umstellt, die ihre Schusswaffen auf uns richteten.

14. Kapitel – Eine Studie in Gastfreundschaft

Es waren zehn Männer, vier Weiße und sechs Malaien, die mit Karabinern, Gewehren, Revolvern, Macheten und Messern bewaffnet waren. Einer der Weißen rief einen Befehl, woraufhin ein Malaie, geschickt und flink wie ein Affe, an dem Baum hochkletterte, der das Netz hielt. Als er auf unserer Höhe war, schnitt er mit seinem Messer die Halteseile durch, und wir landeten unsanft auf dem Boden, dicht neben einer Fallgrube. Ich zog mir dabei einige Prellungen zu, und meinen Gefährten erging es gewiss nicht besser. Wir wurden aus dem Netz befreit und entwaffnet, ohne dass wir uns wehren konnten. Der Kreis der Bewaffneten um uns herum ließ uns keine Chance. Ihr Anführer, ein dunkelhaariger, schnauzbärtiger Europäer, trat auf uns zu und sprach uns im besten Englisch an, wobei wir seine schwarzen Zähne sahen.

„Mr. Holmes und Dr. Watson, ich heiße Sie im Namen von Baron Maupertuis auf Aravia willkommen. Sie haben uns lange warten lassen."

„Sie haben es uns schließlich nicht leicht gemacht, mit Ihnen in Verbindung zu treten, Dr. William Roberts", entgegnete Holmes, während er ein schmerzendes Handgelenk mit der anderen Hand rieb.

„Oh, Sie kennen meinen richtigen Namen?"

„Ich war damals im Old Bailey[11], als Ihnen der Prozess gemacht wurde. Sie waren Arzt im East End und dort für einige Armen- und Waisenhäuser zuständig. Sie waren ehrgeizig und betrieben Forschungen, um in die Geschichte der Medizin einzugehen. Deshalb missbrauchten Sie die Ihnen anvertrauten Menschen als Versuchstiere für Ihre Experimente. Einige erlitten schwere Entstellungen, andere starben. Der Strick wäre Ihnen sicher gewesen, wenn Ihnen nicht auf der Fahrt zur Urteilsverkündung die Flucht gelungen wäre. Haben Sie François le Villard auch zum Opfer Ihrer unseligen Forschungen gemacht?“

„In gewissem Sinne ja, doch war es seine eigene Schuld, dass er uns in die Quere kam, genau wie bei Ihnen und Dr. Watson. Näheres wird Ihnen der Baron mitteilen, falls er es für richtig erachtet. Ich rate Ihnen, sich meinen Anweisungen zu fügen. Meine Männer haben Befehl, im Falle eines Fluchtversuches zu schießen.“

Die Männer fesselten uns die Hände auf dem Rücken, nahmen uns in ihre Mitte, und wir setzten unseren Marsch fort, allerdings in einer weniger angenehmen Situation als vorher. Ein Weißer und zwei Malaien blieben zurück, und ich nahm an, dass sie die Netzfalle wieder herrichten sollten. Wir ließen das Gebiet mit den Fallen hinter uns, und bald kamen wir an den Fluss, der nach unserem Wissen zu Maupertuis' Anwesen führte. Am Ufer lagen ein Prahm und ein kleineres Boot. Unsere Gruppe bemannte den Prahm, der flussabwärts fuhr; das andere Boot blieb wohl für die drei Zurückgebliebenen da. Roberts setzte sich mit dem Gesicht zu uns und kaute Betelnüsse, die er einem prall gefüllten Leinenbeutel entnahm. Wir waren gefesselt, und die Wachen passten gut auf, sodass an eine Flucht nicht zu denken war. Außerdem sahen wir hin und wieder Krokodile, die den Prahm zwar nicht beachteten, bei Menschen aber wohl anders reagiert hätten.

Nach einer Stunde Fahrt erreichten wir unser Ziel. Hier hatte man eine große Fläche des Urwalds gerodet und Gebäude aus Stein und Holz errichtet, die von Palisadenmauern umschlossen waren. Das Ganze war ein richtiges Fort, am Ostufer des Flusses gelegen. Mehrere Boote verschiedener Größen lagen dort, und in der Nähe des Forts verband eine stabile Holzbrücke beide Flussufer miteinander. Wir wurden zu einem großen, zweiflügeligen Tor an der Südseite der Befestigung gebracht, über dem ein Wachtposten in einem kleinen Häuschen stand. Als er uns erkannte, rief er etwas nach unten, und einer der Flügel schwang nach innen auf. Zwei bewaffnete Weiße begrüßten die Ankömmlinge wort- und gestenreich und machten sich über uns Gefangene lustig. Wir wurden in ein kleines Steingebäude gesperrt, dessen einziges Fenster zu klein war, als dass ein Mann hindurchschlüpfen konnte; zudem war es durch Gitterstäbe von der Dicke zweier Finger gesichert. Die massive Holztür wurde durch ein Schloss und einen schweren Riegel versperrt, und vor ihr hielt ein Mann Wache.

„Ein übles Loch", brachte ich meinen Missmut zum Ausdruck. „Hier drinnen gibt es rein gar nichts, weder Pritschen noch Decken. Noch nicht einmal unsere Fesseln haben die Kerle uns abgenommen. Das kann ein unangenehmer Aufenthalt werden."

„Dass wir die Höhle des Löwen so schnell betreten würden, hätte ich auch nicht geglaubt", gab Holmes zu.

Kurze Zeit später hörten wir Schritte und Stimmen vor der Tür, die daraufhin geöffnet wurde. Roberts und zwei weitere Männer traten ein. Seine Begleiter waren mit amerikanischen Winchester-Repetierkarabinern neuester Fabrikation bewaffnet. Baron Maupertuis ließ sich seine Sicherheit etwas kosten.

„Mr. Holmes und Dr. Watson, der Baron lädt Sie zum Essen ein", sagte Roberts mit übertrieben gespielter Höflichkeit und gewährte uns dabei den unschönen Anblick seiner schwarzen Kauwerkzeuge. „Wenn Sie die Freundlichkeit besitzen wollen, mir zu folgen!"

„Was ist mit unserem Begleiter?", fragte ich und machte eine Kopfbewegung zu Pelen hin.

Roberts maß ihn mit einem verächtlichen Blick. „Die Einladung gilt nur für Sie beide, nicht für den Bastard."

Roberts' Männer schubsten uns hinaus, und der Wachtposten verschloss die Tür mit einem Schlüssel aus seiner Rocktasche. Wir gingen über den großen Innenplatz des Forts. Hier gab es nicht nur Männer, sondern auch malaiische Frauen; Kinder sahen wir jedoch nicht. Wir erstiegen ein paar breite Stufen, die zu einem zweistöckigen Steinhaus führten, das durch Säulen vor dem Eingang und allerlei Verzierungen schon von außen einen feudalen Eindruck machte. In die Säulen waren Figuren aus der griechischen Mythologie, überwiegend Satyre und Nymphen, eingemeißelt, was an diesem Ort unangebracht und protzig erschien. Der Hang des Hausherrn zum Glauben der alten Griechen spiegelte sich auch in der Inneneinrichtung wider, speziell

in Gemälden, Statuetten und Vasen. Der große Raum, in den man uns schließlich brachte, wurde von Jordaens Gemälde Pan und Nymphe beherrscht.
„Ein wundervolles Bild, nicht wahr, ein Ausdruck kraftvoller Lebenslust, die jeder zu verspüren wünscht und die doch kaum einem gewährt wird. Zeus ist nicht jedem ein gnädiger Gott."
Wir drehten uns zu dem Sprecher um, der nach uns eingetreten war. Er war ein großer, kräftiger Mittfünfziger mit hellbraunem, welligem Haar, in das sich die ersten Grautöne mischten. Gleiches galt für seinen dichten Vollbart. Die dunkle, volltönende Stimme passte zu seiner stattlichen Erscheinung. Wären Haar und Bart weiß gewesen, hätte man ihn für den Weihnachtsmann halten können. Er trug einen für das hiesige Klima geeigneten leichten, dreiteiligen Anzug in beige.
„Baron Maupertuis, nehme ich an", sagte Holmes kühl.
Unser Gegenüber machte eine kleine Verbeugung. „Ganz recht, ich bin Baron Xavier Henri Maupertuis, Plantagenbesitzer und Wissenschaftler. Hiermit heiße ich Sie offiziell als Gäste in meinem Haus willkommen."
„Lassen Sie Ihre Gäste immer fesseln?", knurrte ich.
„Eine bloße Vorsichtsmaßnahme, damit Sie sich nicht durch unüberlegte Aktionen in Gefahr brachten. Jetzt ist das nicht mehr notwendig."
Eine Kopfbewegung des Barons veranlasste einen der Wächter, unsere Fesseln mit einem großen Messer durchzuschneiden. Holmes und ich massierten unsere Hände, damit das Blut wieder richtig zirkulierte.
„Was ist mit dem Mischling?", fragte Maupertuis, der perfekt Englisch sprach.
„Er sitzt noch hinter Gittern", antwortete Roberts.
„Gut." Der Baron wandte sich wieder an uns. „Mr. Holmes und Dr. Watson, nehmen Sie doch Platz. Sie müssen sehr hungrig sein nach der anstrengenden Reise."
Auf einer ovalen Tafel standen Gedecke für acht Personen und Schalen mit Früchten: Bananen, Kokosnüsse, Mangos und Pampelmusen. Holmes und ich setzten uns, gefolgt von Roberts und dem Baron.

Die beiden Wächter nahmen an der Tür Aufstellung. Eine Gruppe von vier Personen vervollständigte die Tafel: Professor Jacques Chalonge, seine Tochter Marie, Pieter de Man und ein vollbärtiger Holländer, den Maupertuis als Dick Keller vorstellte. Keller hatte Roberts und de Man auf ihrer Reise nach Europa begleitet. De Man hatte seinen Orang-Utan mitgebracht, den er Yannok nannte und der sich hinter de Mans Stuhl kauerte. Zuweilen reichte de Man dem Affen Früchte, die dieser gierig in sein breites Maul stopfte und dabei laut schmatzte. Der Baron klatschte in die Hände, und kurz darauf kamen drei junge Malaiinnen mit einem großen Servierwagen in den Raum, auf dem Schüsseln und Karaffen standen. Die Gerichte bestanden hauptsächlich aus Geflügel, Fleisch und Reis und waren auf malaiische Art zubereitet. Die Frauen gossen Weißwein in die Gläser des Barons und seiner Männer.
„Ein fünfundsechziger Moulon", sagte Maupertuis. „Mein Weinkeller hat mich ein kleines Vermögen gekostet, das ich Dionysos gern geopfert habe."
„Ein vorzüglicher Jahrgang, aber trotzdem möchte ich mit Wasser Vorlieb nehmen."
Die Chalonges und ich schlossen uns Holmes' Bitte an.
„Unsere Gäste wollen sich einen klaren Kopf bewahren." Der Baron lachte laut und gab einer der jungen Frauen ein Zeichen, dass sie uns Wasser eingießen sollte.
Ich nahm derweil den Professor und seine Tochter in Augenschein. Beide schienen gesund zu sein, sahen jedoch sehr mitgenommen aus. Das Gesicht des Professors wirkte eingefallen, längst nicht so rundlich wie auf der Fotografie. Seine sechzehnjährige Tochter nahm sich zusammen, doch ich bemerkte das Zittern ihrer schlanken Hände beim Führen des Bestecks.
„Mr. Holmes ist ein großer Detektiv und sogar über die Grenzen seines Landes hinaus ein bekannter Mann, wenn auch nicht so bekannt, wie ich es bald sein werde", sagte Maupertuis in einem jovialen Ton. „Sie können sich etwas darauf einbilden, Professor Chalonge, dass er Ihretwegen eine so weite Reise unternommen hat."

„Nicht nur wegen Professor Chalonge habe ich die Spur Ihrer Männer verfolgt, Baron, sondern auch wegen François le Villard, einem geschätzten Kollegen, dem Ihre Leute ein grausames Ende bereitet haben!“

„Unter Umständen wartet ein ähnliches Ende auf Sie und Ihre Begleiter, Mr. Holmes. Das hängt ganz und gar von meinem Gutdünken ab.“

Marie Chalonge schlug die Hände vor dem Gesicht zusammen und verlor ihre gesamte Selbstbeherrschung in dem Moment, als sie in ein heftiges Schluchzen ausbrach. Ihr Vater, der neben ihr saß, bemühte sich, sie zu trösten, aber es dauerte eine Weile, bis sie sich wieder fing.

„Ich hatte bis jetzt gehofft, dass Monsieur le Villard noch am Leben sei“, sagte sie mit erstickter Stimme. „Er war noch so jung, und hätte ich ihn nicht gebeten, meinen Vater zu suchen, wäre ihm nichts geschehen.“

„Sie machen sich zu Unrecht Vorwürfe, Mademoiselle“, erwiderte Sherlock Holmes, der zum weiblichen Geschlecht zwar keine gefühlsmäßig positive Beziehung hatte, sich ihm gegenüber jedoch stets ritterlich verhielt. „Sie haben, genauso wie le Villard, nur Ihre Pflicht getan. Die Schuld liegt ganz allein bei unserem Gastgeber und seinen Helfershelfern. Außerdem ist le Villard nicht umsonst gestorben. Durch ihn sind Dr. Watson und ich auf die Angelegenheit aufmerksam geworden.“

„Nur nützt das weder Ihnen, Mr. Holmes, noch dem Professor oder seiner Tochter etwas, denn Sie und Dr. Watson werden kaum Gelegenheit haben, noch einmal etwas anderes als meine Gastfreundschaft zu genießen. Ich will damit Ihre Leistung nicht schmälern. Ganz im Gegenteil, ich bewundere sogar, wie Sie es fertiggebracht haben, der Fährte meiner Leute bis nach Sumatra zu folgen, aber in jedem Spiel kann es nur einen Sieger geben, und in diesem Spiel werde ich das sein! Es hat mich sehr amüsiert, Ihre Züge zu verfolgen und meine darauf einzurichten, doch befand ich mich von Anfang an in der besseren Position, war ich Ihnen doch stets mindestens einen Schritt voraus.“

„Wenn Sie so sicher sind, dass wir diesen Ort niemals mehr verlassen werden, wird es Ihnen wohl nichts ausmachen, uns einige Erklärungen zu geben“, sagte Holmes. „Ihre Plantagen sind eine Tarnung und eine Geldeinnahmequelle, aber welche Geschäfte betreiben Sie hier wirklich? Wozu benötigen Sie Professor Chalonges wissenschaftlichen Beistand? Wer ist Ihre Kontaktperson in Europa?“
Der Baron nahm einen tiefen Schluck aus seinem Weinglas, bevor er antwortete: „Ich bin ein Ehrenmann, vielleicht nicht nach Ihren Begriffen, aber nach meinen. Es stimmt, ich habe eine Kontaktperson, die mir dabei half, des Professors habhaft zu werden. Ich habe ihr jedoch versprochen, ihren Namen niemals preiszugeben, und daran fühle ich mich gebunden, selbst wenn Sie ihr nicht mehr schaden können. Deshalb werde ich diese Frage nicht beantworten. Was meine Anwesenheit auf Aravia betrifft, so ist diese Insel der Ort meines Exils, vorübergehend, denn schon bald werde ich von hier nach Europa zurückkehren, so wie Napoleon von Elba zurückgekehrt ist. Um dies zu verwirklichen, benötige ich Professor Chalonges Hilfe.
Ich komme aus gutem Hause, wie man so sagt. Väterlicherseits besteht eine Verwandtschaft zur niederländischen Königsfamilie, und auch in den Adern meiner Mutter, einer Belgierin, floss blaues Blut. Ich wuchs auf dem Gut meines Vaters auf, war aber nie damit zufrieden, bloß der Sohn eines Adligen zu sein. Immer wollte ich der Welt etwas geben. Wie die großen Entdecker – Marco Polo, Christoph Kolumbus, Vasco da Gama. Doch ich wollte nicht neue Länder oder gar Kontinente entdecken und erschließen, sondern der ganzen Menschheit etwas schenken, das ihr für ihre Zukunft von Nutzen ist. Die große Hungersnot, die Irland in der zweiten Hälfte der vierziger Jahre heimsuchte, mehr als eine Million Menschen verhungern ließ und noch weit mehr zum Auswandern zwang, gab mir den entscheidenden Impuls. Ich wurde ein Mann der Wissenschaften, studierte Biologie und Chemie wie unser guter Professor Chalonge.
Die Großartigkeit meiner Pläne war zugleich ein Hindernis bei ihrer Verwirklichung, denn die kleinkarierten, verknöcherten Professoren, die auf ihren vorgefassten Meinungen beharrten, taten sie als Fantas-

tereien ab. Ich war jung, starrköpfig, von meinen Ideen überzeugt und geprägt vom Glauben an den unbedingten Sieg der Gerechtigkeit. Also begann ich einen Streit mit den Koryphäen, denen es in Wahrheit nicht um Gerechtigkeit oder gar um neue Erkenntnisse ging, sondern nur um die Verteidigung ihres Rufes und ihrer Positionen. Ich stand allein gegen eine eingeschworene Armee und konnte nur verlieren. Man beschimpfte mich, machte mich lächerlich und erkannte mir schließlich sogar meine akademischen Titel ab, ohne mir die Möglichkeit zu geben, meine Ansichten zu beweisen. Mein Vater fühlte sich durch mich entehrt, denn plötzlich fielen Schimpf und Schande auf den sonst so makellosen Namen unserer Familie. Er legte mir nahe, die Heimat, ja sogar Europa, zu verlassen.
Von ihm mit angemessenen finanziellen Mitteln ausgestattet, trieb ich mich ein paar Jahre lang in Ostindien herum, bis mich eines Tages in Batavia die Nachricht erreichte, dass meine Eltern bei einem Kutschenunfall ums Leben gekommen waren. Mein jüngerer Bruder erbte die Besitzungen, aber trotz der Verstoßung hatte mein Vater mich nicht vergessen. Er hinterließ mir ein kleines Vermögen, das mir die Ansiedlung auf dieser Insel ermöglichte.
Wie Sie bereits vermuteten, Mr. Holmes, sind die Plantagen nicht der eigentliche Zweck meiner Anwesenheit hier. In Kürze werden sie mir vollkommen gleichgültig sein. Die Abgeschiedenheit und meine finanzielle Unabhängigkeit ermöglichten es mir, meine Forschungen wiederaufzunehmen, seit ein paar Jahren unterstützt von Dr. Roberts, der ebenso wie ich von blasierten Ignoranten angefeindet, verleumdet und verfemt wurde. Wenn ich mein Ziel erreicht habe, wird die sogenannte Fachwelt sich bei mir entschuldigen. Nicht nur das, alle Staaten und Mächtigen dieser Welt werden mich hofieren wie keinen anderen Menschen in diesem Jahrhundert.
Lange Zeit stand ich vor einer Barriere, die ich trotz aller Anstrengungen nicht überwinden konnte. Dann stieß ich auf Professor Chalonges Arbeiten, die einen Lösungsweg aufzeigten, aber nicht ausreichten, um mir zu helfen. Ich bat den Professor um seine persönliche Mitarbeit, doch auch er glaubte nicht an mich und lehnte

ab. Das nötigte mich, ihn zur Mitarbeit zu zwingen. Wäre seine Tochter nicht so überraschend heimgekehrt, wäre sie von meinen Männern nicht behelligt worden. Aber so, wie es kam, ist es mir ganz recht, denn jetzt kann Monsieur Chalonge sich nicht weigern, mich zu unterstützen, will er nicht seine Tochter gefährden."

Marie wurde bleich, und die Hände ihres Vaters ballten sich in ohnmächtiger Wut zu Fäusten. Beide hatten kaum etwas von dem Essen auf ihren Tellern angerührt.

„Ihr Gebaren als Freund der ganzen Menschheit ist nichts anderes als eine selbstherrliche Maske, die Sie sich aufgesetzt haben, um Ihre in Wahrheit menschenverachtende Gesinnung zu kaschieren, Baron!", sagte Holmes scharf. „Sie sind skrupellos, und Menschenleben bedeuten Ihnen genauso wenig wie Roberts, der alles andere ist als ein zu Unrecht Verfemter. Er ist ein mehrfacher Mörder, der den Strick, dem er mit Mühe und Not entronnen ist, mehr als verdient hat. Und le Villards Tod, für den Sie in letzter Konsequenz verantwortlich sind, hat gezeigt, dass Sie um keinen Deut besser sind. Ich werde alles in meiner Macht stehende tun, um Sie beide vor den Scharfrichter zu bringen!"

Wieder überschüttete Maupertuis uns mit seinem schallenden Lachen. „Ein amüsantes Plädoyer, Mr. Holmes. Sie hätten sich der Juristerei verschreiben sollen. Letztendlich waren es aber nur die hohlen Phrasen eines Unwissenden. Was bedeuten einzelne Menschenleben im Vergleich zu dem, was ich der Welt zu bieten habe? Was stellt der Tod weniger gegenüber dem Überleben fast aller dar?"

„Was genau haben Sie der Welt zu bieten?", fragte Holmes.

„Ich werde die Tafel aufheben und es Ihnen zeigen, damit Sie die Lächerlichkeit Ihrer Argumente einsehen. Folgen Sie mir!"

Geführt von Maupertuis und gefolgt von den beiden Wächtern, verließen wir den Raum.

Unsere Hände waren frei, doch Holmes bedeutete mir, keinen Fluchtversuch zu unternehmen. Roberts, de Man und Keller waren mit Revolvern ausgerüstet. Mit den Wächtern waren das fünf Bewaffnete gegen drei Unbewaffnete, falls wir mit der Unterstützung Professor

Chalonges rechnen konnten, dessen physische Kraft sicher nicht besonders stark war. Zudem waren Holmes und ich begierig zu erfahren, woran der Baron arbeitete. Seine Worte hatten nach etwas geklungen, das die Welt verändern konnte.

„Wir werden zunächst Mademoiselle Chalonge in ihre Unterkunft bringen", sagte der Baron, der uns in den Keller des Hauses führte. Dort endete ein langer Gang vor einer Tür, die, wie die Tür des Gefängnisses, durch ein großes Schloss und durch einen schweren, außen angebrachten Riegel verschlossen war. Hinter der Tür lag Mademoiselle Chalonges Quartier – und Gefängnis. In das dicke Holz der Türfüllung hatte man eine Öffnung von der Größe eines Notizbuches eingelassen, vor der sich eine Metallklappe befand. Neben der Tür hing außen eine dicke Schnur, fast schon ein Seil, das in einer Ecke zwischen Wand und Decke verschwand und dessen Funktion ich mir nicht erklären konnte. Dick Keller öffnete die Tür, die seltsamerweise auch jetzt verschlossen war, wo die Gefangene sich doch nicht in dem dahinterliegenden Raum aufhielt.

„Kommen Sie, meine Herren!", sagte Maupertuis und winkte Holmes und mir als Zeichen, dass wir ihm folgen sollten. „Mademoiselle Chalonge hat sicher nichts gegen eine kurze Besichtigung ihrer Unterkunft einzuwenden. Ich denke, es wird Sie interessieren."

Auf den ersten Blick machte der große Raum den Eindruck, als sei er das typische Zimmer eines jungen Mädchens. Beherrscht wurde er von einem französischen Himmelbett, das einem erstklassigen Hotel Ehre gemacht hätte. Dazu gab es einen Kleiderschrank, einen kleinen Tisch, zwei Stühle, ein Kanapee, eine Kommode mit einem großen, runden Spiegel und einen davorstehenden Hocker. Von der Decke hing ein goldener Käfig herab, in dem ein Alude zwitscherte. Neben dem Bett stand ein Bücherbord mit Literatur in englischer, französischer und deutscher Sprache. Aufgeschlagen lag auf dem Kanapee eine deutschsprachige Ausgabe von Goethes Wilhelm Meisters Lehrjahre, in der Marie wohl gelesen hatte, bevor man sie zum Essen abholte. Eine schmale Tür führte in einen kleinen Waschraum.

So idyllisch das alles wirkte, es war doch nur die Fassade eines Kerkers.

Es gab nicht das winzigste Fenster; der Raum und das Waschzimmer wurden von Öllampen erhellt. Auch schien die hintere Wand zu fehlen, an deren Stelle ein schwerer Vorhang in der ganzen Breite des Raumes von der Decke bis zum Boden reichte, der vom Vorhang bis zur Tür von einem weichen Teppich bedeckt wurde. In der Luft hing ein strenger Geruch, der mich an den Gestank in den Tierkäfigen des Londoner Zoos erinnerte. Kaum hatte ich diesen Gedanken gefasst, da meinte ich das Knurren eines Raubtiers zu hören. Ich wollte es als ein Produkt meiner überreizten Fantasie abtun, aber Maries ängstliches Zusammenzucken und das aufgeregte Geplapper des Orang-Utans belehrten mich eines Besseren.

„Was war das?", fragte ich deshalb.

„Das war Mademoiselles Aufpasser", antwortete Baron Maupertuis, trat zum Vorhang und zog ihn beiseite. „Das ist er", sagte er lauter als notwendig und zeigte mit der übertriebenen Geste eines Varietékünstlers auf das, was der Vorhang vor unseren Augen bis jetzt verborgen hatte.

Der Raum ging dort weiter und war durch ein massives Eisengitter mit Stäben von der Dicke eines Besenstiels in zwei Teile getrennt. Hinter dem Gitter war eine riesige Katze mit nachtschwarzem Fell aufgesprungen und zeigte uns ihr großes, scharfes Gebiss, als sie uns anfauchte. Ihre grünen Augen blitzten wie verwunschene, todbringende Edelsteine. Das Mädchen war in die Arme ihres Vaters geflüchtet, der sie fest an sich drückte.

„Panthera pardus", nahm Holmes die Bestimmung vor, „ein schwarzer Leopard – der Panther!"

„Ganz recht, Mr. Holmes", sagte Maupertuis. „Ein kraftvolles, elegantes Tier, für mich der Ausdruck alles Animalischen, und doch ist es vom Willen eines Menschen abhängig – von meinem Willen. Mademoiselle Chalonge ist so lange vor ihm sicher, wie ihr Vater mit mir zusammenarbeitet. Sollte er sich weigern, brauche ich nur an dem Strick zu ziehen, den Sie draußen vor der Tür bemerkt haben werden. Dann geht das Gitter hoch und vereint die beiden – die Schöne und die Bestie!" Er freute sich lauthals über seine Anspielung.

„Die Bestie sind Sie, Baron!“, fuhr Professor Chalonge ihn an. „Mr. Holmes hatte vollkommen recht mit dem, was er beim Essen über Sie sagte. Sie sind ebenso wenig ein Menschenfreund wie Nero einer gewesen ist.“

„Danke für den Vergleich, Professor“, sagte Maupertuis mit der ironischen Andeutung einer Verbeugung.

Für das Raubtier schienen wir nicht mehr interessant zu sein. Es hatte das Fauchen und Knurren aufgegeben und sich in eine Ecke zurückgezogen, wo es sich mit einem großen Knochen beschäftigte, an dem blutige Fleischstücke hingen. Der Gedanke, dass Marie Chalonge Tage und Nächte mit der Bestie gleichsam in einem Raum verbrachte, erzeugte in mir Übelkeit und Wut zugleich. Was mussten sie und ihr Vater durchmachen! Der Baron zog den Vorhang wieder vor das Gitter und sagte, es sei jetzt an der Zeit, den Raum zu verlassen. Vater und Tochter konnten sich nur schwer trennen. Bevor die Tür sich schloss, sah ich, wie Marie allein in der Mitte des Raumes stand.

„Jetzt wollen wir die Neugierde von Mr. Holmes und Dr. Watson befriedigen“, sagte Maupertuis.

Wir verließen das Haus und gingen zu einem Komplex aus flachen Baracken, vor deren Eingang zwei Bewaffnete Wache hielten. De Man band seinen Affen vor der Tür an, bevor wir hineingingen.

„Mein Laboratorium“, erklärte der Baron. „Extra Ihretwegen haben Dr. Roberts, Professor Chalonge und ich unsere Arbeit heute unterbrochen. Ich hoffe, Sie wissen das zu schätzen.“

Holmes und ich ließen seine ironische Bemerkung unbeantwortet. Im Gegensatz zu dem opulent eingerichteten Haus, in dem Maupertuis residierte, wirkte hier alles spartanisch und funktionell. Es erschien mir wie eine Allegorie auf den Charakter des Barons: auf der einen Seite der blaublütige Bonvivant, auf der anderen der nüchterne Wissenschaftler. Maupertuis schloss eine Tür auf und führte uns in einen Raum mit vergitterten Fenstern. Rundum an den Wänden standen Käfige mit Tieren, und das Ganze erinnerte mich an Dr. Ainstrees sogenanntes Heiligtum, das wir an jenem Abend sahen, als Holmes und ich le Villards Leiche in die Cromwell Road brachten; seitdem war vieles geschehen. Diese Gedanken waren wie weggewischt, als ich mir die Käfige näher betrachtete. Ich war ebenso sprachlos wie Sherlock Holmes.

„Habe ich Ihnen zu viel versprochen?“, fragte Maupertuis rein rhetorisch. „Und das ist erst der Beginn, das erste Stadium.“

„Jetzt verstehe ich Ihre Bemerkung über die irische Hungersnot und auch einiges andere“, sagte Holmes, der seine Sprache schneller als ich wiedergefunden hatte.

In den Käfigen waren Ratten, Mäuse, Rhesus-Affen, Koboldmakis und Guru-Tauben eingesperrt, und alle Tiere waren beträchtlich größer als sie es hätten sein dürfen. Die Rhesus-Affen waren so groß wie afrikanische Schimpansen, und die Guru-Tauben besaßen das Doppelte ihrer normalen Größe. Während die Nagetiere und die Vögel mit Ausnahme ihrer Größe normal erschienen, erinnerten die Affen und die Koboldmakis mich an den todkranken le Villard. Anscheinend dieselbe Seuche hielt die Tiere in ihren Klauen. Das Fell war fast schwarz und mit zum Teil aufgeplatzten Beulen übersät. Einige der Tiere sprangen kreischend herum, andere lagen auf dem Boden, rollten sich hin und her oder zuckten krampfartig. Auch wenn es nur Tiere waren, empfand ich tiefes Mitleid für sie.

Roberts stand vor dem Käfig mit den Guru-Tauben und sagte: „Baron, die Vögel werden auch krank. Gestern habe ich noch nichts bemerkt, aber jetzt sieht man es ganz deutlich.“

„Ich habe es Ihnen doch vorausgesagt“, meinte Chalonge. „So schmerzlich es für Sie sein mag, Baron, sollten Sie endlich einsehen, dass Ihre Experimente zum Scheitern verurteilt sind. Mutter Natur lässt sich nicht ins Handwerk pfuschen. Was Sie tun ist eine Blasphemie der Schöpfung, die Gottes Strafe über kurz oder lang herausfordert!“

„Darauf sollten Sie nicht hoffen, Professor“, entgegnete Maupertuis, „schon allein im Interesse Ihrer Tochter! Außerdem weiß ich genau, dass ich ganz dicht vor dem Durchbruch stehe. Wenn man so lange an einer Sache arbeitet wie ich, dann hat man so etwas im Gefühl.“

„Künstlich gesteigertes Wachstum der Tiere“, sagte Holmes. „Auf

diese Weise wollen Sie den Hunger in der Welt bekämpfen."
„Sie haben es erfasst", nickte der Baron. „Haben Sie sich schon einmal Gedanken darüber gemacht, wie dieser Planet in fünfzig oder in hundert Jahren aussehen wird? Die Bevölkerung vermehrt sich ständig und mit immer größerer Geschwindigkeit. Folglich wird die Menschheit immer mehr Wohnraum benötigen, womit die landwirtschaftlich nutzbare Fläche kleiner werden wird. Die Hungersnöte unserer Zeit sind Lappalien im Vergleich zu denen, die uns im kommenden Jahrhundert bevorstehen. Wenn wir mit den Gegenmaßnahmen warten, bis die Katastrophen eintreten, wird es zu spät sein. Hier sehen Sie nur Versuchstiere. Wenn ich das richtige Mittel gefunden habe, werde ich es auf Rinder, Schweine, Schafe und Geflügel anwenden, möglicherweise auch auf Fische. Erkennt man mich und meine Arbeit endlich an, wird ein ganz neuer Zweig der Wissenschaft darauf basieren. Meine Methode wird eines Tages auch auf Pflanzen anwendbar sein, und es wird Getreide, Gemüse und Obst im Übermaß geben. Wie Sie sehen, ist der Anfang bereits gemacht."
„Erläutern Sie uns doch Ihre Methode!", drängte Holmes.
„Auf den kleinsten gemeinsamen Nenner gebracht, geht es um die Veränderung der Zellstruktur, die zu einem anormalen Zellwachstum führt."
„Die Sache hat nur einen Haken – die Seuche", wandte Chalonge ein. „Sie sehen das Ergebnis an den Affen und den Makis, die bald sterben werden. Je größer die Tiere, denen der Baron sein Mittel verabreicht, von Natur aus sind, desto weniger steigert es ihr Wachstum, aber umso schneller werden sie dafür von der Seuche befallen, die zudem noch ansteckend ist."
„Auch für Menschen", sagte ich und dachte dabei an Holmes' unglücklichen Kollegen.
„Sie spielen auf diesen le Villard an, Doktor", sagte Maupertuis. „Roberts hat mir berichtet, dass er ihn als menschliches Versuchskaninchen benutzt und ihm das Mittel gespritzt hat, um ihn zum Reden zu bringen. Bis jetzt wissen wir aber noch nicht, ob der bloße Kontakt mit kranken Tieren ausreicht, um Menschen anzustecken. Dank Ihres

Erscheinens stehen uns nun drei Versuchsobjekte zur Verfügung." Er wandte sich an seine Männer. „Roberts, behandeln Sie die Guru-Tauben mit dem Gegenmittel, und beobachten Sie die Tiere ständig. Für die Affen und die Makis können wir nichts mehr tun. Verbrennen Sie sie, Keller. De Man, Sie begleiten unsere Gäste zurück in ihre Unterkunft. Ich werde mich später mit ihnen befassen."

15. Kapitel – Flucht zur Geisterstunde

De Man, sein Orang-Utan und die beiden Männer, die uns unter Roberts' Führung aus dem Gefängnis abgeholt hatten, brachten uns nun dorthin zurück. Die Sonne, die die Szenerie wie eine zu groß geratene Laterne ausleuchtete, hing im Westen und warf die langen Schatten von Lebewesen und Gebäuden in die entgegengesetzte Richtung. Ihre unbarmherzig heißen Strahlen schienen die befestigte Ansiedlung ausgedörrt zu haben, in der es fast totenstill war, als sei sie in der Zeit erstarrt. Das Knirschen unserer Schritte auf dem Kies und die bunten Schreie des nahen Urwalds waren die einzigen Zeugen des weiter gehenden Lebens. Dort draußen, jenseits der von Menschenhand errichteten Mauern, unter dem grünen Blätterdach trat niemals ein Stillstand ein, tobte der ewige gnadenlose Kampf ums Überleben, um Nahrung, um Wasser und um das Sonnenlicht, das es dort im Gegensatz zu unserem gerodeten Aufenthaltsort nicht im Überfluss gab.
Ich dachte an Baron Maupertuis' Plan, die Welt mit dem gesteigerten Wachstum von Tieren und Pflanzen zu „beglücken". Selbst wenn das möglich war, würde eine satte Menschheit zufriedener und gar glücklicher sein? Wie die unzähligen Lebewesen im Urwald war auch der Mensch gezwungen, um sein Überleben zu kämpfen, wenn auch nicht immer auf eine solch existenzielle Weise. Was würde ihn antreiben, wenn dieser Kampf nicht mehr notwendig sein würde? Würde

ihm etwas Grundlegendes fehlen? Der Untergang des einst weltbeherrschenden Römischen Reiches war ein Mahnmal für das, was mit Menschen geschah, denen es zu gut ging. Maupertuis' Worte und sein Gehabe ließen Anzeichen von Größenwahn erkennen, als hielte er sich für einen Gott – oder für den Gott.
Das hatte auch Sherlock Holmes erkannt, der zu dem Mann mit dem Orang-Utan sagte: „Sie stehen in den Diensten eines Wahnsinnigen, de Man, der nichts als Verderben und Unglück über die Welt bringen wird, wenn man ihn gewähren lässt. Können Sie das zulassen?"
„Ich glaube nicht, dass Sie recht haben, Engländer, und sollte es doch so sein, würde es mich nicht stören. Die Welt, von der Sie sprechen, hat mich wahrlich nicht gut behandelt. Ich würde ihr nur zurückzahlen, was ich ihr schulde."
Der Affe schien seinem Herrn zustimmen zu wollen und brach in ein lautes, schnatterndes Gezeter aus.
„Yannok ist der beste und einzige Freund, den ich habe", fuhr der Holländer fort, als der Orang-Utan sich etwas beruhigt hatte. „Für ihn würde ich mehr tun als für jeden beliebigen Menschen – oder als für alle zusammen. Einem Tier, das man gut kennt, kann man vertrauen, einem Menschen niemals!"
„Auch nicht dem Baron?", fragte Holmes. „Was wird er mit Ihnen machen, wenn er Sie nicht mehr braucht, de Man, wenn Sie ihm eines Tages lästig werden?"
De Man bleckte seine gelben Zähne zu einem breiten Lachen, in das Yannok einfiel. Dabei schüttelte der Holländer seinen Kopf hin und her, wie um die Heiterkeit von sich abzuwerfen.
„Zwecklos, Engländer, Sie können mich nicht provozieren. Ihre Zunge ist flink und geschickt, aber es wird Ihnen nicht gelingen, einen Keil zwischen den Baron und mich zu treiben. – Wir sind da. Ich darf Sie bitten, sich in Ihr Quartier zu begeben, wie es der Baron ausdrücken würde."
Als die schwere Tür hinter uns ins Schloss krachte, hörten wir von draußen wieder de Mans kräftiges Lachen. Der Schlüssel drehte sich kratzend, und der Riegel wurde schabend vor Tür und Mauer gescho-

ben. Noch einmal schnatterte der Affe, der sich über irgendetwas aufgeregt hatte; dann zeigte das Geräusch von Schritten an, dass unsere Begleitung sich entfernte, nur den regulären Wachtposten vor der Gefängnistür zurücklassend. Anfangs bedeutete es eine Erleichterung, durch die dicken Mauern vor der Sonne geschützt zu sein, doch bald glich die stickige, abgenutzte Luft den Vorteil wieder aus. Das einzige Fenster war zu klein, um die Luft ausreichend zirkulieren zu lassen. Die einfallende Helligkeit warf ein Trapez auf einen Teil der dem Fenster gegenüberliegenden Wand und des Bodens, das von den Schatten der Gitterstangen in mehrere Abschnitte zergliedert wurde. Jan Pelen, der sich in eine Ecke gekauert hatte, sah uns aus müden Augen an und unterließ es, die Fliegen zu verscheuchen, die um seinen Kopf schwirrten. Seine Hände waren noch immer gefesselt, aber nicht mehr auf dem Rücken.

„Hat man Ihnen etwas zu essen gebracht, Mijnheer?“, fragte ich in die bedrückende Stille hinein, vielleicht nur, um etwas zu sagen.

Er nickte. „Und Sie?“

„Wir sind fürstlich bedient worden“, erzählte ich.

Holmes war indessen zu dem Eurasier getreten und zerschnitt seine Fesseln mit einem Messer.

„Holmes, woher haben Sie das Messer?“, erkundigte ich mich.

Er hielt es mir vor die Nase, und ich erkannte, dass es zu dem Besteck gehörte, das wir beim Essen benutzt hatten.

„Der Baron ist ein so zuvorkommender Gastgeber, dass ihn diese kleine Ausnutzung seiner Gastfreundschaft sicher nicht weiter stören wird“, sagte mein Freund. „Unter den gegenwärtigen Umständen ist selbst ein bloßes Tafelmesser nicht zu unterschätzen. Schließlich wollen wir nicht bis in alle Ewigkeit in diesem Loch hocken und auch nicht, bis es dem Baron einfällt, uns als Versuchskaninchen zu benutzen.“

„Ich entnehme Ihren Worten, dass Sie sich bereits einen Fluchtplan zurechtgelegt haben.“

„Gewiss, Watson, doch ist es noch nicht an der Zeit, ihn in die Tat umzusetzen. Wir brauchen die Nacht als Verbündete.“

„Wollen Sie mir von dem Baron erzählen?“, fragte Pelen.
„Gern, Mijnheer“, antwortete Holmes und ließ sich ihm gegenüber auf dem schmutzigen Steinboden nieder, um in aller Ausführlichkeit von unserem Zusammentreffen mit Baron Maupertuis zu berichten. Er benahm sich dabei so zwanglos und gelassen, als säßen wir in unserem gemütlichen Wohnzimmer daheim in der Baker Street und unterhielten uns bei einer Tasse Tee, zu der es Mrs. Hudsons köstliche selbst gebackene Marmeladenkekse gab.
Nach Holmes’ Bericht urteilte der Eurasier: „Der Baron verrückt sein.“
„Da sind wir alle wohl einer Meinung“, sagte der Detektiv.
Gegen sechs Uhr brachte man uns eine Abendmahlzeit, die aus Wasser, Brot und kaltem Fleisch bestand. Gleichzeitig wechselte der Wächter.
„Der Wachtposten scheint in einem Sechs-Stunden-Turnus abgelöst zu werden“, meinte Holmes. „Demnach erfolgt der nächste Wechsel um Mitternacht. Wenn wir kurz darauf unseren Ausbruch wagen, verschafft uns das den notwendigen Vorsprung vor den Häschern.“
Seinen Gewohnheiten treu, hüllte Holmes sich über die Einzelheiten seines Fluchtplans in Schweigen, doch seine – tatsächliche oder gespielte, um uns Mut zu machen – Zuversicht griff auf Pelen und mich über. Unsere Augen sogen sich an dem Lichttrapez fest, um zu beobachten, wie es allmählich kleiner wurde, entsprechend dem Untergang der Sonne, der die von uns herbeigesehnte Nacht ankündigte.
Quälend langsam rückte die Geisterstunde näher. In uns wuchs die Frage, ob Holmes bezüglich der Wachablösung recht behalten würde. Endlich war es so weit, und die sich dem Gefängnis nähernden Schritte waren eine Beruhigung, vielleicht sogar eine Erlösung von den Zweifeln. Wenn Holmes hier richtig lag, würde auch sein Plan gelingen, lautete die unausgesprochene kühne Schlussfolgerung. Die beiden Wächter wechselten ein paar holländische Sätze, bis der Abgelöste sich den verdienten Schlaf holen ging.
„Es ist soweit“, flüsterte Holmes. „Also hören Sie zu!“
Wir rückten eng zusammen, und mein Freund weihte uns ein.

„Ein gewagtes Unterfangen, Holmes“, sagte ich, „aber wohl unsere einzige Chance, hier mit halbwegs heiler Haut herauszukommen.“

Wir machten uns an die Arbeit und zerrissen unsere Hemden in lange, schmale Streifen, die wir aneinanderknoteten und zusammendrehten, sodass wir schließlich eine Art Seil erhielten, in das Holmes eine Schlinge knüpfte. Dann klopfte er mit dem Griff des Tafelmessers gegen einen der Gitterstäbe im scheibenlosen Fenster, immer wieder, in einem monotonen Rhythmus. Jeder Schlag erzeugte ein helles, deutlich vernehmbares Geräusch.

Ein Rasseln, das vom Umhängen eines Karabiners oder Gewehrs herrührte, und Schritte versicherten uns, dass wir unser erstes Teilziel erreicht und die Neugierde des Wächters geweckt hatten, der nun um die Ecke kam und ans Fenster trat. Wir drei Gefangenen drückten uns gegen die Wand darunter, damit wir von draußen nicht zu sehen waren.

„Was ist los?“, fragte der Wachtposten auf Holländisch. „Wo steckt ihr? Los, zeigt euch endlich!“ Ein Fluch folgte, dessen Vokabeln ich nicht verstand, doch die Bedeutung ging aus der Betonung unzweifelhaft hervor.

Langsam trat er näher, sich wohl darüber wundernd, dass im Gefängnis weder etwas zu sehen noch zu hören war, bis er seine Nase zwischen die Gitterstäbe stecken konnte. Holmes fuhr blitzartig hoch und streckte die Arme aus dem Fenster. Der linke Arm klammerte sich um den Hals des Holländers und zog den Mann noch näher heran, die eine Wange gegen das Gitter gepresst. Holmes’ Rechte hielt das Messer, das er seinem Opfer an die Gurgel drückte.

„Ein Laut und du bist tot!“, zischte der Detektiv.

Jetzt war ich an der Reihe, erhob mich ebenfalls und streifte die Schlinge über den Kopf des zitternden Wächters, der keine Anstalten irgendeiner Gegenwehr versuchte. Ich zog den Karabiner von seiner Schulter, ein Winchester-Repetierer, mit denen der Baron anscheinend seine Männer in großer Zahl ausgerüstet hatte. Der Holländer wurde jetzt von dem Messer und von seiner eigenen Waffe bedroht.

Pelen streckte seine Arme weit aus dem Fenster und band mit dem Strick, der zuvor seine Hände gefesselt hatte, die rechte Hand des Überwältigten auf dessen Rücken am Hosengürtel fest. Dann sagte Pelen ihm auf Holländisch – damit wir nicht missverstanden wurden –, was er zu tun hatte, falls er am Leben bleiben wollte.

„Hast du das verstanden?“, fragte der Eurasier scharf.

„Ja.“ Es war mehr ein Krächzen als ein verständliches Wort.

„Dann los!“

Holmes ließ den Kopf los, ergriff aber gleichzeitig mit Pelen das provisorische Seil, dessen Schlinge um den Hals des Holländers lag, der jetzt eilig um die Ecke ging. Holmes und Pelen gaben entsprechend mit dem Seil nach. Der Eurasier hatte ihm gesagt, sie zögen die Schlinge zu, falls der Wächter einen Flucht- oder einen Befreiungsversuch unternehmen oder um Hilfe schreien sollte. Da er nur eine Hand zur Verfügung hatte, konnte er sich kaum schnell genug befreien, um dem tödlichen Ruck zu entkommen. Der Mann hatte dreißig Sekunden Zeit, um die Tür zu öffnen. Schaffte er das nicht, würde er sterben, hatte Pelen ihm gesagt. Wäre der Riegel nicht gewesen, hätten wir dem Mann nur den Schlüssel abzunehmen brauchen, aber der Riegel ließ sich nur von außen bewegen. Ich stellte mich mit dem erbeuteten Gewehr neben der Tür auf. Die Sekunden, die Holmes rückwärts zählte, verstrichen. Dann hörte ich, wie der Schlüssel sich drehte. Mit dem Riegel gab es Schwierigkeiten, wahrscheinlich weil der Holländer nur eine Hand gebrauchen konnte. Ich vernahm einen weiteren, diesmal leisen Fluch. Wieder ertönte das Schaben des Riegels, und die Tür schwang nach innen auf.

Während Holmes und Pelen das Seil losließen, packte ich den freien Arm des Holländers und riss den Mann mit aller Gewalt herein. Er wurde gegen eine Wand geschleudert und ging zu Boden. Schon waren meine Gefährten über ihm und fesselten ihn mit dem Hemdenseil an Händen und Füßen. Fast tat es mir leid, wie rau wir mit dem Übertölpelten umspringen mussten, der zudem nach der Entdeckung unserer Flucht eine gehörige Standpauke von Maupertuis über sich würde ergehen lassen müssen, wenn nicht noch Schlimmeres. Ich bekämpfte mein Bedauern mit dem Gedanken, dass unsere Brutalität

gegenwärtig eine Notwendigkeit war, wollten wir die Chalonges und uns nicht unnötig gefährden.
Holmes fragte unseren Gefangenen nach Professor Chalonges Aufenthaltsort. Als er nicht antworten wollte, drückte der Detektiv ihm erneut das Messer an den Hals. So erfuhren wir, dass Chalonge, wenn er nicht im Labor arbeitete, im selben Keller gefangen gehalten wurde wie seine Tochter, was unsere Arbeit erheblich erleichterte. Wir knebelten den Wächter mit seinem eigenen schmutzigen Taschentuch, und ich versetzte ihm mit dem Kolben des Winchester-Karabiners einen Schlag auf den Hinterkopf, der ihn einstweilen ins Reich der Träume schickte. Dann verschlossen und verriegelten wir die Gefängnistür von außen.
Das schwache Mondlicht ließ den Innenhof des Forts weder überschaubar noch freundlich erscheinen. Andererseits trug es dazu bei, uns vor den Augen der Wächter zu verbergen, deren Schritte auf den Palisaden ein dumpfes, monotones Geräusch hervorriefen. Ein weiterer Vorteil für uns war, dass sie eher mit einer Gefahr von außerhalb der Befestigung rechneten und deshalb dem Innenhof keine große Beachtung widmeten. Allerdings mussten wir auch damit rechnen, innerhalb der Palisaden auf weitere Wächter zu stoßen.
„Wenn wir auffallen, bevor wir das Fort verlassen haben, ist es um uns schlecht bestellt“, sagte Holmes in dem Flüsterton, dessen wir uns notgedrungen bedienen mussten. „Darum ist es für uns oberstes Gebot, möglichst leise vorzugehen. Schießen Sie mit Ihrem Karabiner nur im äußersten Notfall, Watson!“
Ich nickte als Zeichen, dass ich verstanden hatte.
„Dann wollen wir uns jetzt zur Residenz des Barons vorarbeiten“, fuhr mein Freund fort, „um den Professor und seine Tochter zu befreien.“
Als die Wächter auf den Palisaden am weitesten von uns entfernt waren, lief Holmes gebückt zu einem Lagerhaus, mit dessen Umrissen er verschmolz. Als Nächster führte Pelen das Manöver aus und zuletzt ich. Alles ging so weit gut. Doch vor dem Haus des Barons, das wir von hier aus sehen konnten, wartete eine Schwierigkeit auf uns. Ein Wächter schlenderte, die Winchester in der Armbeuge, vor der brei-

ten Treppe hin und her, die zum Eingang hinaufführte. Zwischen uns und ihm war nur freie Fläche, und trotz des sehr schwachen Mondlichts war es fraglich, ob es einem von uns gelänge, sich an den Mann anzuschleichen, um ihn außer Gefecht zu setzen. Ich wollte gerade zugeben, dass ich mir keinen Rat wusste, da zeigte Holmes uns einen faustgroßen Stein, den er vom Boden aufgehoben hatte. Als er uns ein Zeichen gab, dass wir zurückweichen sollten, um ihm Platz zu machen, begriff ich, was er vorhatte. Er stellte sich aufrecht so hin, dass seine linke Schulter auf den Wächter zeigte, und ließ die rechte Hand mit dem Stein in der Luft kreisen. Niemals werden im alten Griechenland die Zuschauer bei den Olympischen Spielen den Bewegungen eines Diskuswerfers mit so viel Anteilnahme gefolgt sein, wie es bei Pelen und mir der Fall war.

Holmes ließ den Stein los, es gab ein leises Geräusch, und der Wächter lag vor der untersten Treppenstufe. Am liebsten wäre ich in lauten Jubel über Holmes' Leistung ausgebrochen, doch ich verkniff mir diese Gefühlsregung. Nacheinander huschten wir zur Treppe, und ich untersuchte das Opfer von Holmes' Meisterwurf. Der Stein hatte den Mann an der Schläfe getroffen und betäubt. Eine dicke Beule würde ihm in den nächsten Tagen eine schmerzhafte Erinnerung sein. Pelen nahm den Karabiner des Mannes an sich, und Holmes fand bei ihm einen Bund mit verschiedenen Schlüsseln, von denen einer uns Einlass in das Haus verschaffte.

Der Raum, in dem nach Aussage des Gefängniswärters der Professor untergebracht sein sollte, lag an einem Ende des Kellergangs, nahe der Treppe, während Mademoiselle Chalonges Kerker am anderen Ende lag. Holmes versuchte die erbeuteten Schlüssel am Schloss der bewussten Tür und hatte Erfolg. In den bisher dunklen Raum fiel nun das flackernde Licht der Fackeln ein, die den Gang erleuchteten. Ein Mann erhob sich von einem Bett und kam zögernd auf die Türöffnung zu, bis wir die verwirrten Gesichtszüge des Professors erkannten. Er war vollständig angekleidet, hatte also trotz der Dunkelheit noch nicht geschlafen. Mein Freund erstickte seine Fragen mit ein paar hastigen Erklärungen. Ich sah mich derweil in Chalonges Gefängnis um,

das spartanischer eingerichtet war als das seiner Tochter. Auch hier gab es einen Bücherschrank, der jedoch kein einziges schöngeistiges Werk enthielt, sondern nur wissenschaftliche Arbeiten, darunter auch Chalonges eigene Publikationen.
„Hält Ihre Tochter sich in ihrer Unterkunft auf, Professor?", fragte Holmes.
„Ich nehme es an."
„Das tut sie allerdings!", rief jemand vom anderen Ende des Ganges. „Aber Sie werden keine Gelegenheit haben, sie zu besuchen. Waffen weg und Hände hoch, oder ich schieße!"
Der bärtige Dick Keller stand vor einer jetzt offenen Tür und richtete einen Revolver auf uns, während seine linke Hand den Hals einer Flasche umschloss.
„Da hat der Baron aber Glück, dass ich seinem Weinkeller einen Besuch abgestattet habe", fuhr der Holländer in seinem mit einem starken Akzent behafteten Englisch fort. „Waffen fallen lassen, habe ich gesagt!"
Pelen und ich gehorchten, und unsere Karabiner fielen klirrend auf den Steinboden. Keller trat langsam näher und sagte: „Gehen Sie jetzt bitte in den Raum des Professors. Nur die Schlüssel lassen Sie draußen, Mr. Holmes!"
Als der Schlüsselbund neben die Karabiner fiel, führte Holmes' rechter Arm eine blitzschnelle Bewegung durch. Keller stand zunächst wie erstarrt, dann senkte sich sein Blick auf seine Brust, in der das von Holmes geschleuderte Tafelmesser bis zum Schaft steckte. Ein roter, langsam größer werdender Fleck zeichnete sich rundherum auf dem schmutzigen Hemd ab. Revolver und Weinflasche entglitten fast gleichzeitig Kellers Händen. Er warf seinen Kopf zurück und stieß einen Laut aus, der an den Todesschrei eines Tieres erinnerte. Dann drehte er sich um, stolperte auf die Tür von Marie Chalonges Gefängnis zu, ergriff das daneben hängende Seil mit beiden Händen und stürzte zu Boden.
„Mein Gott, Marie!", entfuhr es dem Professor.
Wir durcheilten den Gang, angeführt von Chalonge, denn Holmes,

Pelen und ich sammelten rasch noch den Schlüsselbund und die Gewehre auf. Zum Glück hing auch der passende Schlüssel für Maries Kerkertür am Bund. Wir hörten das Rasseln des Gitters, welches das Mädchen bislang von der Bestie getrennt hatte.
Die zitternde Französin stand mit dem Rücken gegen eine Wand, den Hocker, der vor der Kommode mit dem Spiegel gestanden hatte, mit den Beinen voran wie einen Schild vor sich haltend. Das aus seinem Käfig befreite schwarze Raubtier kauerte sprungbereit vor ihr, die langen scharfen Zähne gefletscht, und fauchte sie gnadenlos an. Eine Öllampe warf schwaches Licht auf die bedrohliche Szene. Der Alude flatterte in seinem goldenen Käfig wild herum und zwitscherte in einem kreischenden Tonfall, als ginge es um sein Leben. Unser Eintreten irritierte den Panther, dessen grüne Augen abwechselnd das Mädchen und uns anfunkelten.
Jetzt war rasches Handeln geboten, bevor das Raubtier sich entschied, wem es zuerst den Garaus machen wollte. Zwar hätten Pelen und ich die Gefahr mittels unserer Gewehre aus der Welt schaffen können, aber die Schüsse hätten unweigerlich den Baron und seine Männer alarmiert und unserer Flucht damit wohl ein Ende gesetzt.
Holmes ergriff die Initiative, schnappte sich einen der beiden Stühle und gebrauchte ihn auf die gleiche Weise wie Marie den Hocker. Ich gab dem Professor meine Winchester und tat es Holmes mit dem zweiten Stuhl nach. Gemeinsam versuchten wir, die große schwarze Katze von Marie wegzudrängen. Das Tier fauchte heftiger als zuvor und schlug mit einer Pranke nach den Stühlen, richtete damit aber nichts aus. Abwechselnd stießen wir die Stühle nach vorn und brachten den Panther dazu, Schritt um Schritt zurückzuweichen.
Das verschaffte dem Mädchen Luft. Sie ließ den Hocker fallen und suchte Zuflucht in den Armen ihres Vaters, der sie eilig hinausführte. Pelen stand weiterhin mit schussbereiter Winchester neben der Tür, um im äußersten Notfall einzugreifen. Als die Chalonges den Raum verlassen hatten, zogen Holmes und ich uns langsam in Richtung Tür zurück. Der Panther schien Morgenluft zu wittern und wurde zunehmend aggressiver.

„Gehen Sie hinaus, Mijnheer!“, rief Holmes dem Eurasier zu, als wir die Tür fast erreicht hatten.
„Jetzt, Watson!“, war Holmes’ nächstes Kommando, und wir warfen gleichzeitig beide Stühle nach dem Raubtier, das einen Satz nach hinten machte.
Wir nutzten die wenigen Sekunden, um den Raum zu verlassen, die Tür zuzuschlagen und den schweren Riegel vorzuschieben. Kaum war das erledigt, da erbebte die Tür, als der Panther von innen gegen sie sprang.
„Das war knapp“, sagte ich und holte tief Luft, während Chalonge mir das Gewehr zurückgab.
„Brav gehalten, Watson“, meinte Holmes, der neben Keller kniete, um das Messer und den mit Patronen gespickten Revolvergurt an sich zu nehmen. Auch die dazugehörige Schusswaffe, die inmitten von Scherben und ausgelaufenem Wein lag, nahm er auf. Ein Blick in die gebrochenen Augen des Holländers verriet mir, dass Holmes’ Messerwurf tödlich gewesen war.
Mein Freund band sich den Revolvergurt um und wandte sich an Chalonge: „Gibt es irgendwelche Unterlagen, die Sie mitnehmen möchten, Professor? Allerdings müssten sie ohne große Umstände erreichbar sein.“
„Die wichtigsten Unterlagen bewahrt Maupertuis in einem Safe in seinen privaten Räumlichkeiten auf. Jedenfalls hat er einmal eine diesbezügliche Bemerkung gemacht. Was ich ansonsten über seine Arbeit weiß, habe ich im Kopf. Doch das Serum könnten wir gebrauchen.“
„Welches Serum?“, fragte Holmes.
„Wir haben es aus dem Blut der Tiere gewonnen, die nach der Behandlung durch Maupertuis von der schrecklichen Krankheit befallen wurden. Nach unseren bisherigen Versuchen geht von dem Serum eine immunisierende Wirkung gegen die Krankheit aus, jedenfalls für eine gewisse Zeit. Allerdings hemmt es auch das von Maupertuis erstrebte Wachstum. Es ist mir gelungen, eine Spritze und einige Ampullen mit dem Serum unbemerkt beiseitezuschaffen und bei mir zu verstecken.“

„Holen Sie es", forderte Holmes ihn auf, „und etwas zum Anziehen für Ihre Tochter."

Mit ihrem seidenen Schlafrock und ihren Filzpantoffeln war Marie Chalonge allerdings für die bevorstehende Flucht denkbar unpassend angezogen. Ihr Vater trieb für sie einen Anzug und ein Paar Stiefel auf, das mit Papier aus einem biologischen Handbuch ausgestopft wurde. Mademoiselle Chalonge machte in dem ihr viel zu weiten Anzug nicht gerade eine elegante Figur, aber wir wollten ja auch keinen Ball besuchen. Das Serum befand sich in einem länglichen, schwarzen Kästchen, das der Professor sich unter den Arm klemmte.

Ich fragte Holmes, wie er sich die Flucht aus dem Fort vorstelle.

„Mir ist eine Stelle an den Palisaden aufgefallen, wo Kisten und Fässer in einer Weise aufgetürmt sind, dass der Wehrgang dort mühelos zu ersteigen ist. An der Außenwand des Lagerhauses, bei dem wir vorhin Schutz suchten, hingen einige Seile. Mit ihrer Hilfe könnten wir uns an der Außenseite des Zauns hinunterlassen, nachdem wir den Wachtposten auf dieser Seite überwältigt haben. Dann müssen wir uns zu unserer Piroge auf der nördlichen Halbinsel durchschlagen. Vielleicht können wir ein Boot kapern, um damit flussaufwärts zum Vulkanberg zu gelangen. Bei vier Männern an den Riemen oder Paddeln wäre das eine große Erleichterung gegenüber einem Fußmarsch durch den nächtlichen Urwald."

„Der Fluss müsste doch eigentlich ins Meer münden", überlegte ich laut. „Warum fahren wir nicht flussabwärts? Das würde unsere Flucht noch mehr beschleunigen."

„Falls ein direkter Zugang zum Meer vorhanden ist, müssen wir damit rechnen, dass Maupertuis dort Wachen aufgestellt hat. Bei der Vorsicht, die der Baron bislang an den Tag gelegt hat, spricht einiges für diese Annahme. Wir säßen dann zwischen zwei Feuern in der Falle. Wenden wir uns dagegen flussaufwärts, kommt uns der Vorteil zugute, dass Maupertuis nicht wissen kann, wohin genau wir fliehen."

Als wir den Keller verließen, hörten wir noch immer das wütende Fauchen und Knurren des Panthers von jenseits der Tür zu Maries Gefängnis. Das Raubtier konnte sich offenbar nicht damit abfinden,

dass ihm die Beute, die es schon sicher zu haben glaubte, in letzter Sekunde entkommen war.
Wir nahmen ein langes Seil von der Wand des Lagerhauses und schlichen zu jener Stelle an einer der Palisadenwände, die Holmes uns zuvor genannt hatte. Ich schickte währenddessen ein Stoßgebet gen Himmel, das Petrus dazu veranlassen sollte, die Wolken, die den Mond verdeckten, noch eine Weile über Maupertuis' Festung stehen zu lassen.
Als die Schritte des Wachtpostens auf dem Wehrgang näher kamen, bedeutete Holmes uns, dass wir uns unterhalb des Ganges verstecken sollten. Er selbst kletterte auf den Kisten und Fässern hinauf. Die Schritte des Wächters endeten mit zwei dumpfen Lauten, als sie genau über uns waren. Holmes holte uns herauf, und wir sahen den Mann auf dem Wehrgang liegen. Der Detektiv hatte ihn durch einen Schlag mit dem Knauf seines Revolvers betäubt. Wir erbeuteten eine dritte Winchester.
Das Seil ließ sich mühelos am Zaun befestigen, und Pelen stieg als Erster hinab. Dann folgten Marie, ihr Vater, ich und zuletzt Holmes. Es war ein befreiendes, wohltuendes Gefühl, sich endlich außerhalb der Befestigung zu befinden. Aber noch waren wir nicht aus der Einflusssphäre des Barons heraus.
Der Anlegeplatz der Boote wurde glücklicherweise nicht gesondert bewacht. Wir fanden ein für uns geeignetes Ruderboot mit vier Riemen. Bevor wir uns seiner bemächtigten, machten wir auf Holmes' Anweisung alle übrigen Boote los und ließen sie den Fluss hinuntertreiben. Das sollte unseren Verfolgern die Arbeit ein wenig erschweren. Still wie eine Trauerprozession schwammen Boote und Kähne unterschiedlicher Größe das dunkle Gewässer hinab, auf dem sich das fahle Mondlicht nur schwach spiegelte.

16. Kapitel – Schüsse am Pass

Solange wir uns noch in der Nähe von Maupertuis' befestigtem Domizil befanden, kamen wir nur sehr langsam voran. Wir tauchten die Ruder höchst vorsichtig ins Wasser, damit die übrigen Wachtposten uns nicht hören konnten. Ich wertete den Umstand, dass unsere Flucht bis jetzt unentdeckt geblieben war, ohnehin als ein kleines Wunder. Doch Petrus schien tatsächlich ganz auf unserer Seite zu stehen; nicht nur die Sicht war beschränkt, sondern der Nachtwind wehte zudem vom Fort zu uns herüber, was die Gefahr verringerte, dass die Wächter uns hörten. Als der Ort unserer Gefangenschaft hinter einer weiten Biegung verschwunden war, konnten wir die Vorsicht endlich aufgeben. Wir vier Männer legten uns in einem schnellen Takt kräftig in die Riemen, und wir kamen gut voran, obgleich wir gegen die Strömung ruderten. Die Kronen der Urwaldbäume wölbten sich über den Fluss wie das Dach einer Kathedrale und ließen nur einen schmalen Himmelsstreifen frei, weshalb das ohnehin schwache Licht für uns zur beinahe vollständigen Finsternis wurde. Holmes' katzenartiges Sehvermögen war unter diesen Umständen eine unschätzbare Hilfe. Von beiden Ufern drangen die unterschiedlichsten Laute zu uns herüber, von denen die wenigsten harmlos klangen. Mir war, als durchquerten wir den Hades auf dem Styx, ohne zu wissen, ob und wo Zerberus uns auflauerte. Einmal glaubte ich, seine drei Köpfe zu sehen, als mehrere glühende Augenpaare die Dunkelheit durchbohrten, doch dann erkannte ich die schemenhaften Umrisse einiger Krokodile am linken Ufer. Einige Male zogen wir die Ruder ein und lauschten, ob unsere Verfolger sich bereits bemerkbar machten, doch kein fremder Laut störte die unheimliche Nachtsymphonie des Urwalds. Die Eintönigkeit der Fahrt fand ein Ende, als Holmes meinte, wir hätten die Stelle erreicht, von der aus der uns bevorstehende Fußmarsch am kürzesten sei. Wir anderen schenkten seinem Orientierungssinn blindes Vertrauen und steuerten das Boot ans Ufer, wo wir es im Unterholz versteckten. Die Männer des Barons sollten

unsere Spur nicht allzu leicht aufnehmen können. Zwar hätten wir das Boot auch den Fluss hinabtreiben lassen können, aber das hätte ihnen immerhin verraten, dass wir uns flussaufwärts gewandt hatten. Die Muskeln schmerzten vom Rudern, aber wir gönnten uns keine Rast, sondern drangen, von Holmes geführt, in den Dschungel ein. Normalerweise geht man nicht bei Nacht durch den Urwald, doch uns blieb keine andere Wahl, wollten wir unseren Vorsprung nicht verschenken. Die uns fehlenden Buschmesser ersetzten wir notdürftig durch Knüppel, mit denen wir uns einen Weg bahnten, wenn das Dickicht undurchdringbar zu werden drohte. Im Verlaufe des Marsches zog sich jeder von uns Hautabschürfungen und Prellungen zu, wenn wir über Wurzeln und Steine stolperten oder gegen tief hängendes Astwerk stießen. Aufgescheuchte Vögel und andere Tiere flogen und liefen vor uns davon. Als wir eine Affenherde aufschreckten, ging ein Hagel aus Kokosnüssen und Mangos auf uns hernieder, begleitet von aufgeregtem, wütendem Schnattern und Kreischen; eine Kokosnuss hinterließ auf meinem Kopf eine ansehnliche Beule.
Als wir das durch Fallgruben und Netze gesicherte Gebiet erreichten, gestattete Holmes uns endlich eine Rast, wenn auch nur eine kurze. Dann führte er uns durch das gefährliche Gebiet, was sich bei Nacht unendlich viel schwieriger gestaltete als bei Tageslicht. Wir bildeten eine Schlange, indem wir einander an den Händen hielten, und mein vorangehender Freund tastete den Boden vor jedem Schritt sorgfältig ab. Große Erleichterung überkam uns, als wir feststellten, dass der Urwald hinter uns lag und dass das Gelände langsam, aber sicher anstieg. Holmes' Orientierungssinn hatte sich als vertrauenswürdig erwiesen; wir befanden uns auf dem Weg zu dem Pass, auf dem wir den Vulkanberg schon einmal überquert hatten.
Professor Chalonge bat uns für seine erschöpfte Tochter um eine weitere Rast, als vor uns die ersten rötlichen Schimmer damit begannen, die Dunkelheit zu vertreiben. Er sah ganz so aus, als sei er nicht viel weniger entkräftet als Marie, doch war das in Anbetracht der hinter uns liegenden Strapazen weder verwunderlich noch schändlich.
Aber Sherlock Holmes schüttelte energisch seinen Kopf und erklärte:

„Eine Rast würde den Abstand zwischen uns und unseren Verfolgern zu sehr verringern. Wir müssen uns zusammennehmen, auch wenn es schwerfällt."

„Wir wissen doch gar nicht, ob Maupertuis' Männer unsere Spur schon gefunden haben", wandte Chalonge ein. „Sie sind uns bestimmt noch nicht so nahe, dass wir uns Sorgen zu machen brauchen." Er setzte sich neben seine Tochter auf einen quaderförmigen Stein, um wenigstens die Zeit der kurzen Unterredung zur Ruhe zu nutzen.

„Sie irren sich, Professor, unsere Verfolger sind uns bereits gefährlich nahe. Hören Sie doch!" Holmes hob seine Hand in einer gebieterischen Geste, die uns zu vollkommener Stille veranlasste.

Jetzt hörten wir alle das Geräusch, das der Wind aus dem Urwald an unsere Ohren herantrug, schwach zwar, doch deutlich wahrnehmbar. Es gehörte nicht zu den typischen Urwaldgeräuschen, sondern klang wie Gekläff – das Kläffen von Hunden.

„Plantagenhunde!", stieß Pelen hervor. „Damit sie uns fangen werden!"

Auf meine diesbezügliche Frage erklärte der Eurasier, das Gekläff stamme von großen Doggen, wie sie von den meisten Plantagenbesitzern auf den malaiischen Inseln gehalten wurden, um mit ihnen entlaufene Zwangsarbeiter zu jagen. Heute aber bestand die Beute der Hunde nicht aus entflohenen Malaien, die in ihre Dörfer und zu ihren Familien zurückkehren wollten, sondern aus uns fünf.

Damit war die Rast kein Thema mehr, und wir setzten den steil ansteigenden Weg eiliger fort als zuvor. Ich bewunderte die junge Französin, über deren Lippen kein Laut der Klage kam. Über uns zeichnete sich der Vulkankegel gegen den nun violetten Himmel ab. Doch je näher wir ihm kamen, desto deutlicher hörten wir auch das Bellen unserer vierbeinigen Häscher. Die Stelle, an der wir unsere Piroge versteckt hatten, lag noch so weit entfernt, dass meine Hoffnung auf eine erfolgreiche Flucht immer geringer wurde. Schließlich erreichten wir den kleinen Platz unterhalb des Passes, auf dem das Kreuz mit Robert Pelens Totenschädel ein Mahnmal für Baron Maupertuis' menschenverachtende Grausamkeit bildete. Inzwischen war es hell genug, dass die groteske Figur deutlich zu erkennen war. Holmes erklärte den Chalonges, worum es sich handelte, und mitfühlende Blicke trafen den Bruder des Toten.

„Unsere Verfolger mit den Hunden sind zu schnell", fuhr der Detektiv fort. „Wenn wir fünf als geschlossene Gruppe weitermarschieren, werden sie uns noch vor Mittag erreicht haben. Deshalb müssen wir uns trennen. Mijnheer Pelen wird den Professor und seine Tochter zu der Piroge bringen, mit ihnen nach Padang übersetzen und dort die Polizei über Maupertuis' Umtriebe unterrichten. Sie, Watson, muss ich bitten, an meiner Seite ihren Rückzug zu decken. Wenn wir die Verfolger lange genug aufhalten, könnte der Plan gelingen." Sein Tonfall und sein Blick deuteten an, dass er wusste, wie gefährlich sein Plan für ihn und mich war.

„Ich werde Ihnen selbstverständlich beistehen, Holmes, wie immer."

Da erhob Pelen Einspruch gegen die Aufgabenverteilung. Er wollte an Holmes' Stelle mit mir den Rückzug decken, weil der Detektiv besser dafür geeignet sei, die Polizei gegen Baron Maupertuis zu führen. „Ich nur ein Bastard sein", schloss er, „und die Polizei über meine Worte lachen."

Professor Chalonge und ich gaben dem Eurasier recht, und nach anfänglichem Sträuben gab auch Holmes das zu. Wir erwählten die schmalste Stelle des Passes zu unserer Verteidigungsposition. Zwei Männer konnten sich hier lange gegen eine Übermacht halten, wenn sie genug Munition besaßen. Das aber war unser Manko, standen uns doch nur die Patronen in den erbeuteten Waffen zur Verfügung. Glücklicherweise war Dick Kellers Revolver ein Single Action Armeemodell der amerikanischen Firma Colt, dessen Kammern mit den gleichen Patronen geladen wurden wie die von Maupertius' Männern benutzten Winchester-Karabiner. Holmes, der Kellers Waffe und den Patronengurt bislang getragen hatte, stellte uns beides zur Verfügung. Zudem gab er uns acht Patronen aus seiner Winchester, sodass ihm nur noch sieben übrig blieben. Alles in allem konnten Pelen und ich nun zweiundsechzigmal schießen.

„Sie sollten Watson und Pelen das Serum verabreichen", forderte

Holmes den Professor auf. „Falls sie dem Baron in die Hände fallen, müssen wir mit dem Schlimmsten rechnen."
„Ich hoffe, es tut seine Wirkung", murmelte Chalonge, als die Nadel der Spritze in unsere Oberarme stach.
„Ich auch", sagte ich.
Das lauter werdende Gekläff zeigte an, dass Holmes und die Chalonges keine Zeit mehr zu verlieren hatten.
Holmes nahm meine Rechte in seine Hände, und seine grauen Augen senkten sich für einen Moment in meine. „Machen Sie's gut, alter Freund. Wir werden uns bald wiedersehen!"
Marie gab Pelen und mir einen Kuss, und ihr Vater drückte uns die Hand. Dann nahm Holmes sein Gewehr auf und führte die kleine Gruppe weiter den Pass hinauf. Mein Blick folgte den dreien, bis sie hinter der Kuppe verschwanden.
Nun waren Pelen und ich allein, in Erwartung eines übermächtigen, gnadenlosen Gegners. Ich zollte seinem Mut Hochachtung, der ihn veranlasst hatte, die wahrscheinliche Rettung gegen den schweren Kampf mit Maupertuis' Männern einzutauschen. Vielleicht hatte auch die Rache bei seinem Entschluss eine Rolle gespielt, die Rache für den Tod seines Bruders, dessen Schädel in einiger Entfernung unter uns in der nun aufgegangenen Sonne bleichte.
Ich fühlte mich ähnlich wie damals in der Schlacht von Maiwand, als mich die verhängnisvolle Kugel traf, die meiner militärischen Laufbahn ein so jähes Ende setzte. Ohne meinen treuen Burschen Murray wäre ich den mörderischen Ghazis ein leichtes Opfer geworden. Statt ihrer stiegen nun weißer Abschaum und Malaien im Südosten den Vulkanberg herauf, von denen die vordersten große Hunde an der Leine hielten. Ich einigte mich mit Pelen darauf, mit den ersten Schüssen so lange wie möglich zu warten, um den Überraschungseffekt für sichere Treffer zu nutzen. Die Gestalten wurden größer. Ich zählte über ein Dutzend Männer und drei oder vier Hunde. Als ich die großen rabenschwarzen Doggen sah, wusste ich, dass wir unseren Zerberus gefunden hatten. Das Bellen wurde lauter und häufiger, als witterten die Hunde unsere Anwesenheit, was durchaus möglich war.

Immer wieder ist der Mensch des Menschen Wolf, und sei es auch nur gezwungenermaßen. Daran musste ich denken, als Pelen und ich gleichzeitig schossen und repetierten, schossen und repetierten, schossen und repetierten. Vier Männer fielen tödlich getroffen oder verwundet auf den felsigen Boden, bevor die übrigen in Deckung gehen konnten. Sie erwiderten das Feuer, und ein wahrer Kugelregen fiel auf uns herab; auch unsere Gegner waren mit den Winchester-Repetierern ausgerüstet. Zudem schienen sie nicht gezwungen zu sein, mit ihrer Munition zu sparen.
Eine Dogge riss sich los und jagte in weiten Sätzen auf unsere Stellung zu. Sie fletschte dabei das kräftige Gebiss und ähnelte mehr denn je einem Höllenhund. Pelen rief mir zu, er wolle sie übernehmen.
Sie hatte uns fast erreicht, da erlegte er sie mit einem gut gezielten Schuss zwischen die Augen.
Die gegnerischen Parteien lagen sich in ihren Stellungen gegenüber und schossen aufeinander, die anderen mehr, Pelen und ich weniger, dafür aber besser gezielt. Wir hatten unsere Deckung hinter einer Gruppe von Felsblöcken so gut gewählt, dass wir vor den Kugeln unserer Gegner weitgehend geschützt waren, sie aber dennoch unter Beschuss nehmen konnten, sobald sie auch nur ihre Köpfe hoben. Nach einer halben Stunde versuchten Maupertuis' Männer einen Ausfall, der nach wenigen Sekunden endete, als zwei von ihnen fielen. Das war ein hoher Preis für den Geländegewinn von acht oder zehn Fuß, den sie errungen hatten.
Wieder deckten sie uns mit Kugeln ein, bis sie nach fast einer Stunde das Feuer abrupt einstellten und einen Karabinerlauf, an dem ein Tuch befestigt war, hin- und herschwenkten.
„Nicht schießen!", schrie eine Stimme aus dem feindlichen Lager zu uns herüber. „Ich bin ein Unterhändler."
„Was wollen Sie?", rief ich dem Mann zurück, der ein gutes Englisch benutzt hatte.
Jetzt erkannte ich Dr. Roberts, der aufgestanden war und mit erhobenen leeren Händen ein paar Schritte vortrat. „Ich bin unbewaffnet. Zeigen Sie sich ebenfalls, damit wir verhandeln können!"

Daran dachte ich nicht im Traum. Schließlich lag es nicht in unserem Interesse, dem Feind zu verraten, wer und wie viele von uns ihm gegenüberlagen. „Wir werden uns nicht zeigen", antwortete ich. „Bleiben Sie stehen, wo sie sind, und reden Sie!"
„Ich fordere Sie auf, sich umgehend zu ergeben. Dann haben Sie eine Chance, mit dem Leben davonzukommen. Andernfalls werden wir Ihnen gegenüber keine Gnade zeigen, wenn wir Sie überwältigt haben!"
„Und wie wollen Sie das schaffen? Bis jetzt sind Sie noch nicht viel weitergekommen."
„Wir wissen, dass Ihr Munitionsvorrat knapp ist. Bald werden wir Verstärkung erhalten. Sie können uns nicht mehr lange Widerstand leisten!"
Ich fragte Pelen leise, ob er sich ergeben wolle. Er lächelte grimmig und schüttelte den Kopf.
„Nichts zu machen, Roberts!", rief ich. „Ihr Vorschlag wurde soeben einstimmig abgelehnt."
„Ihr Pech!", sagte er nur und kehrte zu seinen Leuten zurück. Kaum war er hinter einem Felsen verschwunden, eröffneten sie erneut das Feuer auf uns.
Das machte Pelen und mir weniger zu schaffen als Ermattung, Hunger und Durst, die uns immer mehr plagten. Der durch die schlaflose Nacht und die überstandenen Strapazen verursachten Erschöpfung durften wir nicht erliegen. Wir hatten weder Nahrung noch Wasser, um unsere Bedürfnisse zu stillen. Die Felsen boten uns nur unzureichenden Schutz gegen das heiße Sonnenlicht. Aber wir harrten aus, denn jede Minute, die verstrich, brachte unsere Gefährten der Piroge und damit ihrer Rettung näher. Solange die Sonne schien, mussten wir die Stellung auf dem Pass halten. Vielleicht ergab sich im Schutz der Nacht eine Rückzugsmöglichkeit für uns.
Der Gegner schoss inzwischen nur noch zeitweise. In den Feuerpausen erzählten Pelen und ich uns abwechselnd irgendwelche Anekdoten, um uns wach zu halten. Die einzige Abwechslung war das Eintreffen der von Roberts angekündigten Verstärkung, ungefähr

zehn Männer. Sie verschanzten sich bei ihren Kameraden, ohne dass sich etwas änderte.
Erst nach zwei Stunden begann der Massenausfall. Unter heftigem Feuer auf unsere Stellung stürmten Maupertuis' Männer in, wie es schien, voller Stärke den Pass herauf. Wir schossen unsere Winchesterläufe heiß, aber die Angreifer blieben von ihren hohen Verlusten scheinbar unbeeindruckt.
Als Pelen seine Waffe losließ und in sich zusammensank, vergaß ich für einen Augenblick das Schießen. Eine große, hässliche Wunde klaffte in seinem – Rücken!
„Lassen Sie das Gewehr fallen, Dr. Watson, sonst muss ich auch Sie erschießen!"
Ich drehte den Kopf langsam nach hinten. Der Sprecher war Pieter de Man, der den Lauf einer Winchester auf mich gerichtet hielt. Ihn umgaben vier Männer in der gleichen Position. Sie hatten uns überrumpelt und uns umgangen, während das Gros der Verstärkung zu Roberts' Leuten stieß. Sie hatten sich zeitlich genau aufeinander abgestimmt. Roberts befahl seinen Männern den Ausfall, während de Mans Stoßtrupp uns in den Rücken fiel. Das war eine ebenso verhängnisvolle Wendung wie damals bei Maiwand, für Pelen sogar noch verhängnisvoller, denn er konnte den Schuss kaum überlebt haben.
Mir blieb keine andere Wahl, als den Karabiner hinzulegen.
„Gut so", knurrte de Man. „Und jetzt sagen Sie mir, wo Holmes, der Professor und das Mädchen stecken!"
Ich antwortete nicht, sondern drehte den Eurasier herum und fand meine Annahme bestätigt. Sein Atem, sein Herz und sein Puls waren zum Stillstand gekommen.
Eine Hand ergriff unsanft meine Schulter und stieß mich gegen die Felsen, was meinem Kopf einen harten Aufprall bescherte.
„Ich habe Sie etwas gefragt, Mann", brüllte de Man. „Antworten Sie gefälligst!"
„Ich habe Ihnen nichts zu sagen, Sie Mörder!"
„Wir werden Sie schon zum Reden bringen!"
Der Kolben seiner Winchester fuhr auf meinen Kopf herab.

17. Kapitel – Reden Sie, Dr. Watson!

De Mans Schlag mit dem Gewehrkolben hatte die Haut über meinem linken Auge aufplatzen lassen. Blut floss an meiner Wange herunter und hinterließ einen eigentümlich süßlichen Geschmack in meinem Mundwinkel. Ich wollte mir an die pochende Stirn fassen, wurde aber durch die Stricke daran gehindert, die meine Arme an die Lehnen des schweren Holzstuhles fesselten, wie auch meine Füße an die Stuhlbeine gefesselt waren. An Flucht war nicht zu denken, denn zwei Bewaffnete bewachten mit grimmigen Gesichtern die Tür des Kellerraums. Eine Öllampe über meinem Kopf warf das einzig vorhandene Licht auf die nackten Steinwände. Mein Stuhl und ein langer Holztisch mit rauer Oberfläche stellten die einzigen Einrichtungsgegenstände dar. Bei genauerem Hinsehen erkannte ich dunkle Flecken auf der Tischplatte, die ich als eingetrocknetes Blut identifizierte. So ähnlich hatten die Operationstische in den Feldlazaretten ausgesehen, an denen ich manche Tage und Nächte verbracht hatte.
Nach Jan Pelens Tod hatte man mich zum Fluss geschafft und in einen Prahm verfrachtet, der unter Roberts' Führung zu Maupertuis' Fort zurückgekehrt war. Jetzt saß ich in demselben Kellergewölbe, in dem auch schon Professor Chalonge und seine Tochter gefangen gehalten worden waren. Was aus Holmes' Gruppe geworden war, wusste ich nicht. Ich nahm an, dass de Man sie mit den Hunden weiterhin verfolgte, und ich hoffte, dass Pelen und ich die Verfolger lange genug aufgehalten hatten. Der Tod des Eurasiers rief großen Zorn in mir hervor, aber ich hatte keine Möglichkeit, ihm Luft zu machen.
Ich hörte Schritte auf dem Gang, und kurz darauf betraten Maupertuis und Roberts den Raum. Letzterer stellte ein kleines Täschchen auf den Tisch. Während Roberts ebenso finster dreinblickte wie die beiden Wächter, gab Maupertuis sich so nonchalant wie bei unserer ersten Begegnung. Er lächelte sogar und kraulte seinen Bart, als er nähertrat

und sich über mich beugte.
„Endlich haben wir Sie wieder, Dr. Watson. Ich habe mir schon Sorgen um Sie gemacht, um Sie und um Ihre Freunde. Wohin sind sie übrigens gegangen?"
„In die Freiheit."
Der Baron lächelte. „Hübsch gesagt, Doktor, doch erliegen Sie einem Irrtum, falls Sie glauben, dass Ihren Freunden die Flucht gelingen wird. Wahrscheinlich hat de Man sie zu diesem Zeitpunkt schon wieder eingefangen. Mir ist vollkommen klar, dass ein Boot an der Küste der Nordhalbinsel auf Mr. Holmes und seine Begleiter wartet. Für den Fall, dass de Man sie nicht erwischt, habe ich meine eigenen Boote ausgesandt, die zwischen Aravia und Padang patrouillieren. Und, was absolut unwahrscheinlich ist, falls Ihre Freunde Padang doch erreichen sollten, warten dort die Tukans auf sie. Sie schaden Mr. Holmes also nicht, wenn Sie mir die Einzelheiten seines Fluchtplans verraten, sondern Sie helfen, ihn zu beschützen. Sonst könnte es nämlich sein, dass ihn, den Professor und seine Tochter das gleiche Schicksal ereilt wie den Mischling. Es ist also für alle Beteiligten besser, wenn Sie sich zum Reden entschließen."
„Ich habe de Man schon gesagt, dass ich nicht mit Mördern rede."
Maupertuis schüttelte seinen Kopf, als ärgere er sich über ein ungezogenes, unverständiges Kind. „Sie geben sich hoffentlich keinen Illusionen über Ihre Lage hin, Dr. Watson. Falls Sie darauf spekulieren, dass es Mr. Holmes gelingt, in Padang die Polizei zu verständigen, wird das für Sie trotzdem keine Rettung bedeuten. Aus diesem Keller kommen Sie lebend nur wieder hinaus, wenn ich das will. Mein Wohlwollen wiederum hängt von Ihrer Bereitschaft zur Zusammenarbeit ab." Er zeigte auf die beiden Wächter neben der Tür. „Eine Flucht aus eigenen Kräften ist für Sie unmöglich. Die beiden da gehören zu den Männern, die von Ihnen in der Nacht überwältigt wurden. Der Mann, der den Kellereingang bewacht, ebenfalls. Ich habe sie wissen lassen, dass sie bei einem erneuten Versagen Bekanntschaft mit dem Panther machen werden. Er freut sich bestimmt auch auf ein Wiedersehen mit Ihnen, Doktor. Könnte Sie das nicht zum Reden brin-

gen? Da fällt mir ein, die Malaien kennen auch ein paar nette Methoden, mit denen sie unwillige Gefangene behandeln."

„Genau so habe ich Sie von vornherein eingeschätzt, Baron. Ein selbst ernannter Menschenfreund, der sich der Folter bedient."

„Keine Schmähungen, bitte. Doch Sie haben nicht ganz unrecht, Doktor, so etwas wäre meiner und Ihrer unwürdig, sind wir doch beide Männer der Wissenschaft. Deshalb habe ich mir für Sie etwas Besonderes ausgedacht." Er ging zu dem Tisch und entnahm dem Täschchen eine Spritze und zwei Ampullen. „Eine Ampulle beinhaltet das Wachstumsmittel, das ich meinen Versuchstieren spritze. Dr. Roberts hat mir ausführlich über die Auswirkungen berichtet, die es auf diesen französischen Detektiv gehabt hat. Das hat mich so neugierig gemacht, dass ich beschlossen habe, das Experiment zu wiederholen, mit Ihnen als Versuchsobjekt, Dr. Watson. Es sei denn, Sie entschließen sich doch noch, mir Rede und Antwort zu stehen."

„Da können Sie warten, bis Sie schwarz werden, Maupertuis!"

„Schwarz werden Sie bald werden, wenn das Mittel bei Ihnen ebenso wirkt wie bei dem Franzosen. Dr. Roberts, wenn ich bitten darf."

Der Angesprochene riss die sowieso schon arg zerfetzte Kleidung von meiner rechten Schulter. Dann nahm er ein Fläschchen aus der Tasche, mit dessen Inhalt er einen Wattetupfer tränkte. Der mir seit meiner Jugend wohlbekannte Geruch von Karbol stieg in meine Nase. Roberts rieb eine Stelle an meinem Oberarm gründlich mit dem Desinfektionsmittel ein. Ironischerweise gingen meine Feinde viel sorgfältiger vor, als es Professor Chalonge vor einigen Stunden möglich gewesen war. Inzwischen hatte Maupertuis die Spritze mit dem sogenannten Wachstumsmittel gefüllt und trat wieder an mich heran. Er hielt die Nadel senkrecht nach oben und drückte kurz auf den Kolben. Etwas farblose Flüssigkeit spritzte vor meinem Gesicht in die Luft. Der Baron setzte die Spritze an meinem Arm an und injizierte. Nach getaner Arbeit legte er die Spritze neben die zweite Ampulle auf den Tisch.

„Diese Ampulle enthält übrigens das Serum, das ich gegen die Krankheit entwickelt habe. Sobald Sie mir antworten, werden Sie es erhal-

ten. Je eher das ist, desto besser für Sie! Also?"
„Sie sind hartnäckig, Maupertuis, doch ich bleibe bei meinem Nein."
Er zuckte mit den Schultern und sagte gleichgültig: „Wir werden ja sehen. Die beiden Wächter werden vor der Tür stehen. Rufen Sie, wenn Sie es sich anders überlegen. Ich werde mich später wieder um Sie kümmern."
Sie ließen mich allein und verschlossen die Tür. Maupertuis' dunkle Stimme gab ein paar Anweisungen auf Holländisch, bevor sich die Schritte entfernten. Auf dem Tisch lagen noch immer die Spritze und die Ampulle mit dem Gegenmittel, falls der Baron die Wahrheit gesagt hatte. Zum Glück wusste er nicht, dass Chalonge das Serum ebenfalls besaß und es mir verabreicht hatte. Ich war meinem Freund Holmes unendlich dankbar dafür, dass er daran gedacht hatte.
Angestrengt versuchte ich, mich zu befreien, aber vergebens. Nicht nur die Stricke saßen fest, sondern der Stuhl war zusätzlich am Boden festgeschraubt und bewegte sich keinen Zoll. Maupertuis hatte aus unserer ersten Flucht gelernt.
Je mehr Zeit verstrich, desto undeutlicher nahm ich meine Umgebung wahr. War das bloße Erschöpfung und Müdigkeit, oder war es die Wirkung des ominösen Mittels, das der Baron mir injiziert hatte? Mich hielt der Gedanke aufrecht, dass Holmes und den Chalonges die Flucht möglicherweise geglückt war. Ich sah sie in der Piroge sitzen, die sie der Westküste Sumatras entgegentrug – Sherlock Holmes, den Professor und Marie Chalonge.
Maries Gesicht veränderte sich dabei, verlor seine Konturen. Als es wieder feste Umrisse annahm, blickte ich in das Antlitz meiner geliebten Mary. Ich wollte ihr etwas zurufen, brachte aber keinen Ton heraus. Sie schien mich nicht zu sehen und zu hören, schien meine Gegenwart nicht zu fühlen. Ihre großen blauen Augen waren in die Ferne gerichtet, als suchten sie etwas oder jemanden, vielleicht mich. Wieder bemühte ich mich, ihren Namen auszurufen, damit sie mich bemerkte, und wieder versagte meine Stimme.
Marys Ausdruck war noch immer suchend, als mit ihrem Gesicht eine erneute Veränderung vor sich ging. Unmerklich erst, dann immer

deutlicher verdunkelte sich ihr Teint, bis die Haut schließlich schwarz wie die eines Afrikaners war. Runzeln bildeten sich im ganzen Gesicht, die zu Pusteln und zu Beulen wurden. Die Beulen platzten auf, und Fontänen aus Blut und Eiter spritzten mir entgegen ...
Mary sprach endlich zu mir. Sie musste mich also doch gehört haben. Dann erkannte ich meinen Irrtum. Die Stimme war viel zu dunkel, als dass sie meiner Mary gehören konnte. Auch das Gesicht, das mich anstarrte, passte nicht zu ihr. Es war viel älter und trug einen dichten Bart. Das Haar war nicht blond, sondern braun.
„Reden Sie endlich, Dr. Watson!", befahl mir die tiefe Stimme. „Was haben Holmes und Chalonge vor?"
Diese Worte trugen zu meiner inneren Erleichterung bei, denn mein Unterbewusstsein registrierte, dass man meine Gefährten noch nicht gefasst hatte. Und die Stimme hämmerte weiter auf mich ein ...
Da war sie schon wieder, ließ mich nicht in Ruhe. Doch diesmal verstand ich sie deutlicher und erkannte auch den Sprecher. Der Baron stand im Türrahmen, und ich fragte mich, warum er nicht eintrat. Hatte die schreckliche Krankheit mich schon befallen? Bestand bereits Ansteckungsgefahr? Die beiden Wächter waren nirgendwo zu sehen.
„Die Runde geht an Ihren Freund Holmes. Er hat die Schlacht gewonnen, aber er wird den Krieg verlieren!", zischte Maupertuis in einer fast unmenschlichen Weise. Es war das erste Mal, dass ich ihn außer Fassung erlebte. Sein Haar stand wirr vom Kopf ab, als habe er nach dem Aufstehen vergessen, sich zu kämmen. In den rotbraunen Augen lag ein Flackern, wie ich es von den bemitleidenswerten Insassen der Irrenanstalten kannte. „Holmes hat mich auf meinem eigenen Terrain geschlagen, aber nicht endgültig. Doch wenn ich es mit ihm genauso mache, wird das endgültig sein! Und auch dieser kleine Sieg wird bitter für ihn sein, weil er Sie nicht hat retten können!"
Jetzt sah ich den Revolver in seiner Hand, den sich krümmenden Zeigefinger, der den Abzug durchzog, den Flammenstrahl, der auf mich zufuhr, mich traf und in meinem Kopf eine Explosion auslöste. Alles verlöschte, Fieberträume und Wirklichkeit. Die Welt versank in einem schwarzen Loch ...

18. Kapitel – Lodernde Flammen

Als ich die Augen aufschlug, breitete sich vor mir eine unheimliche Szenerie aus. Ein Meer aus zuckenden, wild um sich schlagenden Flammen füllte meinen Gesichtskreis aus, und ich spürte eine fast unerträgliche Hitze. Das Knistern der gefräßigen Flammen war durchsetzt mit Schreien und Geknall. War ich in der Hölle?
„Wie fühlen Sie sich, Dr. Watson?“, fragte ein rundes Gesicht mit hellem Haar und Bart. So sahen keine Teufel aus.
„Wer sind Sie?“ Mein Mund und meine Kehle waren ausgedörrt, und die Zunge war beim Sprechen schwer wie Blei.
„Ich bin Dr. Prinsen, Schiffsarzt der Admiral Tromp. Sie befinden sich in Sicherheit, Kollege. Wie geht es Ihnen? Brauchen Sie etwas?“
„Wasser“, lallte meine unwillige Zunge.
Dr. Prinsen setzte den Hals einer Feldflasche an meine spröden Lippen. „Trinken Sie vorsichtig, in kleinen Schlucken.“
Während das Wasser wohltuend meine Kehle herunterrann, sah ich mich genauer um. Das Flammenmeer war Maupertuis’ Fort, das an allen Ecken und Enden brannte. Rote Zungen leckten an den hölzernen Palisaden in ihrer ganzen Breite und fraßen sich immer höher. Die ersten Feuerspeere stießen bereits nach dem Wachhäuschen über dem südlichen Haupttor. Auch die Gebäude innerhalb der Befestigung waren schon von der alles verzehrenden Glut befallen. Es wirkte wie das Werk eines Brandstifters, der sichergehen wollte, dass auch nicht das kleinste Stück der Vernichtung entging.
Das Knallen, das allmählich verebbte, rührte von Schüssen her, und das Geschrei von Verwundeten. Zwischen mir und dem Fort wimmelte es von behelmten Männern in blauen Uniformen, die Maupertuis’ Leute zusammentrieben oder sie in den Urwald verfolgten. Bei den Blauuniformierten handelte es sich um Angehörige der niederländischen Kolonialinfanterie. Die Gefangenen wurden zu einem Platz am Flussufer gebracht und dort von einem halben Dutzend Soldaten mit angelegten Karabinern bewacht. Ich selbst saß, mit dem

Rücken gegen einen Holzpfeiler gelehnt, an der Brücke, welche die Flussufer miteinander verband, auf der Seite, auf der auch das Fort stand. Mein Verstand und meine Sinne arbeiteten wieder, doch dafür spürte ich jetzt auch den rasenden Schmerz in meinem Kopf. Meine Hände ertasteten einen dicken Verband, der fachmännisch um meine Stirn gelegt war.

„Ein Streifschuss", erklärte der Schiffsarzt. „Sie haben Glück gehabt. Es hat nicht viel gefehlt, dann wäre der Schuss tödlich gewesen."

Es war verwunderlich, dass Maupertuis mich auf die kurze Distanz verfehlt hatte. Dann erinnerte ich mich, dass er offenbar nicht mehr Herr seiner Sinne gewesen war, und vermutete darin die Erklärung.

Ein Offizier kam mit schnellen Schritten heran und sprach kurz mit Dr. Prinsen.

„Ich muss mich um die Verwundeten kümmern", sagte Prinsen zu mir. „Bis später."

Der Offizier, ein vierschrötiger Mann mit einem großen, gezwirbelten und insgesamt sehr martialisch wirkenden Schnauzbart, stellte sich als Hauptmann van der Steeg vor, der das hiesige Kommando befehligte. Er wollte noch etwas zu mir sagen, aber seine Aufmerksamkeit wurde von zwei Gestalten in Anspruch genommen, die aus der Richtung des brennenden Forts auf uns zueilten. Die unnatürliche Hitze ließ die Luft flimmern, weshalb ich sie erst spät erkannte. Der korpulente Mann mit dem blonden Backenbart war Inspektor Bruno van der Cronje, sein schlanker, hagerer Begleiter, der ihm ein Stück voraus war, Sherlock Holmes. Beider Kleidung war angesengt und rußbefleckt, und beide husteten, als sie uns erreichten. Sie mussten geradewegs aus der Flammenhölle kommen. Auch Gesichter und Hände waren mit Rußpartikeln übersät, und van der Cronjes Bart war gemustert wie der Kilt eines Hochländers. Er sah aus wie ein Clown, der sich für seinen Zirkusauftritt zurechtgeschminkt hatte.

„Gütiger Himmel, Holmes!", rief ich aus. „Was haben Sie da drin gesucht?"

„Erst haben wir Sie da herausgeholt, Watson. Dann haben wir Maupertuis, Roberts und de Man gesucht."

„Und?“, fragte Hauptmann van der Steeg ebenso hastig wie militärisch knapp dazwischen.
„Leider ohne Erfolg“, keuchte van der Cronje, der sich plump auf den Boden gesetzt hatte. „Wir haben, so gut es ging, alles abgesucht, bis das Feuer uns vertrieb, aber ...“ Statt den Satz zu beenden, ruckte sein Gesicht von links nach rechts, die zur Klaue geformte Rechte flog ebenso schnell hoch und schloss sich in der Luft. Eine weitere Fliege hatte ihr Ende gefunden.
„Wie fühlen Sie sich, Watson?“, wiederholte Holmes die Frage des Schiffsarztes.
„Den Umständen nach gut“, zitierte ich den alten Medizinerspruch.
„Wo ist Pelen? Wir haben ihn nicht im Fort gefunden.“
Ich sagte es ihm.
„Das tut mir leid. Er war ein guter Mann, genauso wie le Villard. Vielleicht war es tröstlich für ihn, bei der Rache für seinen Bruder zu sterben. Wir sollten ...“
Holmes' Worte gingen in einer ohrenbetäubenden Explosion unter, gefolgt von mehreren kleinen Explosionen. Eine Welle intensivster Hitze überrollte uns und drohte uns den Atem zu nehmen. Maupertuis' Stützpunkt flog auseinander wie ein Kartenhaus, in das man kräftig hineingeblasen hatte. Brennende Trümmer wirbelten in allen Richtungen durch die Luft und fielen wie ein Schwarm von Meteoren auf die Erde, nur wenige Fuß von uns entfernt.
Ein Stück flussaufwärts, wo die Befestigung näher am Fluss lag, stürzten die Meteore zischend ins Wasser. Wähnte ich mich vorhin in der Hölle, so schien jetzt das Jüngste Gericht über uns gekommen zu sein. Vom Fort war nicht viel übrig geblieben. Sämtliche Palisaden waren zusammengebrochen, und die Häuser waren nur noch brennende Ruinen.
„Da hat es Maupertuis' Munitions- und Sprengstoffdepot erwischt“, stellte Holmes in einem unangemessen sachlichen Ton fest.
„Das muss aber ganz schön groß gewesen sein“, meinte van der Cronje, der sich mit einem fleckigen Taschentuch Ruß und Schweiß aus dem Gesicht wischte.

„Bei Munition fällt mir etwas ein", sagte Holmes und zog einen Gegenstand aus seiner Rocktasche. „Das hier habe ich Ihnen mitgebracht, Watson. Es lag in einer Schreibtischschublade im Arbeitszimmer des Barons." Er reichte mir meinen Armeerevolver, der mir schon in manchen Fährnissen beigestanden hatte. „Meinen Webley habe ich auch wieder."

Ein junger Leutnant kam im Laufschritt heran und meldete dem Hauptmann, dass sich zum Zeitpunkt der Explosion keine Soldaten mehr im Fort aufgehalten hatten.

„Welche Verluste haben wir insgesamt?", fragte van der Steeg.

„Sieben Verwundete, davon drei schwer; keine Toten, Herr Hauptmann."

„Gut. Und wie viele Gefangene?"

„Dreizehn bis jetzt. Zwei Abteilungen befinden sich noch auf Verfolgung im Urwald."

Der junge Offizier ging wieder zu seinen Leuten. Ich fragte Holmes, wie es ihm und den Chalonges im Einzelnen ergangen war, nachdem wir uns getrennt hatten.

„Der Marsch war sehr anstrengend, besonders für den Professor und seine Tochter, aber wir haben es geschafft. Sie und Pelen haben Maupertuis' Männer lange genug aufgehalten. Die Piroge lag noch in ihrem Versteck. Die Nacht war längst hereingebrochen, als wir es erreichten. Doch die Dunkelheit war einmal mehr unser Verbündeter. Auf dem Meer kreuzten Boote, die Maupertuis wohl ausgesandt hatte, um uns abzufangen. In der Finsternis und mit eingezogenem Segel gelang es uns, ihre Linie unbemerkt zu durchbrechen. In Padang wartete eine böse Überraschung auf uns, doch ich hatte damit gerechnet und war vorsichtig. Die Tukans verübten auf uns zwei Anschläge, denen wir nur knapp entgingen. Der Professor wurde durch einen Dolchstoß am Arm verwundet, aber es ist nicht weiter schlimm. Wir erreichten endlich das Polizeihauptquartier und informierten Inspektor van der Cronje über die Umtriebe des Barons. Der gab sich zum Glück nicht so stur, wie ich es manchmal bei den Angehörigen von Scotland Yard erleben muss, und bereitete sofort eine Expedition zu

Ihrer Rettung vor. Die Marine wurde verständigt, und unter Führung der Admiral Tromp nahm ein eilig zusammengestellter kleiner Verband Kurs auf Südaravia.
Er steuerte die einzige Stelle an der Küste an, die nicht von den gefährlichen Riffen umgeben wird, Maupertuis' Hafen, in dem auch die Lydia lag. Zwei holländische Kanonenboote kreuzten vor der Küste, um eine Flucht des Barons zur See zu verhindern. Am frühen Nachmittag wurden der Hafen und die am anderen Flussarm liegende Siedlung besetzt. Dann kamen van der Cronje und ich mit Hauptmann van der Steegs Kommando über Land hierher. Zunächst empfing uns heftiger Beschuss von den Palisaden, doch die Verteidiger unterlagen bald unserer Übermacht, flohen in den Urwald oder ergaben sich. Vorher setzten sie jedoch das Fort in Brand. Ich nehme an, Maupertuis hat ihnen das befohlen, bevor er sich absetzte. Das Haus des Barons brannte schon, als van der Cronje und ich Sie aus dem Keller holten. Außer Ihnen und dem Panther schien niemand mehr dort zu sein."
„Der Panther?", fragte ich.
„Wir hörten ihn hinter der Tür zu Mademoiselle Chalonges ehemaligem Gefängnis brüllen. Inzwischen dürfte er ein Opfer der Flammen geworden sein."
„Wo sind Professor Chalonge und seine Tochter jetzt?"
„In einem Hotel in Padang, wo sie sich von den überstandenen Strapazen ausruhen."
„Unter Polizeischutz, versteht sich", fügte van der Cronje hinzu.
„Von Maupertuis und seinen Unterführern fehlt jede Spur?"
„Jede", bestätigte Holmes. „Von ihm, von Roberts und von de Man und seinem Affen. Wenn wir wenigstens wüssten, ob sie sich noch auf Aravia aufhalten oder ob sie rechtzeitig das Meer erreicht haben."
„Leider konnte ich nicht auf die Uhr sehen, und mein Zeitgefühl hatte ich vollkommen verloren."
„Wie meinen Sie das, Watson?"
Ich berichtete von Maupertuis' Versuch, mich durch die Injektion seines Mittels zum Reden zu bringen, und von seinen Besuchen in mei-

nem Kerker. Gegen Ende des Berichts bemerkte ich, dass Holmes' Gesicht einen immer konzentrierteren Ausdruck annahm.

„Wenn das wahr ist", murmelte er. „Watson, können Sie sich an die Worte des Barons erinnern, ich meine, an den genauen Wortlaut?"

Ich bemühte mich, obwohl mein Kopf stark schmerzte, und wiederholte, so gut es ging, was Maupertuis zu mir gesagt hatte, bevor er auf mich schoss.

„Wenn er es mit mir genauso macht", sagte Holmes leise, mehr zu sich selbst als zu uns anderen. „Wissen Sie, was das bedeutet? Wenn Maupertuis entkommen ist, ist mein eigenes Terrain in Gefahr. Das ist London!"

„Aber, Holmes, ich habe seine Augen gesehen. Er weiß nicht mehr, was er sagt. Er ist wahnsinnig!"

„Das ist er schon seit Langem. Nur kam es jetzt erst zum Vorschein, als ich seine Pläne durchkreuzte. Trotzdem meine ich, dass er sehr wohl noch weiß, was er sagt und tut. Sein Wahnsinn hat Methode, wie wir selbst erlebt haben. Glauben Sie mir, Watson, im Falle von Maupertuis' Flucht besteht höchste Gefahr für London, vielleicht für ganz England. Wir müssen so rasch wie möglich zurückkehren!"

Dritter Teil: Die Rache des Barons

19. Kapitel – Wiggins und seine Bande

Es war ein seltsames Gefühl, sich nach so langer Abwesenheit wieder in den vertrauten Räumen in der Baker Street aufzuhalten. Ein Gefühl, das jeder Reisende kennt, der für längere Zeit von seiner Heimat und seinen Lieben (sofern er in der glücklichen Lage ist, solche zu besitzen) getrennt gewesen ist. Ein Hauch von Fremdheit hatte sich, so schien es, während der vergangenen Wochen über unsere Wohnung gelegt, an die wir uns erst wieder gewöhnen mussten – oder sie sich an uns. Aber das war rein gefühlsmäßig bedingt, denn äußerlich hatte sich nichts verändert. In unserem Wohnzimmer herrschte noch immer jene ständige Unordnung, die den äußeren Kontrast zu Sherlock Holmes' geistigen Fähigkeiten bildete. Manchmal glaubte ich, das eine könne ohne das andere nicht bestehen.

Baron Maupertuis, William Roberts und Pieter de Man blieben weiterhin verschwunden. Wir nahmen an, dass sie vor Eintreffen des holländischen Geschwaders auf See entkommen waren. Spitzel in Padang mussten Maupertuis rechtzeitig über die geplante Rettungsexpedition informiert haben. Einer der gefangenen Gefolgsleute des Barons sagte aus, dass an der Mündung des Flussarms, an dem das zerstörte Fort lag, eine kleine Hafenanlage eine dampfgetriebene Jacht beherbergte. Als wir den Fluss hinunterfuhren, fanden wir den verlassenen Hafen, aber nicht die Jacht. Auf ihr musste Maupertuis geflohen sein, mit Kurs auf England, wie Holmes meinte.

Ihn hielt nichts mehr auf Sumatra, und dank Inspektor van der Cronjes ebenso freundschaftlicher wie tatkräftiger Unterstützung konnten wir Padang bereits am Morgen des auf meine Befreiung folgenden Tages verlassen. Irgendwie war es dem Inspektor gelungen, die holländische Marine zu veranlassen, die Chalonges, Holmes und mich auf einer Fregatte nach Ceylon zu bringen. Mein Freund überredete den dortigen Flottenbefehlshaber, uns auf einem nach England aus-

laufenden Kurierschiff, der HMS Seagull, mitzunehmen. Selten in der maritimen Geschichte haben die Seestreitkräfte Hollands und Britanniens so einmütig zusammengewirkt. Die Heimkehr von Sumatra war nur um einen Tag kürzer als die Reise dorthin. Zwar brachte die Seagull es auf eine höhere Durchschnittsgeschwindigkeit als die Friesland, doch das wurde durch die längere Fahrtstrecke (mussten wir doch diesmal um Gibraltar herum) ausgeglichen.
Ich selbst bekam von der Reise auf der Seagull nicht sehr viel mit, weil die Strapazen, die ich auf der „Insel des Schreckens" erlitten hatte, ein starkes Fieber in mir hervorriefen, das mich für den größten Teil der Reise an meine Koje fesselte. Erst kurz vor unserer Ankunft in England war ich vollständig genesen. Mademoiselle Chalonge verdiente sich ein besonderes Lob, als sie sich während meiner Krankheit mit rührender Aufopferungsbereitschaft um mich kümmerte. Zu meiner großen Erleichterung erwies sich das Serum, dass Chalonge mir gespritzt hatte, als wirksam.
Sherlock Holmes hatte sich an Bord der Seagull eingehend mit dem Professor unterhalten und zudem drei Zeichnungen von Baron Maupertuis, Dr. William Roberts und Pieter dem Man angefertigt, die dem schurkischen Trio wie aus dem Gesicht geschnitten waren. Nach unserer Rückkehr in die Baker Street hatte mein Freund die Zeichnungen mit orientalischen Dolchen, die uns bisher als Wandschmuck gedient hatten, aufgespießt und nebeneinander an ein Bücherregal geheftet. Daneben prangte die farbige Abbildung eines Orang-Utans, die Holmes mit geringschätziger Geste aus dem zweiten Band eines Handbuches über Säugetiere gerissen hatte.
Noch bevor wir zu unserer Wohnung kamen, gab Holmes auf dem Postamt in der Wigmore Street einige Telegramme auf, um verschiedene Personen zu einem Kriegsrat einzuladen, der am Abend in der Baker Street stattfinden sollte.
Dr. Holcroft G. Ainstree, Sir Jasper Meek, Dr. Penrose Fisher, Dr. Martin Troy und Inspektor Lestrade hatten eine diesbezügliche Nachricht erhalten. Professor Chalonge und seine Tochter waren ebenfalls eingeladen. Sie hatten vorübergehend Quartier im Langham Hotel

am Portland Place genommen, wo sie sich vor der Zusammenkunft ein wenig von der Reise erholen wollten.
Zu meiner Betrübnis fand ich in der Baker Street eine Nachricht von Mary vor, in der sie mich für den Fall meiner Heimkehr davon unterrichtete, dass sie Mrs. Forrester, bei der sie bis zu unserer Hochzeit noch wohnte, für einige Tage zu Verwandten nach Herefordshire begleite. Ich sandte meinerseits eine Nachricht nach Lower Camberwell, damit Mary bei ihrer Rückkehr gleich erfuhr, dass ich wieder im Lande war.
Wir stärkten uns gerade bei einer Tasse Tee und Mrs. Hudsons Selbstgebackenem, als Holmes' markante Stimme mich einmal mehr aus meinen Gedanken riss. „Weshalb machen Sie so ein verdrießliches Gesicht, Doktor? Ich dachte, Sie hätten den Schock, den die Nachricht über Miss Morstans Abwesenheit Ihnen versetzt hat, inzwischen überwunden."
„Das ist es auch nicht, womit ich mich im Augenblick beschäftige, sondern einer der für heute Abend geladenen Gäste. Ich meine Dr. Troy, den Sie doch als Komplizen von Maupertuis verdächtigen. Wenn Sie damit recht haben und auch mit der Annahme, dass der Baron nach London kommt, wird Troy ihm über alles, was wir heute Abend beraten und beschließen, berichten."
„Sie haben das vollkommen richtig erkannt, Watson", stimmte Holmes mir zu, während er seine schlanke Hand nach Mrs. Hudsons Gebäck ausstreckte. „Aber ich sehe darin keine so große Gefahr wie Sie. Auf meiner Liste der Verdächtigen nimmt Troy einen der hintersten Plätze ein, weil sein Kontakt zu Professor Chalonge eher lose war. Ich an Maupertuis' Stelle hätte mir jedenfalls jemanden aus Chalonges unmittelbarer Nähe in Lyon ausgesucht. Lestrades Berichten zufolge, die er in die Baker Street sandte, hat die Überwachung Troys keine Verdachtsmomente ergeben."
„Aber Dubuque schreibt ebenfalls, dass die Überwachung Dr. Goutards und Madame Minots zu nichts geführt hat", entgegnete ich.
„Wohl wahr", gab Holmes zu und nickte dabei leicht. „Am liebsten würde ich mich selbst um das Problem kümmern, doch es ist jetzt

dringlicher, Maupertuis zu erwischen. Wie dem auch sei, ich habe in meinem Telegramm an Lestrade unseren Inspektor gebeten, die Überwachung Troys fortzusetzen oder erneut aufzunehmen, und zwar augenblicklich. Wenn Troy es ehrlich mit uns meint, kann er uns eine Hilfe sein. Wenn er jedoch ein falsches Spiel mit uns treibt, führt er uns damit zu Maupertuis. Vorausgesetzt natürlich, es gelingt Lestrades Männern, sich nicht allzu tölpelhaft aufzuführen. Bei dem Nebel müsste es ihnen eigentlich möglich sein, unentdeckt zu bleiben."

Bezüglich des Wetters hatte Holmes nicht übertrieben. Es hatte sich während unserer Abwesenheit erheblich verschlechtert. Ein dichter Baldachin düsterer Wolken hing über der Stadt und verhinderte das Durchkommen jedweden Sonnenstrahls. Stattdessen fiel ein Nieselregen nicht sehr stark, aber mit unerschütterlicher Beharrlichkeit auf Häuser und Pflaster herab, und dicker gelber Nebel lag wie eine zähe Gummimasse in den Straßen.

Das Läuten der Haustürglocke überraschte mich.

„Wer kann das sein?", fragte ich.

„Die erste Antwort auf meine Telegramme", antwortete Holmes gelassen.

„Aber die Zusammenkunft findet doch erst in knapp drei Stunden statt!"

„Entschuldigen Sie, Watson. Ich vergaß zu erwähnen, dass ich Wiggins und seine Bande um Mithilfe gebeten habe. Habe allerdings nicht gedacht, dass sie so rasch hier sein würden."

„Die ganze Bande, Holmes?"

„Ja, diesmal ist es besser so."

Da hörten wir auch schon das Klatschen von mehr als zwanzig nackten Füßen auf der Treppe und ein helles Stimmengewirr, in dem Mrs. Hudsons Ermahnungen beinahe untergingen. Ein hektisches Klopfen an unserer Tür ertönte, und wenige Sekunden später stand das Baker-Street-Freikorps in Reih und Glied im Zimmer – ein rundes Dutzend abgerissener, schmuddeliger, barfüßiger Straßenjungs, deren hier an den Tag gelegte Disziplin mehr als unangebracht wirkte.

Diese inoffiziellen Hilfskräfte, wie Holmes sie auch nannte, hatten

sich für meinen Freund schon in mehreren Fällen als hilfreich erwiesen. Straßenjungs gab es in London fast ebenso häufig wie Pflastersteine auf den Straßen. Sie kamen überall durch, fielen niemandem auf und wurden auch nur selten für wichtig erachtet. Deshalb konnten sie leicht an Informationen gelangen, die anderen unzugänglich waren, besonders in jenen Stadtteilen, in denen die nicht eben eleganten Kreise verkehrten.
Wiggins, der größte von ihnen und ihr Anführer, trat ein paar Schritte vor, um Holmes Meldung zu erstatten.
„Hielten grad 'ne Versammlung ab, als wir Ihre Nachricht kriegten, Sir", sagte er in einem Ton, der möglichst militärisch klingen sollte. „Sind aufm schnellsten Weg gekommen. Kriegen –"
„Das Geld für die Fahrkarten, Wiggins, ich weiß", fuhr Holmes ihm dazwischen. „Hier, das dürfte mehr als genug sein."
Wiggins steckte mit einem geübten Griff das Silbergeld, das Holmes ihm gegeben hatte, in die Hosentasche. Ich bemerkte derweil, dass sich die Augen unserer Besucher auf Mrs. Hudsons Gebäck geheftet hatten.
„Nehmt euch nur davon", sagte Holmes, dem das natürlich nicht entgangen war.
In Windeseile hatte sich die Formation aufgelöst und in einen Heuschreckenschwarm verwandelt, der über den Tisch herfiel und die Gebäckschale ihres Inhalts beraubte. Die kleinen Hände stopften die Beute mit solcher Geschwindigkeit in die Münder, als fürchtete man um ihren Verlust. Ein wahrer Platzregen von Krümeln ging auf den Boden nieder.
„Nun zum Grund eures Hierseins", sagte Holmes, als Wiggins einigermaßen Ordnung in seine Truppe gebracht hatte. „Betrachtet euch die drei Zeichnungen dort am Bücherregal genau und prägt euch die Gesichter gut ein! Ich wünsche, dass ihr ab sofort nichts anderes unternehmt als nach diesen drei Männern Ausschau zu halten. Sobald ihr auch nur einen von ihnen entdeckt, benachrichtigt ihr mich oder Dr. Watson so schnell wie möglich. Nur der Mann in der Mitte ist Engländer, ein Arzt. Die beiden anderen kommen aus Holland. Der

Mann neben dem Affenbild hat wahrscheinlich so einen Affen, einen Orang-Utan, bei sich. Um den Affen zu füttern, benötigt er große Mengen Obst. Die Männer sind entweder erst seit Kurzem in London, oder sie treffen demnächst ein. Wahrscheinlich halten sie sich in den Bezirken auf, in denen ihr auch meistens anzutreffen seid. Habt ihr verstanden?"

„Alles klar, Chef", bestätigte Wiggins, und seine „Männer" nickten eifrig.

Holmes nahm Kopien der drei von ihm angefertigten Zeichnungen aus der Schreibtischschublade und gab sie Wiggins.

„Damit ihr nicht vergesst, wie die Männer aussehen", sagte mein Freund. „Bezahlung wie üblich, und wer einen der Gesuchten entdeckt, erhält eine Guinee als Belohnung. Ah, noch etwas: Wegen des Futters für den Affen solltet ihr eine ständige Wache nach Covent Garden[12] abstellen. Ich erwarte eine tägliche Meldung!"

„Wird alles gemacht, Chef", sagte Wiggins.

Nachdem Holmes ihnen eine Anzahlung für den ersten Tag gegeben hatte, verabschiedeten sich seine inoffiziellen Helfer unter lautem Gejohle. Ich trat ans Fenster und sah, wie sie mit den übrigen Menschen und dem Nebel verschmolzen.

„Die dritte Runde in diesem gefährlichen Spiel hat begonnen", bemerkte Holmes, als er neben mich trat. „So bald wie möglich werde ich meine übrigen Hilfsquellen ebenfalls auf Maupertuis ansetzen."

„Je länger ich darüber nachdenke", sagte ich, „desto froher bin ich, dass Mary verreist ist. Falls Sie mit Ihrer Vermutung über Baron Maupertuis richtig liegen, dann ist es nur gut, wenn sie möglichst weit von London entfernt ist."

„Sie sind eine treue, aufrechte Seele, Watson. Ich bedaure aufrichtig, dass Sie die Baker Street bald verlassen werden, denn Sie sind einer der wenigen konstanten Werte in einer sich immer rascher wandelnden Welt."

20. Kapitel – Schatten über England

Drei Stunden später, als draußen bereits die Dämmerung angebrochen war, waren sämtliche Sitzplätze in unserem nicht besonders großen Wohnzimmer belegt, nachdem Dr. Troy als zuletzt Eintreffender die Runde komplettiert hatte. Der erste Gast war Inspektor Lestrade gewesen, den Holmes' Bitte, Troy zu überwachen, neugierig gemacht hatte. Er wollte von Holmes wissen, ob er einen konkreten Verdacht gegen Troy habe, was mein Freund verneinte. Alle Bemühungen Lestrades, von Holmes und mir einen Exklusivbericht über unsere Erlebnisse zu erhalten, blieben erfolglos. Holmes verwies ihn auf die Zusammenkunft sowie auf das von Mrs. Hudson bereitgestellte Buffet.

Nach Troys Ankunft erfuhren unsere Gäste von Holmes, den Chalonges und mir alles über Baron Maupertuis und seine merkwürdige, fantastische Arbeit. Immer wieder wurden wir von Ausrufen des Unglaubens und von Zwischenfragen unterbrochen. Ich muss zugeben, hätte ich die meisten Abenteuer nicht selbst miterlebt, hätte ich es auch kaum geglaubt. Es dauerte fast zwei Stunden, bis Holmes den Vortrag endlich beendete.

„Und so“, schloss er, „trafen wir dank der Unterstützung der Kriegsmarine Ihrer Majestät heute in London ein. Ich danke Ihnen, meine Dame und meine Herren.“

Er ließ sich in einen Sessel fallen und zog den Rauch aus seiner Kirschholzpfeife tief in sich hinein. Auch alle anderen schwiegen, als benötigten sie Zeit, um das Gehörte geistig zu verarbeiten. Lestrade, wie stets sehr geradeheraus, gab als erster seinen Kommentar ab.

„Eine so fantastische Geschichte habe ich noch nie gehört“, verkündete er unter demonstrativem Kopfschütteln. „Das hört sich an wie ein Abenteuerroman oder eine Schauergeschichte.“

„Sie können überzeugt sein, Herr Inspektor, dass jedes Wort davon

wahr ist“, sagte Professor Chalonge. „Ich verbürge mich dafür.“
„So habe ich es nicht gemeint“, erwiderte Lestrade. „Schließlich habe ich die schrecklich entstellte Leiche des französischen Privatdetektivs mit eigenen Augen gesehen. Der einzige Punkt, der mir tatsächlich zweifelhaft erscheint, ist Mr. Holmes’ Schlussfolgerung, dieser Baron Maupertuis werde sein Unwesen bald in London treiben. Für mich ist das nichts weiter als eine unbewiesene Vermutung.“
„Unbewiesen bis jetzt noch, da muss ich Ihnen recht geben, Lestrade“, sagte Holmes, „aber nicht ungerechtfertigt. Sie haben eben aus Dr. Watsons Mund gehört, was Maupertuis zu ihm sagte.“
„Verbrecher sagen viel, wenn sie einsehen müssen, dass sie ihr Spiel verloren haben. Das kann ich Ihnen aus eigener Erfahrung versichern. Was meinen Sie, welche Hasstiraden ich mir in meinem Büro oder im Old Bailey schon anhören musste. Zumeist sind das nur hohle Phrasen, hinter denen nichts anderes steckt als Verbitterung.“
„Das weiß ich, Inspektor“, stimmte Holmes ihm zu, „aber Sie dürfen nicht den Fehler begehen, Baron Maupertuis mit einem einfachen Straßenräuber gleichzusetzen. Der Baron ist ein Besessener, mit großen Geistesgaben ausgestattet, was seine Besessenheit so gefährlich macht. Ich sähe es lieber, wenn meine Schlussfolgerung unbegründet wäre, aber das glaube ich nicht. Wir müssen damit rechnen, dass Maupertuis bald mitten unter uns sein Unwesen treibt, und wir sollten darauf vorbereitet sein. Er hat bereits zur Genüge bewiesen, dass er vor nichts zurückschreckt. Solange der Baron nicht dingfest gemacht ist, schwebt er wie ein unsichtbarer Schatten über London, ja über ganz England!“
Sir Jasper Meek schob seinen dürren Körper auf dem Stuhl nach vorn und erhob dabei den fast kahlen Kopf, der nur noch von einem dünnen Haarkranz geschmückt wurde. Die ganze Bewegung ließ ihn wie einen Raubvogel aussehen, der sich auf den Sturzflug vorbereitete.
„Wenn ich Sie richtig verstanden habe, Mr. Holmes“, begann er, „befürchten Sie, dass dieser sonderbare Baron für die Ausbreitung jener Krankheit in England sorgen wird, die dem bedauernswerten Franzosen das Leben gekostet hat.“

„Genau das, Sir Jasper."

„Das wäre in der Tat eine große Gefahr für unser Land und für seine Bevölkerung", fuhr Sir Jasper fort, die hohe Stirn sorgenvoll gefurcht. „Wie Sie wissen, hat mein Wort bei der Regierung einiges Gewicht. Ich kann dafür sorgen, dass alle nur erdenklichen Maßnahmen zur Auffindung des Barons und seiner Helfershelfer ergriffen werden, auch wenn ein paar Leute sich sträuben sollten."

Bei den letzten Worten warf Sir Jasper einen finsteren Blick auf Lestrade, dem das nicht entging.

„Sehr freundlich, Sir Jasper", antwortete Holmes. „Vielleicht werde ich später auf das Angebot zurückkommen, doch im Augenblick wären offizielle Maßnahmen im großen Stil das Verkehrteste, was wir unternehmen könnten. Maupertuis würde dadurch vorzeitig gewarnt werden. Nein, solange wir keine konkrete Spur verfolgen, müssen wir sehr vorsichtig vorgehen und ein unsichtbares Netz weben, in dem Maupertuis sich verfängt. Erst dann ist es für die Behörden an der Zeit, das Ihrige zu tun."

„Ganz wie Sie meinen, Holmes", sagte Sir Jasper und lehnte sich wieder zurück. „Auf diesem Gebiet sind Sie der Experte. Dann gibt es also nichts, was wir im Moment unternehmen könnten, um Ihnen zu helfen?"

„O doch, gewiss können Sie etwas tun. Welche Fortschritte haben Sie, Dr. Fisher und Dr. Ainstree bei der Suche nach dem Mittel gegen die schreckliche Krankheit gemacht?"

„Wir haben das Gegenmittel vor Kurzem gefunden", sagte Penrose Fisher, der mit seinem großen, kräftigen Körper und dem dichten, bereits etwas grauen Haar einen prächtigen Kontrast zu Sir Jasper abgab. „Allerdings müssen wir seine Wirksamkeit erst noch erforschen, was ein bis zwei Wochen dauern wird."

„Dann sollten Sie sich mit Professor Chalonge zusammentun, der das Serum bereits in Händen hält", empfahl Holmes. „Gemeinsam sollten Sie darangehen, das Mittel in größeren Mengen herzustellen. Wenn wir Pech haben, werden wir es benötigen."

„Ich würde gern dabei helfen", sagte Troy, der sich bislang zurückge-

halten hatte.
„Warum nicht", sagte Holmes. „Ihre Kollegen werden für die Unterstützung dankbar sein."
Lestrade, der sich von Sir Jaspers Seitenhieb wieder erholt hatte, fragte: „Wenn wir das Gegenmittel haben, kann uns dieser Baron dann noch gefährlich werden?"
„Bis uns das Serum in großen Mengen zur Verfügung steht, wird noch einige Zeit vergehen", antwortete mein Freund. „Aber wir wissen nicht, wann und wo Maupertuis zuschlägt. Wir können nicht ganz London impfen. Und wenn wir das täten, bliebe es dem Baron nicht verborgen, und er schlüge woanders zu. Sie sehen also, Lestrade, das Gegenmittel wird nicht mehr als eine Notlösung sein. Der entscheidende Schlag gegen Maupertuis jedoch kann nur darin liegen, dass wir ihn fassen!"
„Und auf welche Weise wird der Baron versuchen, die Krankheit zu verbreiten?", fragte der Inspektor weiter.
„Theoretisch stehen ihm verschiedene Möglichkeiten zur Verfügung", erklärte Dr. Ainstree. „Dem unglücklichen le Villard wurden die Erreger injiziert, so wie man es auch bei Watson versuchte. Leider dürfen wir kaum annehmen, dies sei die einzige Infizierungsmöglichkeit für den Menschen. Unsere Versuche haben jedenfalls gezeigt, dass Tiere sich gegenseitig anstecken. Denken wir nur an die ähnliche Symptome auslösende Pest, die Europa vor fünfhundert Jahren so arg gebeutelt hat. Sie wird von Nagetieren durch die Vermittlung von Rattenflöhen auf den Menschen übertragen und dann von Mensch zu Mensch weitergegeben. Wenn das auch bei dieser neuartigen Krankheit möglich ist, müssen wir uns auf eine neue Epidemie gefasst machen. Holmes hat also nicht übertrieben, als er ganz England in Gefahr sah. Im Gegenteil, die Krankheit könnte sich sogar auf den Kontinent ausbreiten. Was das bedeutet, brauche ich wohl niemandem zu sagen."
„Bleibt also festzuhalten", meinte Lestrade, „dass wir nicht genau wissen, wie Maupertuis vorgehen wird. Selten hatte ich es mit so vielen Vermutungen und Annahmen zu tun wie in diesem Fall. Bleibt nur

zu hoffen, dass Holmes weiß, was er tut."
„Was das betrifft, so können Sie beruhigt sein, Lestrade", erwiderte der Angesprochene. „Halten Sie sich nur im Hintergrund und mich auf dem Laufenden über alles Ungewöhnliche, von dem die Polizei Kenntnis erhält."
Lestrade nickte, und die Diskussion dauerte noch eine halbe Stunde fort, ohne jedoch weitere Erkenntnisse oder Beschlüsse zustande zu bringen. Als Holmes und ich wieder allein waren, fragte ich ihn, ob er es für klug hielt, Troy bei der Herstellung des Serums mitarbeiten zu lassen.
„Hätte ich mich dagegen ausgesprochen", sagte Holmes, „hätte ich damit Troys Verdacht erregt. Ich werde Chalonge bitten, ständig ein Auge auf ihn zu haben. Falls Troy die Arbeit sabotiert, liefert er uns dadurch den Beweis seiner Schuld."
Holmes klopfte die Pfeife am Kamin aus, ging zum Kleiderständer und zog sich Hut und Mantel an.
„Wo soll's denn jetzt noch hingegen?", erkundigte ich mich.
„Ich sagte Ihnen doch bereits, dass ich außer Wiggins und seinen Strolchen noch weitere Hilfstruppen auf die Suche nach Baron Maupertuis schicken will. Die meisten jener Leute werden um diese Zeit erst aktiv. Bis dann, Watson."

21. Kapitel – Der Tote aus der Themse

Die folgenden Tage waren für mich nicht sehr interessant. Sherlock Holmes war die meiste Zeit über damit beschäftigt, Kontaktleute zu empfangen und Informationen zu sammeln. Neben Wiggins, der täglich Bericht erstattete, suchte noch eine Handvoll anderer Leute mehr oder minder regelmäßig unsere Wohnung auf. Diese Besucher waren mir unbekannt. Ihr Äußeres, ihr Benehmen und ihre Sprache verrieten mir jedoch, dass sie zu Inspektor Lestrades Kundenkreis gehörten. Im Gegensatz zu der von ihnen peinlich gemiedenen Polizei kamen diese Leute mit Holmes gut aus, was wohl daran lag, dass mein Freund bei ihnen schon mal ein Auge zugedrückt hatte. Ein Luxus, den Lestrade und seine Kollegen sich eher selten leisteten. Auch die Namen der Besucher verrieten, welchem Milieu sie angehörten. Sie nannten sich „Lumpazi-Jack", „Danny der Laffe", „Knacker-Bob", „Wiesel-Colin" oder „Schnelle Liz". Aber niemand brachte die Nachricht, die Holmes und ich uns erhofften.

Die Stimmung meines Freundes wurde von Tag zu Tag gedrückter. Wenn wir allein waren, verfiel er in ein dumpfes Brüten, hüllte sich in den Rauch seines grässlichen Shag-Tabaks oder entlockte seiner Violine Töne, die mein Ohr nicht gerade als angenehm empfand. Holmes war durchaus musikalisch veranlagt und konnte die Stradivari dementsprechend gebrauchen, doch in Zeiten wie diesen verwandelte er das Instrument in ein Folterwerkzeug. Er behauptete stets, seine Improvisationen hülfen ihm, sich zu konzentrieren, aber ich hegte manchmal den Verdacht, dass er auf diese Weise nur seine schlechte Laune abreagierte. Es dauerte volle sieben Tage, bis Holmes eines Morgens wieder Auftrieb erhielt.

Mrs. Hudson hatte soeben das Frühstücksgeschirr abgeräumt, als ein Besucher ins Wohnzimmer trat, der nicht zu den „Dauerkunden" zählte, wie ich Holmes' Informanten insgeheim getauft hatte. Ich sah auf den ersten Blick, dass er nicht aus ihren Kreisen stammte. Der

Mann war verhältnismäßig jung, keinesfalls älter als Fünfunddreißig, doch Aussehen und Gebaren ließen ihn älter erscheinen. Er war von kleiner Statur und zeigte erste Ansätze von Korpulenz. Sein auffälligstes Kleidungsstück war ein Gehrock altmodischen Zuschnittes, der ansonsten, wie seine übrige Kleidung, tadellos war. Er trug unter dem linken Arm einen länglichen Nussholzkasten, den er mit großer Sorgfalt behandelte.

„Ich bin Eclesias Fowler von ‚Addison, Brinmore und Fowler' aus der Oxford Street", stellte er sich mit einer etwas zu weichen Stimme vor. „Dies ist die Lieferung für Mr. Sherlock Holmes."

„Ich bin Holmes. Stellen Sie den Kasten nur auf den Tisch!"

Eclesias Fowler setzte seine Lieferung so vorsichtig ab, als handele es sich dabei um ein rohes Ei. Dann betätigte er die beiden Verschlüsse an den Enden des Kastens und öffnete diesen. Er war innen mit dunkelblauem Samt ausgeschlagen, in dem sich zwei lange, an einem Ende gebogene Vertiefungen befanden. Diese beherbergten zwei schöne, kräftige Spazierstöcke aus Eichenholz, die einander vollkommen gleich waren.

„Entspricht die Arbeit Ihren Wünschen, Sir?", fragte Fowler, den Blick auf Holmes gerichtet.

„Ja, voll und ganz. Wurden meine Anweisungen genau befolgt?"

„Selbstverständlich, Sir", verkündete Fowler im Brustton der Überzeugung. „‚Addison, Brinmore und Fowler' erfüllen alle Kundenwünsche stets zur besten Zufriedenheit."

„Ein gutes Motto", meinte Holmes schmunzelnd. „Sie sollten es in Ihrem Geschäft an die Wand hängen. Ich danke Ihnen, Fowler."

Nachdem der Mann sich verabschiedet hatte, näherte ich mich neugierig dem Kasten.

„Sehen Sie sich die Stöcke ruhig genau an, Doktor", ermunterte mich mein Freund. „Einer ist sowieso für Sie bestimmt. Sie erkennen ihn an Ihren eingravierten Initialen."

Ich sah, was er meinte. Jeder Stock trug knapp unter dem Griff ein Silberband. Auf dem einen waren Sherlock Holmes', auf dem anderen meine Initialen eingraviert. Ich nahm den für mich bestimmten Stock

aus seiner Einbettung und wog ihn prüfend in der Hand. Dann probierte ich ihn aus, indem ich kreuz und quer durchs Zimmer spazierte.
„Nun?", fragte Holmes.
„Man geht damit hervorragend", sagte ich wahrheitsgemäß. „Ich habe noch nie einen so prächtigen Spazierstock besessen. Aber weshalb haben Sie die beiden teuren Stücke anfertigen lassen, Holmes? Wir sind mit Stöcken doch bereits versehen."
„Betrachten Sie Ihren neuen Stock als eine Art von Abschiedsgeschenk, das Sie an unsere gemeinsamen Jahre hier in der Baker Street erinnern soll. Schließlich sind Ihre Tage als freier Mann gezählt, was ich bedaure."
„Ich freue mich sehr. Seien Sie jedoch versichert, dass es keines solch kostbaren Geschenks bedurft hätte, um mich an Sie zu erinnern."
„Die neuen Stöcke haben auch eine praktische Funktion, die uns im Kampf gegen Baron Maupertuis vielleicht von Nutzen sein wird", sagte Holmes, nahm seinen Stock aus dem Kasten und stellte sich aufrecht hin. „Ich werde es Ihnen demonstrieren. Greifen Sie mich bitte an, Watson!"
„Was sagten Sie, Holmes?"
„Ich bat Sie, mich zu attackieren, Doktor. Sie bewahren doch diese afghanischen Speere als Andenken in Ihrem Schlafzimmer auf. Damit könnte es gehen, denke ich."
„Sie meinen, ich soll Sie mit einem Speer angreifen?"
„Ja, tun Sie mir doch den Gefallen, mein Freund!"
„Ganz wie Sie wünschen", meinte ich, legte den Stock auf den Tisch, ging in mein Zimmer und nahm einen der Speere von der Wand, wo sie neben anderen Stücken vor einem verzierten Schild über Kreuz hingen. Als ich ins Wohnzimmer zurückkehrte, erschien mir das Ganze doch ein wenig seltsam.
„Bestehen Sie auf Ihrer Bitte, Holmes?", fragte ich deshalb.
„Nur zu, Watson, und lassen Sie keine Schonung walten!"
Während ich mich zum Angriff bereit machte, blieb Holmes ungerührt wie ein Kriegerdenkmal vor dem Schrank stehen. Er verzog keine Miene und stützte sich lässig auf den Stock in seiner Rechten,

wobei er wie ein Spaziergänger wirkte, der stehen blieb, um die Auslage eines Schaufensters zu betrachten. Nur sein mausgrauer Schlafrock störte diesen Eindruck.

Unvermittelt, wie ich hoffte, begann ich meinen Angriff und sprang auf Holmes zu, um mit der Speerspitze seine Brust zu berühren. Mein Freund machte einen schnellen Schritt zur Seite und riss den Spazierstock hoch, der gegen meinen Speer schlug und die Stoßrichtung abänderte. Die Spitze bohrte sich knapp neben Holmes' Violine in den Schrank.

Mein Freund hätte jetzt die Gelegenheit zum Gegenangriff gehabt, verzichtete aber darauf und verhielt sich abwartend, den Stock wie einen Degen haltend. Ich zögerte nicht lange und ging erneut zum Angriff über, doch Holmes parierte jeden meiner Stöße mit dem Stock. Plötzlich machte er einen Ausfall, und ich spürte kalten Stahl an meiner Kehle.

„Touché!", rief er triumphierend und lächelte mich selbstzufrieden an. „Was sagen Sie zu meiner Waffe, Watson?"

Aus dem Ende des Spazierstocks ragte eine Stahlklinge von der Länge einer Hand hervor und verwandelte den Stock in eine tödliche Stichwaffe.

„Sie haben mich überrumpelt", gab ich zu. „Damit habe ich nicht gerechnet. Ich wäre Ihnen dankbar, Holmes, wenn Sie das Ding von meinem Hals entfernten!"

„Natürlich", sagte er, und die Klinge verschwand, wie von Zauberhand geführt, wieder im Stock.

Ich legte den Speer auf den Tisch und sagte: „Ich nehme an, mein Stock ist ebenso präpariert."

„Aber ja, Watson. Wenn Sie den Griff betrachten, werden Sie einen kleinen Knopf bemerken, der auf den ersten Blick gar nicht auffällt. Ein Druck auf den Knopf, und die Klinge springt hervor. Ein weiterer Druck zieht sie wieder zurück. Das ist das ganze Geheimnis."

Ich probierte es aus und fand Holmes' Worte bestätigt.

„Eine nette Spielerei", meinte ich. „Aber glauben Sie wirklich, das wird uns bei der Suche nach Maupertuis helfen?"

„Bei der Suche nicht, aber wenn wir ihn gefunden haben. Der Baron hat mehr als ein Mal bewiesen, wie gefährlich er ist. Da ist es bestimmt vorteilhaft, einen versteckten Trumpf zu besitzen."
Holmes ließ seine Klinge hervorschnellen und warf den Stock quer durchs Zimmer, sodass er mitten in Maupertuis' Porträt am Bücherregal stecken blieb und hin- und herfederte. In den Augen meines Freundes lag ein Ausdruck, den man wohl nur als tödliche Entschlossenheit beschreiben konnte.
Holmes hatte den Stockdegen gerade vom Bücherregal entfernt, als unser zweiter Besucher an diesem Morgen eintrat.
„Guten Morgen, die Herren", grüßte Inspektor Lestrade. „Ah, Holmes, falls Sie einen Spaziergang vorhaben, sollten Sie sich etwas anderes anziehen. Ein Schlafrock ist für das derzeitige Wetter denkbar ungeeignet."
Holmes und ich mussten für einen Uneingeweihten tatsächlich ein merkwürdiges Bild abgeben, wie wir mitten in unserem Wohnzimmer mit Spazierstöcken hantierten.
Lestrade gab sich keine Mühe, seine Belustigung über diesen Anblick zu verschleiern.
Holmes fragte ihn, was ihn zu uns führte.
„Sie wollten doch über alles Ungewöhnliche informiert werden, von dem die Polizei Kenntnis erhält", sagte der Inspektor. „Vor knapp zwei Stunden hat man eine Leiche aus der Themse gefischt."
„Was soll daran ungewöhnlich sein?", fragte ich.
„Es handelt sich", fuhr Lestrade fort, „nicht um einen Unfall oder Selbstmord, sondern um Mord. Jemand anderes hat die Leiche in den Fluss geworfen."
„Ermordete pflegen sich selten selbst zu versenken", sagte ich. „Aber Mordfälle sind in London genauso wenig ungewöhnlich wie Wasserleichen. Ich verstehe immer noch nicht, wo Sie die Besonderheit sehen, Lestrade."
„Bevor man die Leiche in den Fluss warf, hat man sie verbrannt, sodass sie bis zur Unkenntlichkeit entstellt wurde. Zwar ist es üblich, dass man Leichen verbrennt oder versenkt, um einen Mord

zu vertuschen, doch beides zusammen ist mir noch nicht untergekommen."

„Das ist in der Tat ungewöhnlich", stimmte Holmes dem Inspektor zu. „Gleichwohl erinnere ich mich an einen ähnlichen Fall, der 1859 in Berlin einiges Aufsehen erregte: der Mordfall Steinmetz."

„Noch nie gehört", meinte Lestrade.

Das war nicht verwunderlich, denn niemand kannte so viel Einzelheiten über die Gräueltaten dieses Jahrhunderts wie Sherlock Holmes. Dessen Interesse war durch Lestrades Schilderung offenbar geweckt worden, und er bot dem Polizisten einen Platz an, um uns die Einzelheiten des Falles mitzuteilen.

„Ich kann Ihnen nur das berichten, was mir Athelney Jones erzählt hat, der in dem Fall ermittelt", sagte Lestrade, nachdem er sich hingesetzt hatte. „Die Leiche wurde von einem gewissen Reginald Hodder entdeckt, Kapitän im Ruhestand, der zusammen mit der Familie seiner Tochter ein kleines Haus am Fluss bewohnt. Bei seinem allmorgendlichen Spaziergang am Ufer, den er auf ärztlichen Rat gegen seine übergroße Müdigkeit unternimmt, sah er heute ein großes Paket, das sich am oberen Ufer vor den Westindischen Docks im Gestrüpp verfangen hatte. Es handelte sich um eine verschnürte Ölhaut, die Hodder nur unter Mühen an Land ziehen konnte. Dort öffnete er die Plane und fand darin den Toten."

„Was können Sie uns über die Leiche sagen?", fragte Holmes.

„Nur, dass es sich um die eines Mannes handelt, mehr nicht. Zwar habe ich sie nicht selbst gesehen, aber Jones sagte mir, es sei nicht viel von dem Mann übrig geblieben."

„Wenn jemand sich schon die Mühe macht, einen Toten sorgfältig einzupacken und ins Wasser zu werfen, dann versucht er in der Regel auch, ihn mit etwas zu beschweren, damit er untergeht", äußerte Holmes.

„Das wurde in diesem Fall auch versucht, wie Jones meint", erwiderte der Polizist. „Ein dicker Strick hing an dem Paket, der zerrissen oder zerschnitten war. Daran war ursprünglich wohl ein schwerer Stein oder etwas Ähnliches befestigt gewesen."

„Das alles klingt sehr interessant, Lestrade“, sagte Holmes. „Ich möchte die Leiche gerne sehen und mich mit Jones unterhalten.“

„Der Polizeiarzt hat den Toten ins Leichenhaus bringen lassen, um ihn dort eingehend zu untersuchen. Ich begleite Sie dorthin, Holmes. Wenn wir Glück haben, treffen wir auch Jones dort an. Jedenfalls sagte er mir, er wolle sich mit Dr. Chase, dem Polizeiarzt, unterhalten.“

„In fünf Minuten sind wir soweit“, sagte Holmes und sprang aus seinem Sessel. „Ziehen Sie sich an, Watson. Endlich gibt es wieder etwas für uns zu tun!“

Zehn Minuten später saßen wir drei in einer Droschke, die uns zum Leichenhaus fuhr. Holmes und ich nahmen unsere neuen Spazierstöcke mit. Der Detektiv befragte den Polizisten über den alten Reginald Hodder. Dieser war zeit seines Lebens zur See gefahren und zuletzt Kapitän bei der Handelsmarine gewesen. Von seinen Ersparnissen kaufte er für sich, seine Frau und seine Tochter ein Häuschen in Stepney. Hodders Frau starb, kurz nachdem er wegen einer seltenen Schlafkrankheit vorzeitig in den Ruhestand getreten war. Der Kapitän lebte jetzt mit seiner Tochter, seinem Schwiegersohn und zwei kleinen Enkelkindern in dem Haus. Der Mann seiner Tochter arbeitete in einem Geschäft, das mit Schiffszubehör handelte. Mehr wusste Lestrade nicht zu berichten.

Wir trafen Inspektor Jones und Dr. Chase in einem Kellergang des Leichenhauses, wo sie sich lebhaft unterhielten. Offenbar unterrichtete der Polizeiarzt den Inspektor über die Untersuchung der Leiche. Lestrade stellte uns Dr. Chase vor, einen etwa dreißigjährigen schlanken Mann mit dunklen Haaren. Er hatte bereits von Holmes gehört und reichte uns erfreut die Hand.

Jones dagegen machte ein missmutiges Gesicht, und seine kleinen Schweinsäuglein, die auf eine komische Art zu seinem recht umfangreichen Körperbau passten, starrten uns Neuankömmlinge misstrauisch an.

„Wieso haben Sie die beiden hergebracht, Lestrade?“, raunzte der dicke Inspektor mit der ewig heiseren Stimme seinen Kollegen an.

„Glauben Sie, ich werde mit diesem Fall nicht allein fertig?"
„Das hat niemand behauptet", sagte Holmes, bevor Lestrade sich rechtfertigen konnte. „Sie sollten sich jedoch daran erinnern, Inspektor Jones, dass ich Ihnen bereits zweimal von großem Nutzen sein konnte, nämlich bei dem Fall der Bishopgate-Juwelen und bei der Mordsache Sholto[13]. Lestrade holte Watson und mich nicht, um Ihnen zu helfen, sondern weil dieser Fall mit unseren eigenen Ermittlungen in einem Zusammenhang stehen könnte."
„Von welchen Ermittlungen sprechen Sie?", fragte Jones, schon etwas weniger angriffslustig.
„Tut mir leid, Jones, das ist geheim", antwortete mein Freund. „Lestrade kann Ihnen jedoch bestätigen, dass unter Umständen die Sicherheit Londons davon abhängt. Deshalb bitte ich Sie, uns alles mitzuteilen, was Sie über den Toten aus der Themse wissen."
„Klingt reichlich undurchsichtig, was Sie da sagen, Holmes", meinte der dickleibige Polizist, an seiner Unterlippe kauend. „Aber von mir aus können Sie alles wissen. Schaden kann's wohl nicht."
Jones wollte uns zunächst alles das berichten, was uns sein Kollege bereits mitgeteilt hatte. Holmes unterbrach ihn deshalb und erkundigte sich nach den Ergebnissen von Dr. Chases Untersuchung.
„Viel ist das nicht", sagte der Polizeiarzt. „Die Leiche ist derart verkohlt, dass uns der äußere Körper keine Hinweise geben kann. Schwere Verletzungen oder äußere Gewalteinwirkungen wie Knochenbrüche, Schuss- oder Stichwunden sind nicht vorhanden. Möglicherweise ist der Mann durch das Feuer gestorben. Genaueres lässt sich aber erst sagen, nachdem die Leiche obduziert wurde."
„Ich möchte dann sofort benachrichtigt werden", sagte Holmes. „Können Sie uns sagen, wann ungefähr der Mann gestorben ist, Doktor?"
„Die Leichenstarre hat den gesamten Körper erfasst und ist noch nicht am Abklingen. Der Mann kann vor sechs Stunden oder vor zwei Tagen gestorben sein."
„Dürfen wir uns den Toten einmal ansehen?", fragte mein Freund.
Jones willigte großmütig ein, und wir gingen in einen großen Keller-

raum, in dem die Wasserleiche unter einem weißen Laken auf einem schmalen Tisch lag.

„Ich muss Sie warnen, meine Herren", sagte Dr. Chase, eine Hand bereits an dem Laken. „Der Anblick ist nicht gerade erbaulich, selbst wenn man an das Gesicht des Todes gewöhnt ist."

„Könnten wir so etwas nicht vertragen, wären wir nicht hier", erwiderte Lestrade.

Als der Polizeiarzt die Leiche unseren Blicken freigab, musste ich insgeheim zugeben, dass seine Warnung berechtigt war. Jeder der Anwesenden hatte in seinem Leben schon so viele Tote gesehen, dass er längst aufgehört hatte, sie zu zählen, doch was da auf dem Tisch lag, ließ uns alle für Sekunden erstarren. Selbst der stets so kühle Sherlock Holmes bildete da keine Ausnahme. Es erschien mir fast grotesk, das verkohlte schwarze Ding als menschlichen Körper anzusehen. Ich wusste nicht, welcher Anblick abscheulicher war, der des von der schrecklichen Krankheit befallenen François le Villard oder der dieses unbekannten Unglücklichen. Und falls der Unbekannte tatsächlich das Opfer eines Verbrechens war, so erschreckte es mich aufs Neue, zu welchen schändlichen Taten Menschen fähig waren.

Nachdem Holmes den Toten ausführlich in Augenschein genommen hatte, fragte er: „Wurden irgendwelche Kleidungsstücke oder Gegenstände bei der Leiche gefunden?"

„Nichts außer der Plane, in die sie eingeschnürt war", antwortete Athelney Jones.

„Und wo ist die Plane?"

Sie lag in einem Nebenraum, in den Jones uns führte, auf einem runden Tisch, daneben die Stricke, mit denen man die Plane zugebunden hatte. Auch ein etwas dickerer Strick gehörte dazu, an dem wohl ursprünglich ein Gewicht befestigt gewesen war. Holmes nahm ihn in die Hand und betrachtete beide Enden durch sein Vergrößerungsglas.

„Ein Ende ist stark zerfranst", stellte er fest. „Daraus lässt sich ersehen, dass der Strick nicht durchgeschnitten wurde, sondern gerissen ist. Aber das hilft uns im Moment nicht weiter."

Er nahm sich anschließend die übrigen Stricke und dann die große Plane vor, der er besondere Aufmerksamkeit schenkte.
„Solche Planen werden von Baukolonnen zum Schutz der Baustellen gegen Regen benutzt“, sagte Holmes.
„Was für Baustellen?“, erkundigte sich Jones.
„Ganz normale Baustellen“, antwortete mein Freund. „Zum Beispiel für die Arbeiten an der Untergrundbahn oder an der elektrischen Straßenbeleuchtung, die man seit Kurzem ausprobiert. Ah, was haben wir denn da? Sieht aus wie etwas Lehm, der an der Plane klebt. Haben Sie den schon untersuchen lassen, Jones?“
„Nein. Wozu auch? Lehm kann doch von überall stammen.“
„Aber dieser stammt nicht von überall, sondern von dem Ort, an dem die Plane ursprünglich lag“, sagte Holmes und nahm den Lehm in einer kleinen Dose auf. „Ich werde die Untersuchung nachholen.“
„Ich stelle es Ihnen frei, Mr. Holmes, Ihre Zeit mit Unwichtigkeiten zu verschwenden“, meinte Jones hochnäsig, die Hände selbstgefällig vor dem voluminösen Bauch verschränkt.
Holmes beendete seine Untersuchung, und wir verabschiedeten uns von Chase und den beiden Polizisten. Vor dem Leichenhaus erwartete uns eine leichte, aber nicht unangenehme Brise. Die frische Luft war eine reine Wohltat im Vergleich zu der muffigen, vom Gestank des Todes durchsetzten Luft im Keller.
„Eigentlich das richtige Wetter, um unsere neuen Stöcke einzuweihen“, bemerkte Holmes. „Leider haben wir keine Zeit für einen Spaziergang, denn ich brenne darauf, den Lehm zu untersuchen. Haben Sie seine eigentümlich helle Färbung bemerkt, Watson?“
„Nein, wenn ich ehrlich sein soll. Aber wollen Sie nicht mit dem Kapitän reden, der die Leiche gefunden hat?“
„Das ist überflüssig. Was Lestrade über Hodder berichtet hat, genügt. Der müde Kapitän ist für uns in jedem Fall uninteressant. – Doch bevor wir in die Baker Street zurückkehren, suchen wir Sir Jasper Meek und Penrose Fisher auf, die ich bitten möchte, an der Obduktion der Wasserleiche teilzunehmen.“ Sherlock Holmes hob seinen Stockdegen und winkte eine Droschke heran.

22. Kapitel – Gelöschter Kalk

Sir Jasper Meek, Penrose Fisher, Ainstree, Chalonge und Troy arbeiteten fieberhaft in einem streng abgeschirmten Trakt der Universität an dem Gegenmittel. Nachdem Sherlock Holmes sein Anliegen dort vorgebracht hatte, kehrten wir eilig in unsere Wohnung zurück.
Mein Freund hatte kaum seinen Mantel abgeworfen, da saß er auch schon vor seinen chemischen Geräten, um die Lehmprobe zu untersuchen. Er befand sich in jenem Zustand starker Erregung, der ihn häufig befiel, wenn sich in einem Fall etwas Entscheidendes tat. Dann gab es für ihn nichts anderes als seine Arbeit, und auf Störungen reagierte er so mürrisch, wie es Wellington bei Waterloo gewesen sein musste, bevor die Preußen kamen. Zwei seiner Informanten, die ihm Bericht erstatteten, fertigte er mit knappen Worten ab. Das Mittagsmahl wurde von ihm gar nicht beachtet, obwohl ich ihn mehrmals dazu aufforderte, sich zu mir an den Tisch zu setzen. In Zeiten wie diesen schienen die Bedürfnisse des Körpers für Holmes nur ein lästiges Anhängsel zu sein, und er vernachlässigte sie bis an die Grenzen der Erschöpfung. Während ich es mir schmecken ließ, hantierte er mit Reagenz-, Becherglas und Erlenmeyer-Kolben und machte sich dabei eifrig Notizen.
Endlich schien er seine Untersuchung abgeschlossen zu haben, denn er lehnte sich zurück und sagte: „Kalk!"
„Was sagten Sie, Holmes?", fragte ich, durch die unvermutete Mitteilsamkeit bei der Lektüre des Daily Telegraph gestört.
„Ich habe die Erklärung für die sonderbar helle Färbung des Lehms gefunden, auf die ich Sie aufmerksam machte. Es handelt sich um gelöschten Kalk, mit dem der Lehm stark durchsetzt ist. Jetzt müssten wir die Stelle ausfindig machen können, von der die Plane stammt. Dazu benötigen wir die Hilfe von Wiggins, der mit seinen ..."
Weiter kam Holmes nicht, denn in diesem Augenblick platzte der Anführer des Baker-Street-Freikorps' ins Zimmer, nahm vor Holmes Haltung an und salutierte.

„Wenn man den Teufel nennt", lachte Holmes.
„Was is', Sir?", fragte der Junge mit verwirrtem Gesicht.
„Nichts von Bedeutung, Wiggins", winkte der Detektiv ab. „Gibt es Neuigkeiten von der Front?"
„Leider nich', Sir. Sind alle Männer im Einsatz, haben aber noch nichts entdeckt. War vor 'ner Weile schon mal hier, doch Sie war'n nich' da."
„Ich habe neue Befehle für dich und deine Männer, Wiggins. Zwar sollt ihr weiterhin nach den drei Gesuchten Ausschau halten, doch vorrangig sollt ihr mir Lehmproben von sämtlichen Baustellen in Whitechapel bringen."
„Dreck von den Baustellen in Chapel, Sir?" Wiggins sah meinen Freund ungläubig an.
„Du hast richtig verstanden", fuhr Holmes fort. „Besonders wichtig dabei ist, dass ihr euch merkt, von welcher Baustelle die jeweilige Probe stammt. Ohne diese Angabe ist der Lehm für mich wertlos. Hast du das verstanden?"
„Klar, Sir." Der Junge nickte eifrig.
Holmes entnahm einer Schublade zwei Dutzend kleiner Dosen, die er in ein Tuch einwickelte und Wiggins gab. Dazu drückte er seinem „Leutnant" eine Handvoll Münzen in die Hand.
„Das ist euer Geld für heute", sagte der Detektiv. „Die Dosen sind für die Lehmproben. Wenn Dr. Watson und ich nicht zu Hause sind, könnt ihr sie bei der Wirtin abgeben. Aber vergesst nicht, ihr zu sagen, woher die Proben stammen. Für jede abgelieferte Probe zahle ich einen Sixpence extra. Fangt sofort mit der Arbeit an!"
Als Wiggins die Treppe hinunterpolterte, sagte ich: „Hoffentlich probt Mrs. Hudson nicht den Aufstand, wenn eine Horde schmutziger Straßenjungs Dreck bei ihr abliefert. Was bezwecken Sie eigentlich mit dieser Aktion, Holmes?"
„Der hohe Anteil an gelöschtem Kalk in der uns vorliegenden Lehmprobe ist nicht normal. Wenn unsere irregulären Helfer uns Lehm von der Baustelle bringen, von der die Plane stammt, werde ich ihn identifizieren und damit die Stelle lokalisieren können. Falls die Wasserleiche mit Baron Maupertuis in Zusammenhang steht, bringt uns

das vielleicht auf seine Spur."
„Dieser mögliche Zusammenhang, von dem Sie reden, worin soll der bestehen?"
„Lassen Sie uns das Ergebnis der Obduktion abwarten, Watson, dann sehen wir klarer."
„Schickten Sie die Jungs nach Whitechapel, weil der Bezirk flussaufwärts von den Westindischen Docks liegt?"
„Hauptsächlich deshalb, Watson, aber auch, weil das East End am besten zum Untertauchen in London geeignet ist. Außerdem tummelte sich Dr. William Roberts vorzugsweise dort. Er trieb im East End sein Unwesen, bevor er damals vor Gericht gestellt wurde, und er suchte dort Unterschlupf, als er Professor Chalonge und le Villard gefangen nahm. Es ist gut möglich, dass er und der Baron sich jetzt wieder dort aufhalten."
Am späten Nachmittag trafen die ersten Angehörigen des Baker-Street-Freikorps' bei uns ein, um ihre Lehmproben abzuliefern. Wie erwartet, war Mrs. Hudson von dem regen Verkehr in ihrem Haus ganz und gar nicht begeistert. Da Holmes sich vollkommen auf seinen Lehm konzentrierte, lag es bei mir, sie zu beschwichtigen. Für Wiggins' Bande schien die Aktion ein Hauptspaß zu sein und ein einträglicher noch dazu. Die vom Dreck verkrusteten kleinen Hände streckten sich gierig nach jedem Sixpencestück aus, das sie von Holmes oder mir empfingen, und jedes Mal huschte ein verschmitztes Lächeln über die Spitzbubengesichter. Ich hoffte sehr, dass die kleinen Teufel uns nicht ausnahmen, indem sie die nächstbesten Lehmklumpen anschleppten. Holmes schien das nicht für möglich zu halten. Er beschriftete jede Probe mit der vom Überbringer genannten Ortsangabe, händigte dem Jungen eine oder mehrere neue Dosen aus und begab sich so bald wie möglich mit dem Lehm an seinen Labortisch. Doch an diesem Tag war ihm kein Erfolg beschieden.
Dafür kamen nach Einbruch der Dämmerung Sir Jasper Meek, Penrose Fisher und Inspektor Lestrade in die Baker Street, um uns über das Ergebnis der Obduktion zu berichten. Seltsamerweise lag auf ihren Gesichtern der Ausdruck gespannter Neugierde, den man ei-

gentlich von Holmes und mir hätte erwarten sollen.
Sie hatten kaum Platz genommen, da entfuhr es Lestrade auch schon: „Holmes, nun sagen Sie schon, woher Sie es wussten!"
„Was soll ich gewusst haben, Inspektor?"
„Der Tote aus der Themse ist nicht durch äußere Einwirkungen gestorben, sondern durch jene pestartige Krankheit, die auch den Franzosen dahingerafft hat. Das haben Sir Jasper, Dr. Fisher und Dr. Ainstree, der bei der Obduktion ebenfalls anwesend war, einwandfrei bestätigt. Hätte ein anderer Arzt die Leichenöffnung vorgenommen, würde sich vielleicht schon Panik in der Stadt ausbreiten. Der große Einfluss von Sir Jasper und Dr. Fisher hat geholfen, den Kreis der Eingeweihten klein zu halten. Allerdings mussten wir Athelney Jones unser grausiges Geheimnis mitteilen, da er die Ermittlungen im Fall der Wasserleiche leitet. Also, Holmes, woher kannten Sie die Todesursache? Andernfalls hätten Sie wohl kaum Sir Jasper und Dr. Fisher gebeten, die Obduktion durchzuführen!"
„Ich habe die Todesursache nicht gekannt, sie aber vermutet. Dazu brachte mich jene Feststellung, die bereits Sie, Lestrade, bewog, mich über den Fund der Wasserleiche zu unterrichten. Wie Sie ganz richtig bemerkten, ist es vollkommen ungewöhnlich, eine Leiche erst zu verbrennen und dann im Wasser zu versenken. Davon ausgehend, dass die Leiche in den Fluss geworfen wurde, damit sie verschwand, musste der Grund für die vorherige Verbrennung der Leiche ein anderer sein, nämlich der, sie für den Fall unkenntlich zu machen, dass sie wider Erwarten auftauchen sollte, was ja auch geschah. Für die Verbrennung gab es jedoch noch einen weiteren Grund: Man wollte die äußeren Zeichen der Krankheit auslöschen. Vielleicht wollte Maupertuis auch die Ausbreitung der Krankheit verhindern, solange er noch nicht zum großen Schlag bereit ist.
Nun wird wohl niemand mehr daran zweifeln, dass der Baron oder zumindest seine Leute sich in London aufhalten. Der Tote wurde vermutlich als Versuchskaninchen für eine weitaus schlimmere Tat benutzt – die Verbreitung dieser Pest in der ganzen Stadt!"
„Wenn Maupertuis schon in London ist, können wir mit dem Gegen-

mittel nicht viel ausrichten", sagte Penrose Fisher. „Die Zeit ist zu knapp, um es in größeren Mengen herzustellen."

„Vielleicht haben wir noch eine Gnadenfrist", meinte Holmes. „Maupertuis hätte den Toten nicht verbrannt und verschwinden lassen, wenn er schon jetzt die Ausbreitung der Krankheit gewollt hätte. Offenbar ist er noch nicht so weit, um London einen Schlag zu versetzen, von dem es sich nicht mehr erholt. Hoffen wir, dass es uns in der verbleibenden Zeit gelingt, den Baron unschädlich zu machen."

„Besitzen Sie diesbezüglich eine konkrete Vorstellung?", fragte Sir Jasper Meek.

„Dazu möchte ich mich im Moment nicht äußern, Sir Jasper", entgegnete Holmes.

„Was ist aus dem Lehm geworden, den Sie untersuchen wollten, Holmes?", erkundigte sich Lestrade.

„Die Sache ist in Arbeit, Inspektor."

Die Diskussion über mögliche Maßnahmen gegen Maupertuis und die von ihm ausgehende Bedrohung dauerte noch eine Weile an, dann verabschiedeten sich unsere Besucher. Ich sah durchs Fenster, dass sie vor dem Haus eine Droschke fanden, zu ihrem Glück, denn es regnete sehr heftig. Die gegen das Fenster prasselnden Tropfen verstärkten das Gefühl der Behaglichkeit, das von unserem Wohnzimmer mit dem knisternden Kaminfeuer ausging. Dieses Gefühl stand in einem krassen Gegensatz zu der Gefahr, in der alle Einwohner der größten Stadt der Welt schwebten.

„Ja, Watson", vernahm ich die Stimme meines Freundes in meinem Rücken, „Londons Bevölkerung befand sich in diesem Jahrhundert noch nie in so großer Gefahr wie heute. Und es bedrückt mich nicht wenig, dass ich in gewisser Weise dafür verantwortlich bin. Zwar war es meine Pflicht, Maupertuis' verbrecherische Pläne zu durchkreuzen, aber ich hätte ihn nicht entkommen lassen dürfen!"

„Sie konnten es nicht verhindern, Holmes. Die Verantwortung für die Verbrechen liegt nicht bei Ihnen, sondern ganz allein bei ihren Urhebern, dem Baron und seinen Helfern. Aber eines müssen Sie mir verraten, alter Freund: Wenn die Gefahr so groß ist, weshalb haben

Sie dann nicht Lestrade von dem Lehm erzählt? Seine Männer könnten die Besorgung der Proben erheblich beschleunigen."
„Das schon, aber sie würden auch Maupertuis warnen, dass wir auf seiner Spur sind. Kinder, die im Dreck herumwühlen, sind die normalste Sache der Welt, aber nicht erwachsene Männer. Schon gar nicht diese Tölpel von Scotland Yard! Nein, wir dürfen uns dem Wild erst dann zeigen, wenn wir sicher sind, es in der Falle zu haben. Lassen Sie uns jetzt sehen, was die Abendzeitungen über unsere Wasserleiche schreiben. Wie ich diese Zeitungsschreiber kenne, werden sie sich aufgrund fehlender Fakten mal wieder die unmöglichsten Hypothesen aus den Fingern gesogen haben."
Damit hatte Holmes recht.

23. Kapitel – Verfolger und Verfolgte

„Watson, sie stimmen überein!"
Mit diesem euphorischen Ausruf teilte mir Holmes am Vormittag des folgenden Tages seinen Erfolg mit. Als ich zum Frühstück erschienen war, beschäftigte er sich längst wieder mit den Lehmproben. Alle paar Minuten brachten Wiggins' Straßenjungs neue Proben herbei und kassierten ihren Lohn.
Jetzt legte ich die Morgenausgabe der Times auf den Tisch, sah zu der Ecke mit Holmes' kleinem Laboratorium und fragte meinen Freund nach dem Grund für seinen plötzlichen Gefühlsausbruch.
„Die Probe, die ich zuletzt untersucht habe", antwortete er, „ist in ihrer Zusammensetzung von dem Lehm, den ich an der Plane fand, nicht zu unterscheiden. Der gleiche hohe Anteil an gelöschtem Kalk. Die Probe stammt von Wiggins selbst. Er hat sie einer Baustelle in der Wapping High Street entnommen, wo an der Straßenbeleuchtung gearbeitet wird. Das ist direkt am Fluss bei den Londoner Docks. Wenn Maupertuis sich in der Gegend eingenistet hat, war es für ihn keine Schwierigkeit, den Toten in den Fluss zu werfen. Ich werde mich vor Ort einmal umsehen."
„Ich werde Sie begleiten, Holmes", sagte ich und stand auf, um mich anzuziehen.
„Besser nicht, Watson", wehrte der Detektiv ab. „Zusammen würden wir zu viel Aufmerksamkeit erregen. Kommen Sie bitte ans Fenster, dann werden Sie verstehen, was ich meine. Wir werden seit unserer Rückkehr nach London auf Schritt und Tritt überwacht, von Maupertuis' Leuten, wie wir getrost annehmen dürfen. Sehen Sie den Zeitungsverkäufer auf der gegenüberliegenden Straßenseite, Doktor, den mit der etwas zu großen Mütze? Gestern trug er einen falschen Bart und versuchte sich als Schuhputzer. Und der Bettler drüben an der Ecke hatte gestern noch helles statt dunkles Haar und zog mit einem Handkarren als fahrender Trödler durch die Straße. Wenn Sie sich

das Baxter-Haus, das unserem schräg gegenüberliegt, genau ansehen, werden Sie feststellen, dass jemand hinter dem linken Fenster im ersten Stock sitzt und nichts anderes tut, als unser Haus zu beobachten. Der Mann nennt sich Graham Falkland und hat sich einen Tag nach unserer Rückkehr bei den Baxters eingemietet. Angeblich kommt er aus Liverpool und hält sich geschäftlich in London auf. Seit dem Tag seines Einzugs hat er das Haus noch nicht verlassen. Stattdessen erhält er dreimal täglich – morgens, mittags und abends – Besuch von einem Mann, der anschließend Anzeigen in verschiedenen Zeitungen aufgibt. Diese Anzeigen geben in verschlüsselter Form Auskunft darüber, welche Personen zu welcher Uhrzeit unser Haus betreten und verlassen haben. Auch Maupertuis' übrige Agenten geben ihre Nachrichten auf diese Weise weiter. Daher ist es aussichtslos, den Baron über sie aufspüren zu wollen. Wie ich Maupertuis einschätze, kennen seine Agenten seinen Aufenthaltsort nicht. Ich hätte es an seiner Stelle ebenso gemacht. Der Mann nötigt mir Respekt ab, das kann ich nicht leugnen!
Etwas verwirrt bin ich über den Jüngling dort unter der Laterne, weil er der einzige unserer Beobachter ist, der sich nicht zu tarnen versucht. Vielleicht soll er uns von den anderen ablenken.
Nehmen Sie es mir also nicht übel, wenn ich Sie diesmal zurücklasse, Watson, doch allein kann ich mich leichter von meinen Schatten befreien."
Und so verließ Holmes das Haus allein, bewaffnet mit Stockdegen und Revolver. Er rechnete demnach mit gefährlichen Zwischenfällen, und ich ließ ihn nur ungern ziehen. Andererseits war es so gut wie unmöglich, Holmes von etwas abzubringen, das er sich einmal in den Kopf gesetzt hatte. Und was das Abschütteln der Verfolger betraf, hatte er unbestreitbar recht damit, dass er ohne mich beweglicher war. Mir blieb nichts anderes übrig, als am Fenster zu warten und die Straße zu beobachten, um herauszufinden, ob und von wem mein Freund verfolgt wurde.
Der Nebel verhinderte eine weite Sicht, doch erkannte ich, dass Holmes keine Droschke nahm, von denen zwei freie am Fahrbahn-

rand warteten, sondern zu Fuß in die schmale Seitengasse eintauchte, die ihn meinem Blick entzog. Der Bettler an der Ecke kratzte eilig ein paar Münzen aus seinem Hut und folgte Holmes mit einer Gewandtheit, wie ich sie an einem Hinkenden niemals zuvor bemerkt hatte. Kurz nach ihm verschwand auch der Jüngling, der bislang an dem Laternenpfahl gelehnt hatte, in der Gasse. Meine Fantasie malte mir aus, wie die beiden im Schutz der Häuser und des Nebels über meinen Freund herfielen, und der Gedanke, dass Holmes wusste, was er tat, beruhigte mich nur unzulänglich.

Bis zum Mittagessen zerbrach ich mir den Kopf über die gegenwärtige Situation und dachte darüber nach, welche Ergebnisse Holmes' Erkundigungsgang zeitigen würde. Zwischendurch nahm ich weitere Lehmproben von Wiggins und seinen Strolchen in Empfang. Holmes hatte entschieden, die kleinen Kerle weitersuchen zu lassen, um unseren Beschattern keinen Hinweis darauf zu geben, dass er ihrem Auftraggeber ein Stück nähergekommen war. Ich aß mit wenig Appetit und beobachtete dabei das Baxter-Haus, nach dem Kurier Ausschau haltend, den Holmes erwähnt hatte. Er kam mit einer Droschke, die vor dem Haus auf ihn wartete und ihn nach weniger als fünf Minuten wieder aufnahm. Die kurzen Blicke, die mir auf den Mann gestattet waren, offenbarten keine Auffälligkeiten, jedoch konnte ich mit Bestimmtheit feststellen, dass er mir unbekannt war.

Den Nachmittag verbrachte ich damit, einen langen Brief an Mary zu schreiben. Zwei von Holmes' Informanten kamen vorbei, wussten aber nichts Positives zu berichten. Auch wurde mir von Mrs. Hudson ein Vikar aus Bedford gemeldet, der Sherlock Holmes mit der Suche nach einem verschwundenen juwelenbesetzten Schrein beauftragen wollte. Der Vikar musste unverrichteter Dinge wieder gehen wie alle potenziellen Klienten in den letzten Tagen.

Als der Abend seinen dunklen Mantel ausbreitete, verband die Finsternis sich mit dem dichter werdenden Nebel zu einer fast undurchdringbaren Allianz, der die Straßenbeleuchtung nicht gewachsen war. Die Gaslaternen vermochten der Dunkelheit nur diffuse Flecken zu entreißen, die man kaum als Lichtkreise bezeichnen konnte. Die

Schritte der wenigen Passanten, das Klappern der Pferdehufe und das Rattern der Räder auf dem Straßenpflaster drangen gedämpft zu mir herauf, als hätte jemand eine dicke Schicht Watte über der Baker Street ausgebreitet.

Als der Kurier seinen Abendbesuch bei Mr. Graham Falkland absolvierte, sah ich noch weniger von ihm als ein paar Stunden zuvor. Wieder kam der Unbekannte per Droschke, die auf ihn wartete, und wieder blieb er keine fünf Minuten. Ich widerstand der Versuchung, ihn zu verfolgen, denn wie sollte mir mehr Erfolg beschieden sein als meinem Freund Holmes, der eine ungleich größere Erfahrung in solchen Angelegenheiten besaß.

Das erwies sich als richtige Entscheidung, denn kaum hatte die Droschke den Platz vor dem Baxter-Haus verlassen, da hörte ich jemanden eiligen Schrittes die Treppe ersteigen. Ich durchquerte rasch das Wohnzimmer und nahm meinen Revolver aus dem Schreibtisch. Die bisher gesammelten Erfahrungen mit Baron Maupertuis hatten mich gelehrt, vorsichtig zu sein.

„Bitte nicht schießen, Watson!“, rief Sherlock Holmes, noch bevor er die Tür öffnete. „Wir werden beide noch gebraucht.“

Ich ließ die Waffe sinken und sah meinen eintretenden Freund mit einem vermutlich staunenden Gesicht an. Holmes öffnete den Mantel, setzte sich an den wärmenden Kamin und rieb seine Hände aneinander.

„Bevor Sie mich fragen, woher ich wusste, dass Sie mit dem Revolver auf mich zielten, will ich es Ihnen lieber gleich erklären“, sagte er. „Ich wusste, dass mein Bericht über Maupertuis’ Mann im Baxter-Haus Sie animieren würde, das Haus und den Kurier im Auge zu behalten. Nachdem Sie den Kurier eben davonfahren sahen und fast gleichzeitig meine Schritte hörten, musste Ihr erster Gedanke einfach sein, es könne sich um einen weiteren Feind handeln. Was lag da näher, als zu Ihrem bewährten Armeerevolver zu greifen?“

„Sehr scharfsinnig“, sagte ich. „Sie wären dem ominösen Kurier also beinahe in die Arme gelaufen, Holmes?“

„Ich habe ihn gesehen, aber er mich nicht, darauf habe ich geachtet.

Bei diesem Wetter ist es sehr leicht, sich verborgen zu halten. Ich bin absichtlich erst nach der Abfahrt des Kuriers ins Haus gekommen, denn unser Freund, der Baron, muss schließlich nicht alles sofort erfahren. Seine hervorragend organisierten Sicherheitsmaßnahmen bringen unweigerlich den Nachteil mit sich, dass sie die Nachrichtenübermittlungen beträchtlich verzögern. Licht und Schatten treten nun mal stets im Duett auf, nicht nur in der Seele des Barons." Er stemmte sich aus dem Sessel und sagte: „Wir sollten jetzt aufbrechen, damit wir den hoffentlich letzten Akt des Dramas nicht versäumen. Inspektor Lestrade wartet sicher schon auf uns. Zunächst kommt jedoch die Nadel dran."

Er zog ein kleines Futteral aus schwarzem Leder aus der Manteltasche und entnahm ihm eine Spritze. Bei diesem Anblick war ich völlig perplex, glaubte ich doch, mein Freund hätte sich in letzter Zeit von Kokain und Morphium losgesagt. Die Spritze in seinen schlanken Fingern schien mich eines Besseren – vielmehr eines Schlechteren – belehren zu wollen.

„Holmes!", begann ich, nach den richtigen Worten suchend. „Sie wollen doch nicht etwa ..."

„Keine Angst, Watson! In aufregenden Zeiten wie diesen brauche ich meinen Geist nicht künstlich anzuregen. Die Spritze ist für Sie gedacht, denn ich habe sie bereits von Professor Chalonge erhalten. Es handelt sich um das Gegenmittel, das Ihnen schon einmal geholfen hat. Lestrades Männer werden auch damit geimpft. Krempeln Sie bitte Ihren Ärmel hoch, Doktor!"

Während ich das tat und die Injektion erhielt, erkundigte ich mich bei Holmes nach dem, was uns bevorstand.

„Das erzähle ich Ihnen auf unserer Fahrt zum Fluss", antwortete der Detektiv. „Jetzt wollen wir keine Zeit verlieren. Vergessen Sie Ihre Waffen nicht, Watson!"

Den altgedienten Revolver in der Manteltasche, den nagelneuen Stockdegen in der Rechten, verließ ich neben meinem ebenso ausgerüsteten Freund das Haus. Auf der Straße umhüllte uns die nebelverhangene Finsternis wie ein riesiger Umhang, während wir die

Fahrbahn überquerten. Auf der anderen Straßenseite blieb Holmes mitten im Lichtkreis einer Laterne stehen und streckte seinen Stock zweimal kurz hintereinander in die Luft. Daraufhin vernahm ich die eigentümlichen Fahrgeräusche einer Kutsche, und bald zeichneten sich auch die Umrisse des dazugehörigen Gefährts ab. Ein von einem kräftigen Braunen gezogener Hansom hielt vor uns an und stand noch nicht ganz, da war Holmes bereits eingestiegen.

„Worauf warten Sie noch, Doktor?", fragte er mich. „Wir haben es eilig."

Ich setzte mich neben Holmes und wartete darauf, dass er dem Kutscher das Fahrtziel nannte, doch dieser ließ das Pferd loslaufen, ohne dass einer von uns Gelegenheit hatte, etwas zu sagen. Dabei trabte der Braune so rasch an, dass ich das Gleichgewicht verlor und mit dem Ellenbogen in Holmes' Seite stieß. Ich wollte die Dachluke öffnen, um dem rücksichtslosen Kerl die Meinung zu sagen, aber wir jagten mit solcher Geschwindigkeit die Baker Street entlang, dass ich vollauf damit beschäftigt war, mich festzuhalten.

Die Geschwindigkeit ließ die Fahrt bei den herrschenden Sichtverhältnissen zu einem lebensgefährlichen Unterfangen werden. Am Baker Street Zirkus entgingen wir nur knapp einem Zusammenstoß mit einer anderen Droschke, und als wir in die York Street einbogen, vermisste ich für ein paar Sekunden den Boden unter den Rädern. Die Sorge um unser Leben vermischte sich mit der Frage nach der Absicht des Kutschers. Wenn wir zur Themse wollten, führte uns die York Street bestimmt nicht dorthin, sondern eher in die entgegengesetzte Richtung. Wir änderten die Richtung nochmals, und ich verlor dabei die Orientierung. Die engen Gassen, durch die wir ratterten, waren mir gänzlich unbekannt und wurden üblicherweise nicht von den Droschkenfahrern benutzt. Zu unserem Glück kam uns kein Gefährt mit ebenso halsbrecherischer Geschwindigkeit entgegen. Als der Kutscher seinen Fahrstil endlich mäßigte, fuhren wir eine breite, verkehrsreiche Straße entlang. Zu unserer Rechten verhüllte der Nebel titanenhafte Gestalten, die ihre mächtigen Arme in den Himmel reckten, sich bei längerem Hinsehen aber als Bäume entpuppten,

die den Hyde Park umsäumten. Wir befuhren also die Bayswater Road in östlicher Richtung.
Sherlock Holmes lehnte sich derweil entspannt und mit einem Ausdruck der Zufriedenheit in den asketischen Zügen zurück und entzündete seine Shagpfeife, deren Rauch bald mit dem uns umgebenen Nebel konkurrierte.
„Das hat Crockford hervorragend gemacht", sagte er nach den ersten Zügen.
„Wer?"
„Pete Crockford, unser Kutscher und einer der besten Londons dazu, Watson. Er ist mir stets gern behilflich, weil ich ihn vor ein paar Jahren aus einer großen Verlegenheit befreit habe. Ich bat ihn, heute Abend einige Umwege mit uns zu fahren, um Maupertuis' Agenten an einer Verfolgung zu hindern. Er hat die Aufgabe mit Bravour gelöst."
„Das kann man wohl sagen. Eine Kanalüberfahrt bei stürmischer See hätte uns nicht mehr durchschütteln können. Aber nun unterrichten Sie mich endlich über den Stand der Dinge, Holmes!"
„Natürlich, ich verstehe Ihre Ungeduld, mein Freund. Nachdem ich Sie heute Vormittag verlassen hatte, entzog ich mich zunächst meinen beiden Verfolgern, was übrigens keine große Angelegenheit war. Sie benahmen sich reichlich dilettantisch und kamen einander mehr in die Quere, als dass sie sich ergänzten. Ich suchte dann eines meiner geheimen Quartiere auf und tarnte mich als Hafenarbeiter. Als solcher stellte ich unerkannt in der Gegend um die Wapping High Street Nachforschungen an. Das Glück ist wohl tatsächlich mit dem Tüchtigen, Watson, denn ich entdeckte niemand Geringeren als Dr. William Roberts. Zwar hatte er den Schnurrbart abrasiert, aber ich erkannte ihn trotzdem auf den ersten Blick, zumal er noch immer Betelnüsse kaut. In seiner Begleitung befand sich ein mir unbekannter Mann, der einen großen Sack auf dem Rücken trug. Dem Aussehen nach ist dieser Mann Holländer und hat lange Jahre unter tropischer Sonne gelebt."
„Also hat Maupertuis ihn von Aravia mitgebracht", sagte ich.
„So wird es wohl sein. Ich verfolgte die beiden bis zu einem Haus am

Fluss, in dem sie verschwanden und nicht wieder auftauchten. Ich hörte mich in der Gegend um und erfuhr, dass das Haus nach dem Tod des ursprünglichen Eigentümers lange Zeit leer gestanden hatte, bis ungefähr zu dem Zeitpunkt, als wir von Sumatra heimkehrten. Ein Mann namens Robert Jameson kaufte das Haus über einen Makler, der für die Erben des verstorbenen Eigentümers arbeitete. Ich unterhielt mich mit dem Makler, und seine Beschreibung von Jameson passt haargenau auf Roberts, dem es an falschen Namen offenbar nicht mangelt. Über Baron Maupertuis konnte ich nichts in Erfahrung bringen, doch das muss nichts bedeuten. Der Einzug der neuen Bewohner erfolgte bei Nacht und Nebel. Sie kamen über den Fluss, mit einem Kutter, der Matilda Briggs heißt und seitdem abgetakelt in der Nähe des Hauses vor Anker liegt. Allerdings soll er des Nachts zuweilen zu geheimnisvollen Fahrten auslaufen."

„Sieht so aus, als sei Ihre Theorie voll und ganz bestätigt, Holmes, und Maupertuis hat mitten in London einen neuen Unterschlupf gefunden. Was haben Sie weiter unternommen?"

„Ich setzte Lestrade und unsere graduierten Verbündeten davon in Kenntnis, dass wir heute Abend den hoffentlich entscheidenden Schlag gegen Maupertuis führen werden. Lestrades Männer müssten das Haus bereits umzingelt haben."

„Weiß auch Dr. Troy, worum es sich handelt?"

„Zwar meine ich, dass Ihr Misstrauen gegenüber Troy unberechtigt ist, Watson, aber Vorsicht ist allemal besser als Leichtsinn. Ich habe dafür gesorgt, dass Troy erst in letzter Minute erfährt, worum es geht. Dann ist es für eine Warnung zu spät."

Das häufige lang gezogene Tuten von Nebelhörnern verriet mir, dass die Themse nicht mehr weit war. Holmes befahl dem Kutscher anzuhalten.

„Aber Mr. Holmes, wir sind doch noch gar nicht da, Sir", wunderte sich dieser.

„Wir gehen das letzte Stück zu Fuß", erklärte mein Freund.

Nachdem Crockford von Holmes fürstlich entlohnt worden war, obwohl er von ihm anfangs kein Geld annehmen wollte, tauchte er mit

seinem Hansom in Dunkelheit und Nebel unter. Letzterer war hier, in unmittelbarer Nähe des Flusses, so dick, dass man ihn mit dem Messer schneiden konnte.
„Eine Vorsichtsmaßnahme, Holmes?", fragte ich.
„Ja, Watson, es kam mir so vor, als wären wir von einer Droschke verfolgt worden. Seien wir also achtsam!"
Holmes führte uns mit der Sicherheit eines Jagdhunds auf der Fährte durch ein Gewirr von Straßen und Gassen, in dem ich mich schon bei Tageslicht und ohne den Nebel kaum zurechtgefunden hätte. Ganz unvermittelt bedeutete er mir zu schweigen und zog mich in eine schmale Einfahrt zwischen zwei Gebäuden. Als ich sah, dass er seinen Webley hervorzog, griff auch ich nach meinem Revolver. Dann hörte ich auch schon die Schritte aus der Richtung, aus der wir gekommen waren. Sie konnten nur von einem einzelnen Mann stammen, was meine Nerven ein wenig beruhigte. Die Schritte wurden so laut, dass man nach ihrem Verursacher hätte greifen mögen, und endlich erschienen die Umrisse eines Mannes auf der Straße vor der Einfahrt. Holmes und ich sprangen aus unserem Versteck und bedrohten den Unbekannten mit unseren Schusswaffen.
„Keine Bewegung und keinen Laut!", zischte der Detektiv unseren Verfolger an. „Gehen Sie ein paar Schritte weiter, und bleiben Sie genau unter der Laterne dort stehen. Ja, so ist es gut."
Der Mann mit der zerbeulten Mütze und dem abgetragenen Mantel war sehr jung, wohl kaum älter als Zwei- oder Dreiundzwanzig. Das gelbe Licht der Straßenlaterne fiel auf glatte, klare Gesichtszüge, in denen Überraschung und Furcht geschrieben standen. Das offene Gesicht wollte nicht so recht zu einem Verbrecher passen. Trotzdem musste der Mann in Maupertuis' Diensten stehen, denn er war jener Jüngling, der am Vormittag unsere Wohnung beobachtet und dann gemeinsam mit dem hinkenden Bettler Holmes verfolgt hatte.
„Holmes, das ist..."
„Danke, Watson, ich habe ihn erkannt." Mein Freund trat einen Schritt auf den Jüngling zu. „Wer sind Sie, und weshalb spionieren Sie uns nach?"

„Ich will Ihnen nichts Böses zufügen, Mr. Holmes, glauben Sie mir! Es ist wahr, dass ich Sie beobachtet habe und Ihnen gefolgt bin, aber ich habe kein Gesetz gebrochen. Eigentlich hätte ich wissen müssen, dass ich den berühmten Sherlock Holmes nicht zu täuschen vermag."
Die letzten Worte gingen halb in einem Hustenanfall unter, der eine angegriffene Gesundheit verriet, die dem jungen Mann sein Leben lang zu schaffen machen würde.
„Watson, vergewissern Sie sich bitte, ob unser zweifelhafter Freund bewaffnet ist."
Während Holmes ihn in Schach hielt, stellte ich mich hinter unseren Gefangenen und untersuchte seine Kleidung, fand aber weder eine Waffe noch sonst etwas Auffälliges.
„Sie kennen uns, haben Ihren Namen aber noch nicht preisgegeben", sagte der Detektiv.
„Ich heiße Wells, Herbert George Wells."
„Aus welchem Grund erwecken Dr. Watson und ich Ihr Interesse, Mr. Wells?"
„Nun, Mr. Holmes, ich wollte über Sie schreiben, Sir."
Mein Freund kicherte, trotz der angespannten Situation sichtlich erheitert. „Mir scheint, wir haben einen Kollegen von Ihnen erwischt, Watson. Sehen Sie sich vor, Doktor, sonst erhält Ihre Studie in Scharlachrot – ich halte den Titel übrigens noch immer für unangemessen reißerisch – Konkurrenz, bevor sie überhaupt erschienen ist.[14] Fahren Sie doch fort, Mr. Wells!"
„Ich hatte das Glück, ein Stipendium für die Normal School of Science in South Kensington zu erhalten. Nebenbei versuche ich mich als Schriftsteller oder Journalist, wie immer Sie es nennen wollen. Für einen jungen und unbekannten Schreiber ist es sehr schwer, etwas zu veröffentlichen. Ich bin deshalb stets auf der Suche nach außergewöhnlichen Themen. Neulich erfuhr ich, dass Mr. Donald Peacham, einer meiner Lehrer, in der Baker Street war, um Sie zu konsultieren, Mr. Holmes."
„Peacham", wiederholte der Detektiv. „Ja, ich erinnere mich an ihn. In seinem Haushalt gehen nach seiner Aussage seltsame Dinge vor

sich. Wertgegenstände verschwinden, tauchen nach Tagen oder Wochen wieder auf, nur um dann wieder zu verschwinden. An sich keine große Angelegenheit, doch ich sagte dem Mann, dass ich zurzeit keine Aufträge annehme."

„Mr. Peacham ist leicht erregbar, was für seine Schüler nicht besonders angenehm ist", setzte Wells seinen Bericht fort. „Er war über die Ablehnung seines Ansinnens so erbost, dass er in der nächstbesten Kneipe einen Beruhigungsschluck zu sich nehmen musste. Dort traf er zufällig einen Mann, der sein Glück nur kurz zuvor bei Mr. Holmes versucht hatte, und sie klagten sich gegenseitig ihr Leid. Zurück in South Kensington, verbreitete Peacham seinen Unmut über Sherlock Holmes, und so erfuhr ich von der Sache. Da Mr. Holmes sämtliche Aufträge ablehnt, so überlegte ich, muss er momentan an einem äußerst wichtigen Fall arbeiten. Ich dachte mir, dass für mich dabei eine gute Geschichte herausspringen könnte, und machte mich daran, Mr. Holmes zu beobachten."

„Wie ist es Ihnen gelungen, Dr. Watson und mich bis hierher zu verfolgen?", fragte Holmes. „Ich hatte angenommen, unser Fahrer hätte jeden anderen Wagen abgehängt."

„Das hat er auch. Der Fahrer meiner Droschke gab sich schon nach wenigen Minuten geschlagen. Vorher bemerkte ich jedoch, dass Ihr Wagen bei seinen tollkühnen Manövern die Wand eines frisch mit weißer Farbe gestrichenen Hauses mit einem Rad streifte, sodass ein guter Teil Farbe daran kleben blieb. Da Sie sich solche Mühe gaben, Verfolger abzuschütteln und dabei nach Westen fuhren, nahm ich an, dass dies eine List und Ihr wahres Ziel eher in entgegengesetzter Richtung zu suchen sei. Also wies ich meinen Fahrer an, zur Oxford Street zu fahren, wo ich alle Droschken, die sich gen Osten bewegten, in Augenschein nahm. Es gehörte wohl eine Portion Glück dazu, aber ich entdeckte tatsächlich den Wagen mit der weißen Farbe am Rad, die durch die Straßenbeleuchtung gut sichtbar war, und setzte die Verfolgung fort."

Holmes steckte seinen Revolver weg und klatschte lautlos in die Hände. „Bravo, Master Wells, das nenn' ich ein Meisterstück! Sie haben logisch überlegt und ebenso umsichtig wie geschickt gehandelt. Wenn Sie Ihren Vorlesungen genauso viel Aufmerksamkeit widmen wie den Recherchen für Ihre Artikel, werden Sie es noch weit bringen. Doch jetzt muss ich Sie bitten, Watson und mich zu verlassen. Eine dringende Aufgabe wartet auf uns."

„Aber – darf ich Sie denn nicht begleiten?"

„Keinesfalls! Was sich heute Nacht ereignen wird, ist weder für Ihre Augen noch für die Ihrer Leserschaft bestimmt."

„Wie können Sie ihn einfach laufen lassen, Holmes?", fragte ich. „Vielleicht hat er uns eine faustdicke Lüge erzählt."

„Ein bisschen kenne ich mich mit Menschen aus, Watson. Master Wells hätte uns kaum seinen richtigen Namen genannt, gehörte er zu unseren Feinden. Mir ist jetzt auch klar, weshalb er und der angebliche Bettler sich heute Vormittag gegenseitig behinderten, statt einander zu unterstützen."

„Ich verstehe nicht, woher Sie seinen Namen kennen, Holmes. Ich habe keine Papiere, die ihn ausweisen könnten, bei ihm gefunden."

„Ich weiß es, weil ich seinen Spitznamen kenne: Bertie."

„Das ist wahr!", entfuhr es dem Jüngling. „Aber wie ...?"

„Ihre Kommilitonen erlaubten sich vor Kurzem einen Streich und schrieben den Spitznamen mit weißer Kreide auf den Rücken Ihres Mantels", sagte der Detektiv. „Sie haben sich Mühe gegeben, die Schrift zu entfernen, doch als Sie vorhin zu der Laterne gingen, konnte ich sie entziffern. Seien Sie froh darüber. Auf Wiedersehen, Wells, und lassen Sie sich nicht noch mal von uns erwischen!"

„Bertie", murmelte eine undeutliche Entschuldigung und tauchte missmutigen Schrittes im Nebel unter.

„Nun aber weiter, Watson! Dieses Intermezzo hat uns lange genug aufgehalten."

24. Kapitel – Rattus norvegicus

Sherlock Holmes führte uns mit solcher Sicherheit durch das Gewirr von Straßen und Gassen, als befänden wir uns in unseren eigenen vier Wänden und nicht in einer der verrufensten Gegenden Londons. Das dumpfe Tuten der Nebelhörner, das in unregelmäßigen Abständen erscholl, wurde immer lauter, was bedeutete, dass der Fluss jetzt ganz nahe sein musste.

Plötzlich umringte uns ein halbes Dutzend Männer, und ebenso viele Waffen, Revolver und Karabiner, waren auf uns gerichtet. Erst auf den zweiten Blick erkannte ich die Helme und Uniformen der Polizei und atmete erleichtert auf.

„Holmes und Watson", sagte mein Freund zu einem Sergeanten. „Bringen Sie uns zu Mr. Lestrade."

„Jawohl, Sir", brummte der Uniformierte. Offenbar hatte man uns erwartet.

Lestrade bildete eine Gruppe mit Professor Chalonge, Sir Jasper Meek, Fisher, Ainstree und Troy. Sie standen hinter einem Mauervorsprung und sahen zum Fluss hinüber, dessen Fluten unter einem dicken grauen Schleier verbogen lagen. Wir wurden mit Handschlägen und erfreuten Worten begrüßt.

„Wie ich sehe, ist alles nach Plan verlaufen", bemerkte Holmes.

„In der Tat", bestätigte Lestrade. „Dank Sir Jaspers Einfluss gab es keine Schwierigkeiten. Sir Charles[15] hat genug Männer für diesen Sondereinsatz abkommandiert und beim Innenministerium ihre Bewaffnung durchgesetzt[16]. Das East End wurde in Alarmbereitschaft versetzt, was den Superintendenten der H-Division[17] ganz schön gefuchst hat, da ihm keine Einzelheiten mitgeteilt wurden. Alle an der Aktion beteiligten Männer sind geimpft worden. Jones ist mit einem Polizeiboot auf dem Wasser und wartet auf das Angriffssignal."

„Ist es ein schnelles Boot?", fragte Holmes.

„Unser schnellstes. Sie haben es übrigens schon kennengelernt, als sie

gemeinsam mit Jones Jagd auf die Aurora machten.[18]"
„Hervorragend", sagte Holmes und zog sein Nachtglas aus der Manteltasche, um den Fluss zu beobachten. Dann reichte er es an mich weiter. „Wenn Ihr Blick der Richtung meines ausgestreckten Arms folgt, Watson, werden Sie das bewusste Haus und den davor vertäuten Kutter sehen. Im Haus sind ein paar Fenster erleuchtet, aber sonst ist alles ruhig."
Es handelte sich um eine Mischung aus Wohn- und Lagerhaus, wie es auf viele Gebäude in dieser Gegend zutraf. Im Laufe der Zeit hatte es immer wieder Anbauten gegeben; das ursprüngliche Haus stammte noch aus dem vorigen Jahrhundert. Das Lagerhaus schloss fast mit dem Ufer ab. Ein recht wacklig aussehender Holzsteg führte von dort aufs Wasser hinaus, wo ein einmastiger Frachter festgemacht war, die Matilda Briggs nach Holmes' Worten, denn ich konnte den Namen nicht entziffern.
Holmes fragte: „Hat sich während meiner Abwesenheit im Haus oder beim Schiff irgendetwas getan?"
Lestrade verneinte. „Wir haben beides ständig beobachtet."
Ich bemerkte eine Spur Unzufriedenheit in den Zügen meines Freundes und erkundigte mich nach dem Grund.
„Mir wäre es lieber, Watson, wenn ich einen Hinweis darauf hätte, dass Maupertuis sich persönlich in dem Haus aufhält. Würde die Zeit nicht so drängen, hätte ich genauere Nachforschungen angestellt. Doch wir sind gezwungen, uns auf das Gesetz der Wahrscheinlichkeit zu verlassen. Wo aber soll der Baron sonst schon sein? Auf denn, blasen wir zum Angriff!"
Den letzten Satz sprach Holmes etwas lauter aus und nickte dabei unserem Bekannten von Scotland Yard zu. Lestrade hob eine Blendlaterne vom Boden auf, mit der er dreimal hintereinander einen Lichtschein zum Fluss sandte.
Der Inspektor erklärte: „Eine Postenkette gibt das Signal bis zu unserem Boot weiter."
Da erscholl auch schon ein kurzes Tuut-tuut-tuut aus dem gelbgrauen Dunst: das Zeichen, dass Inspektor Athelney Jones und seine Männer

mit dem Polizeiboot unterwegs waren, um Maupertuis und seinen Leuten eine Flucht über das Wasser unmöglich zu machen.
Lestrade stieß mit seiner Polizeipfeife drei Pfiffe aus, und augenblicklich liefen seine Männer von den drei Landseiten auf das große Haus zu. An der Seite Lestrades ließen Holmes und ich unsere „graduierten Verbündeten", wie mein Freund die Ärzte und Wissenschaftler genannt hatte, hinter uns zurück. Als wir die Haustür erreichten, war sie bereits gewaltsam geöffnet worden, und eine Anzahl Polizisten durchsuchte das Innere. Hinter uns drängten weitere nach, während ein anderer Teil draußen blieb und einen engen Kordon um das Haus bildete, damit keiner seiner Bewohner entfloh.
Doch bis jetzt waren wir auf niemanden gestoßen, der hätte entfliehen können. Ein Polizist in Zivil trat auf Lestrade zu und meldete, dass man das Erdgeschoss ganz durchsucht habe, ohne einer Menschenseele begegnet zu sein. Ich hatte bislang nur einige flüchtige Blicke in ein paar Räume werfen können. Sie waren zwar mit Inventar ausgestattet, erweckten aber keinen bewohnten Eindruck.
„Bis auf eine Wache alles hinauf in die oberen Stockwerke!", befahl Lestrade.
„In Häusern dieser Art gibt es für gewöhnlich auch Kellerräume", sagte Holmes.
„Und in den Keller!", ergänzte der Inspektor seinen Befehl.
In den oberen Stockwerken flog eine Tür nach der anderen auf, doch obwohl in einigen Zimmern das Licht brannte, schien das Haus keine Bewohner zu haben.
„Allmählich wird mir die Sache unheimlich", meinte Lestrade. „Wir haben das Haus ständig bewacht. Wer zur Hölle hat das Licht angemacht, wenn niemand hier ist?"
„Lassen Sie uns in den Keller gehen", sagte Holmes zu Lestrade und mir, und wir folgten ihm die knarrenden Treppen hinunter. Lestrade erhielt Nachricht, dass man das Lagerhaus und die Matilda Briggs ebenso erfolglos durchsucht habe wie den Keller. Trotzdem zog es Holmes hinunter, und ich eilte ihm nach.
Lestrade blieb mit ein paar Detektivsergeanten im Erdgeschoss, um

mit ihnen die überraschende Lage zu erörtern.
„Was hoffen Sie hier zu finden, Holmes?", fragte ich, als wir auf dem klammen Kellergang standen. „Jeder Raum in diesem verwünschten Haus ist menschenleer, einer wie der andere!"
„Das ist wohl die traurige Wahrheit. Also liegt es an uns herauszufinden, wie und wohin Maupertuis' Bande sich abgesetzt hat. Irgendwo hier im Keller muss die Lösung dieses Problems zu finden sein."
Bei diesen Worten sah Holmes sich prüfend in dem vom Schein einiger Laternen nur unzulänglich beleuchteten Gang um.
„Wie kommen Sie darauf?", fragte ich.
„Sie scheinen einen meiner Grundsätze vergessen zu haben, Watson: Wenn man alles Unmögliche ausgeschaltet hat, muss das, was übrig bleibt, so unwahrscheinlich es auch aussehen mag, das Richtige sein. Wir wissen, dass sich zumindest ein paar von Maupertuis' Leuten heute in dem Haus aufgehalten haben. Ich habe Roberts und seinen Begleiter mit eigenen Augen hineingehen gesehen und das Gebäude seitdem keinen Augenblick unbeobachtet gelassen. Trotzdem ist das Haus jetzt leer. Sind die Männer durch die Luft geflogen wie die Vöglein? Unsinn. Haben sie das Haus durch Tür oder Fenster verlassen? Nein, sonst hätten unsere Leute sie gesehen. Also können sie sich nur in den Keller verzogen haben, was uns zu dem Schluss führt, dass das, was wir bislang vom Keller gesehen haben, nicht alles sein kann."
Jetzt begriff ich. „Sie spielen auf einen Geheimgang oder auf ein geheimes Versteck an."
„Genau das, mein Freund. Lassen Sie uns die einzelnen Räume in Augenschein nehmen!"
Er lieh sich von einem der mehr oder minder ratlos herumstehenden Konstabler eine Laterne, und wir begannen mit der Untersuchung, die für meinen Geschmack viel zu zeitraubend war. Holmes ging in der gewohnten pedantischen Weise vor, sah sich in jedem Raum erst prüfend um und unterzog anschließend Fußboden und Wände einer eingehenden Betrachtung, wobei er ausgiebigen Gebrauch von seinem Vergrößerungsglas machte. Seine schlanken, feingliedrigen Finger strichen über die Wände, als sei er ein Bildhauer, der eine beson-

ders gelungene Skulptur betastete. Manchmal mussten wir Kisten oder Regale wegrücken, die uns im Weg standen. In dem vierten Raum erstarrte der Detektiv auf einmal in der Bewegung, als er eine Wand untersuchte, an der einige Regale fest angebracht waren.
„Hören Sie genau hin, Watson“, sagte er und klopfte mit dem Knauf seines Stockes gegen die Wand.
„Klingt hohl“, stellte ich fest. „Wie alle Trennwände, hinter denen ein weiterer Raum liegt.“
„Nur ist dies keine Trenn-, sondern eine Außenwand! Genau gegenüber liegt die Tür zum Gang. Halten Sie die Laterne etwas tiefer, damit ich mir den Boden ansehen kann. Ja, so ist es gut. Sehen Sie, Doktor, der Fußboden vor dieser Wand ist im Vergleich zum übrigen Boden hell und abgeschabt und weist keinen festgebackenen Schmutz auf. Also muss die Wand irgendwie zu bewegen sein. Bloß wie?“
Holmes richtete sich auf und machte sich an den Regalen zu schaffen, während ich den Schein der Laterne wieder auf die Wand fallen ließ. Ein lang gezogenes Knarren ertönte, und mir schien, dass die Wand erzitterte. Dann schwenkte sie, wie von Geisterhand bewegt, um neunzig Grad herum, und wir blickten in eine pechschwarze Finsternis.“
„Vorsicht, Watson!“, rief der Detektiv plötzlich.
Aber seine Warnung kam zu spät. Eine Anzahl von Gestalten löste sich aus der Dunkelheit hinter der Geheimtür und fiel über uns her, ehe wir unsere Revolver ziehen konnten. Ich wurde von mehreren kräftigen Armen umschlungen wie von den Tentakeln eines Kraken. Man presste mir ein Tuch vor das Gesicht, und das letzte, was ich wahrnahm, war der ekelhaft süßliche, mir wohlbekannte Geruch von Chloroform.
Wasser, das man mir über den Kopf schüttete, und ein paar Ohrfeigen, das brachte mich ins Leben zurück. Ein Blick zur Seite zeigte mir, dass man Sherlock Holmes der gleichen Prozedur unterzog. Mit auf den Rücken gefesselten Händen saßen wir auf Stühlen in einem geräumigen, stilvoll ausgestatteten Salon, in dem ein wärmendes Kaminfeuer lustig prasselte.

„Unsere Freunde kommen zu sich. Lass es gut sein, Eric“, befahl die Bassstimme von Baron Xavier Henri Maupertuis.
Ein großer blonder Mann mit einem Eimer in der Hand zog sich von uns zurück und stellte sich vor der Tür auf, die Rechte demonstrativ auf den Kolben des Revolvers gelegt, der in seinem Gürtel steckte. Maupertuis, der sich seit unserer letzten Begegnung nicht verändert hatte und einen englischen Tweedanzug trug, stand vor einem Tisch, auf dem unsere Revolver und Stöcke sowie der weitere Inhalt unserer Taschen lagen. Er trat etwas näher und verschränkte die Arme vor seiner breiten Brust.
„Ich habe Ihnen bereits auf Aravia gesagt, Mr. Holmes, dass ich Ihnen stets mindestens einen Schritt voraus bin, doch Sie wollen anscheinend nicht auf mich hören. Wie töricht von Ihnen zu glauben, ich ließe mich seelenruhig von der Polizei einkreisen und gefangen setzen. Das Haus, das die Polizisten momentan auf den Kopf stellen, ist nur eine Fassade, eine Art Potemkinsches Dorf. Meine Leute benutzten das Haus, wenn sie Besorgungen zu erledigen hatten, und sie erweckten den Anschein, es sei bewohnt.“
„Doch in Wahrheit“, sagte Holmes, „betraten sie das Haus nur, um durch den Geheimgang im Keller ein anderes Gebäude aufzusuchen.“
Der Baron nickte selbstgefällig. „Die Polizei wird sich jetzt vergeblich fragen, wohin die Bewohner des Hauses verschwunden sind. Außer Ihnen, Mr. Holmes, wird niemand so gewitzt sein, den Geheimgang zu entdecken. Meine Leute haben sämtliche Spuren Ihrer Anwesenheit in jenem Kellerraum beseitigt, bevor sie die Geheimtür wieder verschlossen. Ich rechnete damit, dass Sie sich nicht täuschen ließen, und habe ein paar Männer dort auf Sie warten lassen. Übrigens sollten Sie Ihre Hoffnung nicht darauf verschwenden, dass Scotland Yard die angrenzenden Gebäude durchsucht. Wir befinden uns auf der anderen Seite der Themse. Hätten wir Tageslicht und besseres Wetter, könnten Sie hinübersehen und durch ein Fernglas beobachten, wie Ihre Verbündeten sich vor Verzweiflung die Haare raufen. Wie haben Sie mein Haus dort drüben eigentlich gefunden?“
Holmes erzählte ihm von der Wasserleiche und von den Kalkspuren.

„Dann hat de Man, dieser Trottel, nicht aufgepasst. Ich habe ihn beauftragt, die Leiche verschwinden zu lassen. Wie Sie richtig vermutet haben, Holmes, habe ich den Mann, übrigens nur ein nichtsnutziger Bettler, als Versuchsobjekt für die Übertragung meiner neuen Pest benutzt, mit durchschlagendem Erfolg."

„Also wollen Sie die schreckliche Krankheit tatsächlich auf London loslassen!", entfuhr es mir.

„Das ist meine Absicht, Dr. Watson. Ein Großteil der Einwohner wird nicht so glimpflich davonkommen wie Sie auf Aravia."

Obgleich Sherlock Holmes das vorausgesagt hatte, war ich über die Worte unseres Widersachers zutiefst entsetzt. Die Vorstellung, dass die viereinhalb Millionen Bewohner dieser Stadt einer Epidemie zum Opfer fallen sollten, war ungeheuerlich, ganz zu schweigen von den Menschen in anderen Städten oder gar in anderen Ländern. Sollte der Menschheit eine ähnliche, vielleicht gar schlimmere Dezimierung bevorstehen als im vierzehnten Jahrhundert, der Zeit, als der Schwarze Tod seine Pestsense schwang?

„Holmes hatte ganz recht", rief ich empört, „als er Ihr angebliches Ziel, der Menschheit zu helfen, als scheinheiliges Geschwätz entlarvte!"

Maupertuis strich durch seinen Bart und lächelte, von meinem Ausbruch scheinbar unberührt. „Der neunmalkluge Mr. Holmes ist nicht unfehlbar. Zweimal ist er mir bereits in die Falle gegangen, und ein zweites Mal werden Sie und er mir nicht entkommen. Was das Ziel meiner Forschungsarbeit angeht, so bin ich zu dem Schluss gekommen, dass die Menschheit eines heilsamen Schocks bedarf, um aufzuwachen und zu erkennen, was ich für sie zu tun in der Lage bin."

Holmes fragte, wie er die Krankheit verbreiten wolle.

„Bei all der Mühe, die Sie sich meinetwegen bereitet haben, sollen Sie es mit eigenen Augen sehen."

Der Baron führte uns ein paar Treppen hinunter ins Erdgeschoss und von da in einen Keller. Unsere Hände blieben gefesselt, und hinter uns ging der bewaffnete Eric. Außerdem begegneten wir in jedem Stockwerk einem Wachtposten, und alle trugen die bekannten Winchester-Karabiner. Auf Holmes' Frage, wie er von Aravia entkommen sei, bestätigte Maupertuis' Antwort unsere Vermutung. Der Baron, Roberts und de Man waren auf einer Jacht bis Plymouth gefahren, dort auf die Matilda Briggs umgestiegen und auf dem Kutter im Schutz der Küste nach London gelangt. Maupertuis hatte seine Jacht auf offener See versenkt.

Im Keller stießen wir auf zwei weitere alte Bekannte: William Roberts und Pieter de Man, dessen Orang-Utan in einer Ecke saß und auf einer Frucht herumkaute. Roberts schloss eine eiserne Tür auf und begleitete den Baron und uns in einen dahinterliegenden Gang, während Eric bei de Man und dem Affen blieb. Mehrere Lampen erhellten den Gang, der von einem scharfen Geruch, den man durchaus Gestank nennen konnte, erfüllt war. Fast wie in dem teuflischen Verlies auf Aravia, das Marie Chalonge sich mit dem Panther teilen musste, dachte ich. Ein großer eiserner Ofen verbreitete eine Wärme, die für Kellerräumlichkeiten unnatürlich war. Unser Ziel lag am Ende des Ganges: ein durch dicke Eisenstäbe abgetrennter Raum, von dem der Gestank sowie merkwürdige Laute ausgingen.

„Das, meine Herren, ist mein Werkzeug für die Infizierung Londons", sagte Baron Maupertuis, der eine Laterne von der Wand nahm und damit in den fensterlosen Raum hineinleuchtete.

Wie soll ich das Entsetzen beschreiben, das Holmes und mich bei dem Anblick befiel. Ja, selbst der meist so unerschütterliche Detektiv, der jede Gefühlsregung verleugnete oder mit abfälligen Bemerkungen abtat, stand für Sekunden starr und hielt vor Erregung den Atem an. Ich schüttelte meinen Kopf und zwinkerte mit den Augen, weil ich glaubte, das Opfer einer Sinnestäuschung zu sein, aber das unglaubliche Bild verschwand nicht und veränderte sich nicht. Das Gitter trennte uns von sieben oder acht Geschöpfen, die einer fieberhaften Fantasie hätten entstammen können, doch höchst real und das Produkt von Maupertuis' krankem Geist waren.

Die Kreaturen waren ihrem Aussehen nach Nagetiere, aber ihre Körpergröße war monströs, besonders bei einem Exemplar, offensichtlich das Muttertier der übrigen. Ein Nagetier von solchen Ausmaßen hatte die Welt mit Sicherheit noch nicht gesehen. Es trug ein schwarzes Fell, war ungefähr neun Fuß lang und zog einen Schwanz hinter sich her, der es auf über sechs Fuß brachte. Die Jungtiere, die sich um das Ungeheuer scharten und sich zum Teil an den Zitzen der Mutter zu schaffen machten, wiesen die Größe von ausgewachsenen Hunden auf. Sie waren bräunlich behaart, und bei vier der sieben Jungen hatten sich die Augen schon geöffnet. Wenn meine Einordnung der unheimlichen Nager stimmte, mussten die Jungtiere zwölf bis fünfzehn Tage alt sein.

Holmes hatte sich eher als ich wieder gefasst und sagte: „Auf den ersten Blick hätte ich Rattus rattus gesagt, doch für die Hausratte ist der Schwanz zu kurz. Also muss es sich um Exemplare von Rattus norvegicus handeln. Zwar ist das Fell der Wanderratte in der Regel oben braungrau und unten weißgrau, aber Schwärzlinge sind keine Seltenheit. Was sagen Sie, Watson?"

„Ich stimme mit Ihnen überein, Holmes, wenngleich Wanderratten dieser Größe der Wissenschaft bislang unbekannt gewesen sind."

„Die Tiere verdanken ihre Größe zweifellos den Zuchtbemühungen des Barons, und sie dürften den Keim des Todes in sich tragen."

„Wie meistens, Mr. Holmes, haben Sie auch diesmal recht", bestätigte Maupertuis. „Das Muttertier hat seine Größe in der fünften Generation erreicht. Chalonge wusste nichts von dem bisher erfolgreichsten Zweig meiner Experimente. Das Weibchen überlebte gemeinsam mit einem Männchen als einzige von einem insgesamt neunköpfigen Wurf. Woran die übrigen starben, können Sie sich denken. Ich nahm die zwei überlebenden Ratten mit auf die Reise nach England, aber unterwegs ging auch das Männchen ein, und wir ließen es im Ozean verschwinden. Kurz vor unserer Ankunft in Plymouth kamen acht Junge zur Welt, von denen nur eines kurz nach der Geburt starb. Wenn die sieben Überlebenden ausgewachsen sind, werde ich die ganze Brut samt der Mutter freilassen und damit das Schicksal Ihrer Stadt besiegeln, Mr. Holmes. Vielleicht werde ich Sie das noch erleben lassen, aber Sie werden es nicht verhindern können. Ich habe den Bettler, dessen Leiche aus dem Fluss gefischt wurde, für wenige Mi-

nuten an dieses Gitter ketten lassen, und schon hatte er sich infiziert. Rattenflöhe verachten nun mal auch den Menschen nicht. Was meinen Sie, wie meine Leute sich nach der Schutzimpfung drängeln, als verschenkte ich Goldbarren an sie!"
Der Holländer lachte dröhnend und hielt sich den Bauch mit seinen großen Händen. Als er wieder normal atmete, fuhr er fort: „Wir wollen jetzt in meinen Salon zurückkehren. Ich habe noch einige Fragen an Sie, und hier ist nicht der geeignete Ort für eine längere Unterhaltung."
Noch einmal fiel mein Blick auf die monströsen Wesen jenseits der Gitterstäbe, und ein Schauer überfiel mich bei dem Gedanken, dass London bald von einem Rudel Riesenratten überfallen werden sollte.
Roberts blieb bei de Man. Holmes und ich gingen mit Maupertuis und Eric wieder hinauf und traten in dem Augenblick über die Schwelle des Salons, als ein Inferno von Schreien, Schüssen und anderen lauten Geräuschen über uns hereinbrach.
Alle waren irritiert. Bis auf Holmes, der rief: „Auf sie, Watson!"
Der Detektiv drehte sich bei diesem Ausruf um und versetzte dem hinter ihm gehenden Eric einen Tritt in die Magengegend. Der große Blonde taumelte ein paar Schritte zurück, stolperte und fiel die Treppe hinunter.
Maupertuis, der vorangegangen war, wollte zu dem Tisch eilen, auf dem unsere Revolver lagen. Ich warf mich ihm in den Weg, und wir stürzten beide zu Boden. Die auf den Rücken gefesselten Hände behinderten mich, sodass ich mit ansehen musste, wie der Baron sich rasch wieder erhob.
Holmes stürmte mit gesenktem Kopf auf ihn zu, rammte ihn wie einen Stier und stieß ihn quer durch den Salon. Zwei Stühle und ein kleiner Tisch fielen um. Der Holländer fing sich, warf sich nun auf Holmes und streckte ihn mit einigen gezielten Schlägen nieder. Ich war inzwischen wieder auf den Beinen, konnte aber nicht verhindern, dass Maupertuis aus dem Zimmer floh.
Ich griff mir einen unserer Stöcke, ließ die Klinge herausschnellen und durchtrennte damit die Fesseln meines Freundes, der mich auf

die gleiche Weise befreite. Dann nahmen wir unsere übrigen Waffen an uns.
„Wie geht es Ihnen? Sind Sie verletzt?"
Die Frage kam von Inspektor Lestrade, der in der Tür stand, hinter ihm zwei bewaffnete Konstabler und – der junge Wells.
„Wir sind heil geblieben, Lestrade", antwortete Holmes. „Haben Sie ihn gefasst?"
„Wen?"
„Maupertuis! Er lief aus diesem Raum, kurz bevor Sie kamen."
Lestrade schüttelte den Kopf. „Unter unseren Gefangenen ist er nicht gewesen."
„Dann müssen wir rasch in den Keller!", stieß Holmes hastig hervor und stürzte, an mir und den anderen vorbei, aus dem Salon.
Die Polizei hatte das Haus weitgehend eingenommen. Die Schüsse waren verstummt.
Die Verbrecher hatten sich ergeben oder lagen am Boden, entweder tot oder verwundet. Ich entdeckte den blonden Eric unter den Gefangenen, doch hielt ich vergebens Ausschau nach Maupertuis, Roberts und de Man. Der Eingang zu dem Kellertrakt, in dem die monströse Ratte ihre Brut aufzog, war verlassen, die Tür verschlossen. Holmes drängte uns zurück und zerstörte das Schloss durch drei Revolverschüsse. Er hetzte als Erster den Gang entlang, der noch immer von Laternen beleuchtet wurde. Lestrade, Wells und ich sowie einige uniformierte Polizisten folgten.
„Sie ist weg!", stellte der Privatdetektiv fest. „Nur die Jungen sind noch da."
„Wer ist weg?", fragte der Inspektor. „Ich verstehe nicht, wovon Sie ..."
Er unterbrach sich, als sein Blick auf die überdimensionalen Ratten fiel, und seine Augen weiteten sich. Dann brach er, wie Wells und die übrigen, in Ausrufe der Verwunderung, des Ekels und des Entsetzens aus. Alle sieben Jungtiere befanden sich noch hinter dem jetzt halb offenstehenden Gitter und drängten sich zwischen Streu und Nahrung in einer Ecke zusammen. Fast schien es mir, als starrten jene, deren Augen bereits geöffnet waren, uns furchtsam an, ahnend, dass

sie von uns nichts Gutes zu erwarten hatten.
Holmes klärte Lestrade in kurzen Worten über das monströse Muttertier auf und fügte hinzu: „Wahrscheinlich hat Maupertuis es freigelassen, nachdem er aus dem Salon floh, um doch noch seine Rache zu vollenden. Ihm fehlte die Zeit, um sich auch um die Nachkommenschaft zu kümmern. Das werden wir jetzt erledigen. Lassen Sie die Tiere sofort erschießen, Lestrade, und sorgen Sie dafür, dass niemand ihnen zu nahe kommt! Wir müssen das riesige Ungeheuer finden, bevor es zu spät ist. Wie kann der Baron es weggeschafft haben?"
„Vielleicht durch den Geheimgang, durch den er uns in dieses Haus bringen ließ", schlug ich vor.
„Möglich, Watson, aber wenig wahrscheinlich. Im Haus auf der anderen Flussseite steckt noch die Polizei. Nein, es muss einen anderen Ausgang geben, groß genug für das Monstrum. Durchsuchen wir den Keller!"
Holmes' Rat wurde befolgt, während durch den Keller das Echo der Schüsse hallte, die das Leben der jungen Riesenratten beendeten.

25. Kapitel – Kampf mit dem Satan

Sherlock Holmes rief uns zu einer großen Tür aus dicken Bohlen, groß genug für das Ungeheuer, wie er meinte. Das besonders massive Schloss trotzte erfolgreich den Revolverkugeln, doch mithilfe eines Brecheisens, das ein Konstabler herbeischaffte, brachen wir den Widerstand, und die Tür schwang mit einem tiefen Knarren auf. Der Raum dahinter lag vollkommen im Dunkeln. Doch schon flammten feurige Blitze auf, als jemand (es mussten mehrere Personen sein) aus dem Schutz der Dunkelheit auf uns schoss. Der Polizist, der das Eisen geholt hatte, brach neben mir zusammen. Wir gingen neben dem Eingang in Deckung. Lestrade und seine Männer erwiderten das Feuer.
„Warten Sie auf mich!", sagte Holmes. „Ich bin gleich zurück."
Da ich mich um den getroffenen Konstabler kümmern musste, konnte ich meinen Freund nicht fragen, weshalb er sich von uns entfernte. Der Polizist hatte einen Streifschuss an der Stirn abbekommen, der ihn ohnmächtig werden ließ, aber sonst nicht weiter schlimm war. Ich hatte den Kopf gerade verbunden, da kehrte Holmes mit einer Fackel zurück.
„Solange wir die Schurken nicht sehen, sind sie im Vorteil", erklärte er. „Wenn ich die Fackel hineinwerfe, stürmen wir den Raum."
Lestrade erklärte sich mit dem Plan einverstanden. Als Holmes die Fackel im weiten Bogen schleuderte, hielt ich meinen Revolver fest in der Rechten. Der Flammenschein verriet uns, dass es sich um einen sehr großen Raum handelte, an dessen gegenüberliegender Seite sich unsere Gegner hinter Fässern und Kisten verschanzt hatten. Mehr als drei oder vier konnten es nicht sein. Als die Fackel eine Armlänge vor der Verschanzung zu Boden fiel, rannten wir bereits drauflos, aus allen Rohren schießend. Das Krachen der Schüsse verschluckte die Schreie der Getroffenen. In weniger als einer Minute fand der Spuk ein Ende.
„Nicht schießen, ich ergebe mich!", brüllte jemand aus Leibeskräften.
William Roberts kam mit erhobenen Armen hinter der Barrikade

hervor, schwer atmend und mit blutverschmiertem Gesicht.
„Die übrigen auch!", schnarrte Lestrade.
„Sie sind getroffen", keuchte Roberts, der selbst nicht verwundet war. Das Blut musste von seinen Kumpanen stammen.
Ein uniformierter Sergeant eilte mit einer Laterne herbei, und der junge Wells, der sich die ganze Zeit über wacker an unserer Seite gehalten hatte, auch wenn er unbewaffnet war, hob die noch brennende Fackel auf. Der Lichtschein fiel auf zwei am Boden liegende Männer: Baron Maupertuis und Pieter de Man. Letzterer lag auf dem Rücken, die Brust von mehreren Kugeln durchsiebt und in den starren Augen den glasigen Blick des Todes. Zwei Polizisten drehten den auf dem Bauch liegenden Maupertuis herum. Er war nur einmal getroffen worden, aber mitten in die Stirn, wo als drittes Auge ein blutiges Loch klaffte. Der größenwahnsinnige Holländer würde seine Rache nicht mehr erleben.
Lestrade legte Roberts Handschellen an. „Einmal sind Sie dem Galgen knapp entronnen, Roberts, doch dafür wird es für den Henker nun ein doppeltes Vergnügen sein, sich mit Ihnen zu befassen. Sagen Sie uns jetzt, wo dieses Rattenvieh steckt. Reden Sie schon, Mann!"
„Weshalb sollte ich Ihnen helfen, wenn der Henker sowieso auf mich wartet?"
Bevor der Inspektor antworten konnte, stürzten einige Kisten um, die an der Wand hinter der Barrikade aufgetürmt waren, und unter lautem Gekreisch sprang ein behaartes Ungetüm auf unsere Gruppe zu.
Yannok, de Mans Orang-Utan, fiel Holmes an, der ihm am nächsten stand, und umklammerte ihn mit seinen langen, kräftigen Armen. Der Detektiv brach unter dem unerwarteten Ansturm zusammen und wälzte sich mit dem rotbraunen Affen auf dem Boden hin und her. Ich sah, dass ein Konstabler seinen Karabiner hob.
„Nicht schießen!", fuhr ich ihn an und drückte den Lauf nach unten. „Sie können keinen sicheren Schuss anbringen und würden Holmes gefährden."
Der wechselhafte Zweikampf zwischen den beiden ungleichen Geg-

nern dauerte an. Einmal schien mein Freund die Oberhand zu gewinnen, in der nächsten Sekunde schon wieder der Affe. Ein anderer als Sherlock Holmes wäre längst ein Opfer der riesigen Hände des Tieres oder seiner langen, starken Zähne geworden. In den Regenwäldern seiner Heimat ist der Orang-Utan fast in jedem Kampf der Sieger; er erwürgt sogar die gewaltige Pythonschlange. Immer wenn es schien, der „Waldmensch" habe Holmes mit seinen wohl über sechs Fuß messenden Armen im eisernen Griff gefangen, verschaffte der Detektiv sich durch eine geschickte Drehung Luft. Das konnte ihm nur aufgrund seiner Baritsu-Künste gelingen.

Holmes' Kräfte schienen allmählich zu erlahmen, und der Menschenaffe hielt ihn schließlich unter sich fest und schickte sich an, seine Hände zum tödlichen Würgegriff um den Hals des Opfers zu legen. Yannok fletschte die Zähne und verzog das Gesicht zu einer Grimasse, die im flackernden Schein der von Wells gehaltenen Fackel aussah wie die Fratze eines der Hölle entsprungenen Dämons.

Ich machte einen Satz nach vorn und drückte gleichzeitig auf den Knopf an meinem Stockknauf. Die blitzende Klinge durchbohrte die Kehle des Affen, wieder und wieder. Blut spritzte heraus und befleckte Holmes' Gesicht. Der kreischende Schrei des hässlichen Tieres erstickte in einem wahren Blutschwall. Holmes schüttelte die Bestie von sich ab, und Lestrades Männer erschossen sie fast im selben Augenblick.

„Danke, mein Freund", sagte Holmes mit zitternder Stimme, als ich ihm aufhalf. „Diesmal war es wirklich knapp. Ohne Ihr beherztes Eingreifen hätte das Biest einen Knoten in meinen Hals gemacht."

Ich konnte nichts darauf erwidern, denn ein dicker Kloß saß in meinem Hals vor Freude und Erleichterung darüber, dass mein Freund den Kampf heil überstanden hatte.

„Der Affe hat uns sogar einen Dienst erwiesen", sagte Holmes und steuerte auf die Kisten zu, hinter denen Yannok sich verborgen hatte. Dahinter lag eine Art Tunnel, dessen runder Querschnitt einen Durchmesser von sechs Fuß aufwies. „Erst der Geheimgang und jetzt dies. Die alten Schmugglerhäuser stecken doch voller Überraschungen. Auch wenn Roberts nichts sagt, können wir davon ausgehen, dass wir den Fluchtweg der Riesenratte gefunden haben. Geben Sie mir die Fackel, Wells. Danke."

Holmes ging in den Tunnel hinein, gefolgt von mir, Wells, Lestrade und einem Trupp Polizisten. Der Inspektor hatte Roberts abführen lassen. Vielleicht wartete vor dem Haus bereits die Schwarze Mary[19] auf Maupertuis' rechte Hand. Die erregenden und unheimlichen Ereignisse dieser Nacht schienen nicht aufhören zu wollen. Wie wir jetzt durch den Tunnel marschierten, dessen Endpunkt wir nicht kannten, auf der Jagd nach einem Monstrum, an dessen Existenz zu glauben ich mich geweigert hätte, hätte ich es nicht mit eigenen Augen gesehen, fühlte ich mich wie in einem Schauerstück, Ausgeburt der Fantasie eines Stevenson.[20]

Da es keine Abzweigungen gab, folgten wir alle Holmes, der unseren seltsamen Zug mit der Fackel in der erhobenen Hand anführte. Dicht hinter mir ging der junge Wells, der jetzt eine Laterne trug. Ich fragte mich, wieso er zusammen mit Lestrade im Versteck des Barons aufgetaucht war und wie sie es überhaupt gefunden hatten. Maupertuis hatte sich sehr sicher gefühlt; auch ich hätte Lestrade oder Jones eine solche Leistung nicht zugetraut. Die Fragen brannten mir auf den Lippen, und nur zu gern hätte ich sie augenblicklich laut gestellt, aber Zeit und Ort waren nicht dazu geeignet. Wir mussten jede Minute damit rechnen, auf das Ungeheuer zu stoßen, das den Keim des Todes in sich trug, und nichts durfte uns von seiner Vernichtung ablenken. Siedend heiß schoss mir in diesem Zusammenhang ein Gedanke durch den Kopf, der mich doch zwang, meine Lippen zu öffnen.

„Wells, mein Gott, Sie sind ja gar nicht geimpft!"

Der Zug geriet ins Stocken.

„Keine Sorge, Dr. Watson", beruhigte mich Lestrade. „Ainstree hat dem Jungen das Gegenmittel injiziert, bevor wir zu Ihrer Befreiung aufgebrochen sind."

„Weiter jetzt", drängte Holmes unwirsch und setzte sich wieder in Bewegung, ohne abzuwarten, ob der Rest ihm folgte.

Ich dachte darüber nach, wieso Holmes die von mir geäußerte Frage nicht gestellt hatte, und kam zu dem Schluss, dass es für ihn selbstverständlich gewesen war, dass Lestrade unseren seltsamen Verbündeten aus South Kensington nicht ohne Schutzimpfung mitgebracht hatte.

Ich zwang meinen Geist, sich auf die gegenwärtige Situation zu konzentrieren, und spannte alle Sinne an. Wenn wir auf die Ratte stießen, konnte es für uns lebensgefährlich werden. Die Wanderratte ist ein zudringliches, räuberisches Tier und verzehrt neben pflanzlicher Nahrung auch tierische. Wenn eine Ratte von normaler Größe mühelos ein Kaninchen töten kann, konnte es für das monströse Exemplar, das wir jagten, keine Mühe darstellen, einen Menschen umzubringen. Dank Baron Maupertuis' verruchten Zuchtversuchen maß die Riesenratte gut das Zehnfache der normalen Größe von Rattus norvegicus.

In dem engen Tunnel hätte das Ungeheuer den ersten unserer Gruppe, das waren Holmes und ich, leicht den Garaus bereiten können, wenn wir uns überraschen ließen. Deshalb verspürte ich eine nicht geringe Erleichterung, als wir das Ende des unterirdischen Ganges erreichten, nachdem wir ungefähr eine knappe Meile in ihm zurückgelegt hatten.

Vor dem Ausgang wuchsen Büsche und Sträucher, die den Tunnel vor zufälliger Entdeckung bewahren sollten. Viele Zweige waren abgeknickt, und zahlreiche Blätter lagen auf dem Boden.

„Die Bruchstellen der Zweige sind noch frisch", stellte Holmes fest. „Ein Mensch wäre vorsichtiger gewesen. Wir verfolgen also die richtige Spur. Ich werde mich zunächst allein draußen umsehen, ehe alle Spuren zertrampelt werden."

Er zwängte sich zwischen dem Gestrüpp durch und ließ uns in aufgeregter Erwartung zurück. Ein Blick zurück zeigte mir, dass die ungefähr zwanzig Männer sämtlich nervös waren. Jetzt, da sie einen Augenblick Ruhe fanden, tuschelten einige miteinander. Eine Nacht wie diese hatten wohl selbst die Abgebrühtesten unter ihnen noch nicht erlebt. Lestrade kaute an seinem Schnurrbart und fühlte sich ertappt, als er meinen Blick bemerkte.

„Eine unheimliche Nacht, Doktor“, sagte er leise. „Was treibt Holmes bloß so lange da draußen?“

Da erscholl die Stimme meines Freundes: „Watson, Lestrade, kommen Sie!“

Das ließen wir uns nicht zweimal sagen und drängten ins Freie, wo Nacht und Nebel uns empfingen. Der Tunnel endete in einem heruntergekommenen Gelände nahe dem Flussufer. Rings um uns war unebener, mit Gestrüpp bewachsener Boden. Als der Nebel kurz etwas aufriss, sah ich in schwer abzuschätzender Entfernung die verschwommenen Umrisse von Lagerhäusern.

„Nicht gerade eine angenehme Gegend“, brummte ich.

„Hierher“, rief der Privatdetektiv, der sich hingekniet hatte und mit der Fackel den Boden beleuchtete. „Die Riesenratte hat in dem von der Nässe aufgeweichten Boden ihren Abdruck hinterlassen.“

Es war der typische Abdruck eines Rattenfußes, länglich und fünfzehig. Die beiden äußeren Zehen waren ein ganzes Stück kürzer als die drei inneren, von denen der mittlere der längste war. Das einzige, was an dem Abdruck nicht typisch für eine normale Ratte war, war die ungeheure Größe des Fußes.

„Kein Zweifel, Holmes, es war die Ratte“, bestätigte ich. „Hoffentlich ist sie nicht zum nahen Fluss gelaufen, denn Wanderratten schwimmen gut und gern. Dann wäre die Spur für uns verloren.“

„Ich habe noch mehr Fußspuren entdeckt, und die weisen nicht zum Fluss, sondern in die entgegengesetzte Richtung, wie man auch an diesem Abdruck erkennen kann.“

„Jetzt könnten wir Toby gut gebrauchen. Er würde das Ungeheuer rasch aufspüren.“

„Leider fehlt uns die Zeit, ihn herzuholen, Watson. Inspektor, lassen Sie Ihre Männer eine Kette bilden, um das Gelände abzusuchen!“

Wir gingen in einer lang gezogenen Kette in die vom Fluss wegführende Richtung, rechts neben mir Holmes und Wells, links Lestrade. Unsere Augen spähten angestrengt in die Finsternis, auf der Suche nach den Umrissen der Riesenratte. Als wir die Lagerhäuser erreichten, war guter Rat teuer. Der Boden war hier fester als in der Nähe

des Ufers und wies keine Abdrücke der Ratte auf, so sehr wir auch suchten.
Holmes sagte: „Wir müssen uns aufteilen und Suchgruppen bilden. Wenn eine Gruppe die Ratte entdeckt, verständigt sie die anderen durch ein Pfeifsignal."
Wir teilten die Männer in vier Gruppen zu je sechs Mann ein. Zu unserem Trupp gehörten außer Holmes und mir noch Wells und drei uniformierte Polizisten: ein Sergeant und zwei Konstabler. Die schmalen, gewundenen Gassen, durch die wir uns bewegten, gehörten zu einem stark heruntergekommenen Viertel. Die Häuser und Schuppen erweckten fast durchweg einen baufälligen Eindruck. Die hier lebende Bevölkerung hielt gewiss nicht viel von Hygiene. Wenn hier die Seuche ausbrach, würde sie sich wie ein Lauffeuer verbreiten.
„Anhalten und Ruhe!", befahl Holmes plötzlich.
„Was gibt's, Sir?", fragte der Sergeant, ein korpulenter Schnauzbart namens Barrow.
„Hören Sie es nicht? Ein Wimmern oder Schluchzen, gar nicht weit entfernt. Ich denke, es kommt aus der Richtung vor uns."
Als wir weitergingen, nahm ich es auch wahr. Schließlich stießen wir auf eine Gestalt, die vor einem großen Bretterzaun am Boden kauerte und hemmungslos schluchzte, wobei der ganze Körper heftig zitterte. Wells hielt seine Laterne nach unten und beleuchtete eine alte Frau mit schlohweißem Haar, die einen Bauchkasten trug. Eine Anzahl von Zündholzschachteln war aus dem Kasten gefallen und lag kreuz und quer auf dem Boden verstreut. Als die Frau uns ihr runzliges Gesicht zuwandte, erkannte ich die unterlaufenen, rot geäderten Augen einer Trinkerin.
„O Gott", jammerte die Alte, „o Herr im Himmel, verschone mich in Deiner unendlichen Gnade. Ich bereue alle meine Sünden, o Herr, doch bewahre mich vor dem Satan!"
„Die Alte hat zu viel gesoffen", meinte Barrow. „Die sieht sich im Schnapstraum schon in der Hölle, wo sie wohl auch hinkommt."
„Dahinter steckt mehr", entgegnete Holmes. „Irgendetwas hat sie zu Tode erschreckt." Er beugte sich zu der bemitleidenswerten Kreatur

hinunter und redete in einem festen, zugleich beruhigenden Tonfall auf sie ein. „Du brauchst keine Angst zu haben, wir wollen dir nichts Böses. Weshalb ängstigst du dich so?"

Ein Anflug von Vernunft trat in ihre Züge, als sie Holmes' Blick begegnete. Zumindest begriff sie unsere Anwesenheit und dass sie von uns nichts Schlechtes zu befürchten hatte. Als sie ihre Lippen zum Sprechen öffnete, bemerkte ich das Fehlen der meisten Zähne; lediglich ein paar schwarze Stummel waren übrig geblieben. Beim Reden troff Speichel an ihrem Kinn herunter.

„Ich hab' den Satan gesehen", flüsterte sie, als fürchtete sie, zu lautes Sprechen würde den Fürst der Finsternis auf sie aufmerksam machen. „Er kam die Straße entlang auf mich zu. Ich dachte, jetzt bin ich verloren, jetzt greift er mich und schleppt mich ins Höllenfeuer. Aber er lief an mir vorbei."

„Wie sah er aus?"

„So 'ne Gestalt kann nur der Satan annehmen, das is' mal sicher. Er war groß wie'n Haus und hatte lange Zähne im Maul. Seine riesigen Augen leuchteten in der Dunkelheit."

„Sah er aus wie eine riesige Ratte?"

„Ja, genauso. Es war schrecklich!"

„Wohin ist er gelaufen?"

„Die Straße weiter runter."

„Barrow", sagte Holmes, als er sich erhob. „Lassen Sie einen Mann hier, der sich um die Frau kümmert. Sie muss von unseren Ärzten auf eine Infizierung untersucht werden."

Der zurückbleibende Konstabler fühlte sich in seiner Haut sichtlich unwohl. Er stand hilflos neben der zusammengesunkenen Alten und klammerte sich an seinen Karabiner, als sei dieser der sprichwörtlich seidene Faden, an dem sein Leben hing.

Wir hetzten dem „Satan" hinterher. Wie schon oftmals zuvor, erinnerte mich Sherlock Holmes an einen Bluthund, der die Witterung aufgenommen hatte. Das Jagdfieber sprang auf mich über, wischte alle Bedenken beiseite und beseelte mich mit dem Wunsch, die Bestie des Barons zu stellen und die Menschen von der Gefahr zu erlösen.

Wir passierten einen Hinterhof, als lautes Getöse uns verhalten ließ. Eine leere Regentonne rollte aus der Einfahrt und prallte gegen eine Mauer auf der gegenüberliegenden Straßenseite. Wir liefen auf den Hof, der allerlei Gerümpel beherbergte – und die Riesenratte!
Holmes' Fackel und die Laternen, die Wells und der Konstabler hielten, warfen ihren Schein auf den langen, spitzen Kopf des Ungeheuers, das zwischen einer Hauswand und einigen Kisten stand, als habe es uns dort erwartet. Holmes und ich kannten den Anblick schon, aber Wells und die beiden Polizisten schnappten nach Luft. Als Sergeant Barrow seine Fassung halbwegs wiedergefunden hatte, blies er in seine Signalpfeife, als gelte es, die Mauern von Jericho zum Einsturz zu bringen. Ich sah, dass die Ratte sich duckte, und die Erinnerungen an die Tierversuche in meiner Studienzeit überfielen mich schlagartig.
„Aufgepasst!", rief ich. „Gleich springt sie!"
Die Riesenratte machte einen gewaltigen Satz nach vorn und verfehlte uns nur knapp. Holmes und Wells hatten sich an die Hauswand gepresst, die Polizisten und ich waren zur anderen Seite gehechtet. Die Ratte lief auf die Straße und verschwand in die Richtung, in die sie auch bisher gelaufen war. Wir rannten hinterher, sahen sie aber nicht mehr.
„Mr. Holmes, Sir", keuchte Barrow, der an seinen überflüssigen Pfunden schwer zu tragen hatte, „das Ding ist ja riesig! Wäre es nicht besser, auf die Verstärkung zu warten?"
„Dann finden wir das Tier vielleicht nie wieder, Sergeant!"
Als die Straße sich in einem Winkel von ungefähr fünfundvierzig Grad gabelte, mussten wir uns noch einmal aufteilen. Die Polizisten liefen in die linke Gasse hinein, wir anderen nach rechts. Die Gasse war sehr schmal, zu beiden Seiten von Häusern gesäumt, die fast nahtlos aneinander gesetzt waren. Nur vereinzelt führten zwischen ihnen enge Wege hindurch, die es nicht gestattet hätten, dass zwei Männer nebeneinander gingen. Eine Straßenbeleuchtung gab es nicht, und so wären wir beinahe mit der Riesenratte zusammengeprallt ...
Wir befanden uns in einer Sackgasse, die mit einer etwa fünfzehn Fuß

hohen Mauer endete. Ratten sind keine schlechten Kletterer, und das Ungeheuer hatte fast die Mauerkrone erreicht, als wir es entdeckten. Holmes' Webley spuckte Feuer, und er leerte die ganze Trommel aus. Das heiße Blei stach ins Fleisch der Ratte. Unter lautem Quieken rutschte das gigantische Biest an der Wand herunter und landete ungeschickt vor unseren Füßen. Wir wichen reflexartig zurück.
„Diesmal dürfen wir sie nicht entwischen lassen!", ermahnte uns Holmes.
Die Riesenratte schien die Situation erfasst zu haben und wandte uns ihren Kopf zu, der aus mehreren Wunden blutete. Sie stieß fürchterliche Schreie aus und zeigte uns dabei ihre großen Nagezähne.
Ich schoss auf dasselbe Ziel wie Holmes, und mein Zeigefinger hörte erst auf, den Abzug durchzuziehen, als die letzte Kugel den Lauf verlassen hatte. Jeder Schuss traf, kein Wunder bei der geringen Entfernung und der Größe des Ziels, und die Ratte zuckte unter den Treffern zusammen, schrille Töne ausstoßend. Doch sie lebte und ging zum Gegenangriff über. Unsere Kugeln hatten ihr einen gewissen Respekt beigebracht, weshalb sie sich uns nur zögernd näherte.
Sherlock Holmes sprang vor, laut brüllend, und schlug mit der Fackel nach dem Gesicht des Untiers. Er sah aus wie ein Schamane bei der Geisterbeschwörung. Das flackernde Feuer trieb die Riesenratte zurück bis an die Mauer. Der Detektiv setzte nach und stieß, auf das linke Auge der Bestie zielend, mit dem Stockdegen zu. Gleichzeitig führte die Ratte eine ruckartige Kopfbewegung aus, sodass die Klinge nur die Wange unterhalb des Auges aufritzte. Das große Maul des Ungeheuers schnappte nach meinem Freund, der dem Biss um Haaresbreite entging, dabei aber seinen Stockdegen verlor.
Da die Ratte sich augenblicklich ganz mit Holmes beschäftigte, sah ich den günstigsten Zeitpunkt für mein Eingreifen gekommen. Wie Holmes stieß auch ich meine Klinge in ein Auge des Untiers – und traf. Ich hatte mit aller Gewalt zugestoßen, und mein Stockdegen blieb in dem auslaufenden Auge stecken, als die Ratte ihren Kopf vor Schmerz zurückwarf. Das gab Holmes und mir Gelegenheit, uns ein paar Schritte zurückzuziehen.

„Jetzt bin ich dran!“, rief da auf einmal Wells, der weit ausholte und seine Laterne auf das Monstrum warf.

Das Glas zerplatzte im Nacken der Riesenratte, und das brennende Petroleum fraß sich rasch über das dunkle Fell, verwandelte das Tier in eine lebende Fackel. Der widerwärtige Gestank von verbranntem Haar und Fleisch überfiel uns. Das brennende Ungetüm vollführte einen irrwitzigen Tanz, drehte und wendete sich wie verrückt, vergebens bemüht, die hungrigen Flammen zu ersticken. Dabei schrie es unaufhörlich seine Todespanik in die Nacht.

So abstoßend und schrecklich der Anblick auch war, konnten wir unsere Blicke trotzdem nicht davon abwenden, bis uns Rufe und Schrittgeräusche erlösten. Lestrade und fünf Polizisten liefen in den Lichtkreis der Flammen.

„Endlich haben wir Sie gefunden“, sagte der Inspektor. „Erst das Pfeifensignal, dann die Schüsse ...“

Jetzt erst erkannte er, was hier brannte, und er reagierte mit ungewohnter Schnelligkeit, indem er seinen Männern den Schießbefehl gab. Mehrere Salven aus den Polizeikarabinern beendeten die Qualen der Riesenratte. Sie sackte vor der Mauer in sich zusammen und rührte sich nicht mehr. Lediglich das Feuer fand weiterhin Nahrung an dem großen Körper.

Die wilde Schlacht gegen das Ungeheuer hatte einige Fenster hell werden lassen, und neugierige Köpfe schauten heraus. Doch handelte es sich um lichtscheues Gesindel, das durch Ermahnungen der Polizisten vertrieben wurde.

Die Gefahr war gebannt, aber diese Nacht, die ich bis zum Ende meiner Tage nicht vergessen werde, hielt noch viel Arbeit für uns bereit. Während Lestrade einen Mann beauftragte, einen Wagen für den Abtransport der toten Riesenratte zu besorgen, fragte ich Wells, wie man Maupertuis’ Versteck so schnell gefunden hatte.

„Nachdem Mr. Holmes mich weggeschickt hatte, habe ich einige Zeit abgewartet und bin dann in die Richtung gegangen, die Sie und Mr. Holmes eingeschlagen hatten“, erklärte der junge Mann Holmes und mir. „Irgendwann kam ich zum Flussufer, wo es von Polizisten nur so

wimmelte. Man wollte mich erst festnehmen, da berief ich mich auf Mr. Holmes. Daraufhin führte man mich zu Inspektor Lestrade, der in heller Aufregung über Ihr scheinbar unerklärliches Verschwinden war. Nun, ich lese sehr viel, müssen Sie wissen, und ich habe auch schon ein Buch über die Häuser am Fluss gelesen und über die Schmuggler, die dort lebten. In dem Buch stand, dass einige Häuser durch Geheimgänge miteinander verbunden sein sollen, eines oder zwei sogar durch Gänge unter der Themse. Als ich dem Inspektor davon erzählte, durchsuchten wir zunächst den Keller nach einer Geheimtür, fanden aber keine. Dann sahen wir uns die angrenzenden Häuser an, ebenso erfolglos, woraufhin wir den Fluss überquerten. Wir stürmten das Haus, das dem, in dem Sie verschwunden waren, genau gegenüberlag."
„Kompliment, Master Wells", lobte Sherlock Holmes. „Auch dafür, wie Sie vorhin die Ratte außer Gefecht gesetzt haben. In Ihnen stecken beachtliche Fähigkeiten!"
Ich erfuhr von Holmes und Lestrade, dass die Polizei nach Holmes' Anweisung die Spione des toten Barons in der Baker Street verhaftet hatte. Der Mann, der sich Graham Falkland nannte und im Baxter-Haus Unterschlupf gefunden hatte, war bei einem Fluchtversuch über die Dächer zu Tode gestürzt.
Endlich traf der von Lestrade angeforderte Wagen ein, ein zweispänniger Break. Wir luden die stinkende Masse verbrannten Fleisches unter Mühen auf, und der Break setzte sich in Richtung Fluss in Bewegung. Der Feuertod der Riesenratte brachte einen doppelten Vorteil mit sich, denn so waren die Krankheitserreger abgetötet worden. Holmes ließ den Wagen die Themse überqueren und zu dem Haus fahren, in dessen Höhe die Matilda Briggs festgemacht war.
„Die Desinfizierung der Häuser wird sehr aufwendig sein", bemerkte mein Freund zu mir. „Aber das soll nicht unsere Sorge sein, Watson. Wir werden heute Nacht hoffentlich zum letzten Mal gezwungen sein, unsere Kleider zu verbrennen und in stark riechenden Chemikalien zu baden. Mit dem Kutter werden wir uns nicht so viel Mühe machen. Er wird auf See verbrannt werden. Doch vorher muss ich ihn

mir einmal aus der Nähe ansehen."
Er ging mit einer Laterne auf den Steg und betrachtete die Matilda Briggs von dort aus eine Weile. Als er zurückkehrte, machte er einen befriedigten Eindruck und sagte: „Die Schrift ist noch neu. Ich kann ‚Morrison, Morrison und Dodd' mitteilen, dass der Kutter gestohlen wurde."
„Wer sind ‚Morrison, Morrison und Dodd'?", fragte ich.
„Eine Kanzlei in Old Jewry, die sich vor einer Woche im Auftrag einer kleinen Versicherungsgesellschaft in Plymouth an mich wandte. Ich sollte das Verschwinden des Kutters Alicia aufklären, der eines Morgens in eine Nebelbank hineinfuhr und seitdem nicht mehr gesehen wurde. Auch die vierköpfige Besatzung blieb verschwunden. Die Beschreibung, die ich damals von der Alicia erhielt, trifft bis ins Detail auf die Matilda Briggs zu. Eben konnte ich mich davon überzeugen, dass der Namenszug an der Bordwand nicht älter als ein bis zwei Wochen ist. Wahrscheinlich überredete Baron Maupertuis den Kapitän der Alicia mithilfe einer gewissen Summe dazu, ihm das Schiff zur Verfügung zu stellen. Die unglückliche Besatzung dürfte nicht mehr am Leben sein. Der Baron hat sie wohl samt seiner Jacht versenkt. Er taufte den Kutter in Matilda Briggs um und fuhr mit ihm nach London. Die genauen Einzelheiten kann ich ‚Morrison, Morrison und Dodd' natürlich nicht berichten, aber ich werde ihnen sagen, dass die Alicia gestohlen wurde und anschließend gesunken ist. Dann gehen die Angehörigen der Mannschaft wenigstens nicht leer aus.
Auch Sie, Watson, muss ich bitten, Ihre Leidenschaft für den Federkiel zu bezähmen. Die Wahrheit über Baron Maupertuis und die Riesenratte darf nicht an die Öffentlichkeit dringen. Die Welt ist noch nicht reif dafür."
„Aber man wird wissen wollen, was Sie in Frankreich und auf Sumatra gemacht haben, womit Sie sich in den vergangenen Wochen beschäftigt haben, Holmes!"
„Schreiben Sie, was Sie wollen, nur nicht die Wahrheit! Erzählen Sie Ihren Lesern, ich sei unfähig gewesen, das Rätsel um das Verschwinden der Alicia aufzuklären.[21] Oder sagen Sie, Maupertuis sei ein in

einen gigantischen Finanzskandal verwickelter Betrüger gewesen.[22] Mir ist's gleich."

Nachdem der Kadaver der Riesenratte wie auch die ihrer Brut auf die Matilda Briggs (oder Alicia) gebracht worden waren, wurde der Frachter von dem mit Inspektor Jones und seinen Leuten bemannten Polizeiboot aufs offene Meer geschleppt und dort verbrannt. Auf diese Weise befreiten wir London und ganz England, ja vielleicht sogar die ganze Welt von der schrecklichen Bedrohung durch die Riesenratte von Sumatra.

26. Kapitel – Der Verräter

Am nächsten Morgen reiste Sherlock Holmes nach Frankreich ab, um das letzte verbliebene Rätsel zu lösen und die Person zu entlarven, die Professor Chalonge an Baron Maupertuis verraten hatte. Der Verdacht gegen Dr. Martin Troy hatte sich nicht bestätigt. Blieben also noch Dr. Louis Goutard und Madame Minot übrig. Ursprünglich wollte ich meinen Freund begleiten, um auch das letzte Kapitel dieser mysteriösen und entsetzlichen Angelegenheit mitzuerleben, doch als wir unsere Wohnung verließen, um die Droschke zur Victoria Station zu besteigen, lief ich meiner Mary in die Arme, die eben von ihrem Aufenthalt auf dem Land zurückgekehrt war. Die zwei Monate, die wir uns nicht gesehen hatten, bedeuteten für ein verliebtes Paar, das in Kürze zu heiraten gedachte, eine wahre Unendlichkeit. Holmes versicherte mir, dass ich in Lyon nichts versäumte und die Situation meine Anwesenheit nicht erforderte. Allerdings sah ich seiner Droschke mit gemischten Gefühlen hinterher, als sie in den Verkehrsstrom der Baker Street eintauchte.

Nachdem ich Miss Morstan abends nach Hause geleitet hatte, erhielt ich Besuch von Sir Jasper Meek und Inspektor Lestrade. Ihr Hauptanliegen war, mir strengste Schweigepflicht über die Geschehnisse um Baron Maupertuis und seine verhängnisvollen Experimente aufzuerlegen. Auf meine Frage, ob man Maupertuis' Arbeit fortzuführen gedenke, erhielt ich von Sir Jasper eine negative Antwort. Die Regierung hielt die damit verbundenen Risiken für zu groß und zu unkontrollierbar. Sir Jasper deutete an, dass Holmes und ich einen besonderen Dank aus Whitehall zu erwarten hätten. An eine offizielle Ehrung war jedoch wegen der Geheimhaltung nicht zu denken. Wie ich Holmes kannte, war ihm das nur recht.

Die beiden Besucher hatten sich eben verabschiedet, da stürmte ein wutschnaubender Herbert George Wells ins Zimmer und erging sich in einer Schimpftirade über die Regierung und alle offiziellen Stellen.

„Dr. Watson, was ich mit Ihnen und Mr. Holmes erlebt habe, war absolut einmalig, noch nie da gewesen! Und jetzt soll kein Sterbenswörtchen darüber an die Öffentlichkeit gelangen? Mein Artikel wäre wie eine Bombe eingeschlagen! Ich habe mir gedacht, dass Sie und Mr. Holmes vielleicht ein gutes Wort für mich einlegen könnten."
„Das liegt leider außerhalb unserer bescheidenen Möglichkeiten. Ich habe vor wenigen Minuten selbst ein Veröffentlichungsverbot erhalten."
„Dann war die ganze Mühe umsonst", sagte Wells niedergeschlagen, während er nach Mütze und Mantel langte. „Solch eine Geschichte werde ich nie wieder finden."
Er war schon halb aus der Tür, da kam mir ein Gedanke, und ich rief ihm nach: „Wenn Sie keine finden, dann erfinden Sie doch einfach eine, Wells!" Ich weiß nicht, ob „Bertie" meinen Rat noch gehört hat, aber er hat ihn befolgt.[23]
Zwei Tage später erhielt ich ein alarmierendes Telegramm aus Lyon mit der Mitteilung, dass Holmes einen Zusammenbruch erlitten habe und im Hotel Dulong liege. In weniger als vierundzwanzig Stunden war ich dort und stellte erleichtert fest, dass es um meinen Freund nicht so schlimm stand, wie ich befürchtet hatte. Schon vor Beginn der Affäre mit der Riesenratte von Sumatra hatte ich bei Holmes Symptome festgestellt, die auf eine durch Überarbeitung bedingte Neurasthenie hinwiesen. Die übermäßigen geistigen und körperlichen Anstrengungen, die Holmes während der Jagd auf Baron Maupertuis abverlangt worden waren, hatten die angeschlagene Gesundheit des Detektivs überfordert. Ein paar Wochen Ruhe und Schonung würden ihn aber wieder auf den Damm bringen. Als ich ins Krankenzimmer trat, saß er aufrecht im Bett und aß eine kräftige Fleischbrühe. Sein Gesicht sah noch etwas schmaler aus als gewöhnlich und auch etwas bleicher, doch seine grauen Augen strahlten Zufriedenheit aus.
„Ich sehe, Sie haben den Verräter überführt, Holmes", imitierte ich seinen Tonfall.
„In der Tat, Watson, und es war keine große Sache. Wissen Sie auch,

wer es ist?“
„Hm, offen gestanden nein, doch sollte ich raten, so würde ich mich für Dr. Goutard entscheiden.“
„Aufs Raten sollte man sich in solch wichtigen Angelegenheiten zwar niemals einlassen, aber diesmal haben Sie recht.“
„Ausnahmsweise“, brummte ich.
Nachdem das beiderseitige Lachen abgeklungen war, sagte Holmes: „Stellen Sie Ihr Licht bloß nicht unter den Scheffel, mein guter Watson. Ohne Ihre zuverlässige und tatkräftige Hilfe hätte diese entsetzliche Geschichte kaum ein so gutes Ende genommen.“ Unsere Blicke trafen sich und ruhten für einen Moment ineinander. Mir wurde warm ums Herz bei dem Gedanken, diesen einmaligen, hervorragenden Mann meinen Freund nennen zu dürfen.
„Um auf den Verräter zurückzukommen“, fuhr Holmes fort. „Wäre ich gezwungen gewesen, Madame Minot zu entlarven, hätte sie mir wohl kaum diese köstliche Fleischbrühe geschickt. Besser als jede Medizin, womit ich Ihre Zunft nicht kränken will, Doktor. Aber Sie brennen sicher darauf zu erfahren, wie ich Goutard zu seinem Geständnis veranlasste. Zunächst überzeugte mich ein nicht ganz legaler Besuch in seiner Wohnung – selbstverständlich während seiner Abwesenheit – davon, dass er unser Mann war. Ich entdeckte nämlich in einem Geheimversteck eine Geldsumme, die er sich in seinem ganzen Leben nicht erspart haben konnte. Also besuchte ich ihn ein zweites Mal – diesmal während seiner Anwesenheit –, allerdings maskiert, und gab mich für einen Mann aus Maupertuis’ Bande aus. Goutard hatte ungeschickterweise ein für solche Begegnungen bestimmtes Lösungswort in demselben Versteck aufbewahrt wie das Geld. So überzeugte ich ihn von meiner angeblichen Identität und gab vor, ihn um die Hälfte seines geheimen Schatzes erpressen zu wollen. Ich tat so, als wolle ich mich nach der Zerschlagung der Bande mithilfe des Geldes nach Amerika absetzen. Das war zu viel für Goutard. Er griff nach einem Schürhaken und attackierte mich. Grund genug für die vor der Wohnung wartende Polizei, ihn festzunehmen. Als ich dann auch noch vor Goutards Augen das Geld aus dem Versteck holte, war

die Schlacht siegreich geschlagen. Goutard hat geredet wie ein Papagei – oder ein Tukan."
„Um Himmels willen, Holmes, erinnern Sie mich nicht daran!"
„Sie haben recht. François le Villard, Jan Pelen, dessen Bruder und all die anderen Opfer des größenwahnsinnigen Barons sind gerächt. Professor Chalonge und seine Tochter sind wohlauf und werden bald nach Lyon heimkehren. Damit soll es gut sein. Auf mich dagegen warten die Baker Street und eine Menge Arbeit, die während der letzten Zeit liegen geblieben ist."
„O nein!", widersprach ich entschieden. „Daraus wird nichts! Sie werden in nächster Zeit der vollkommenen Ruhe frönen, lieber Freund."
„Nanu, so streng kenne ich Sie gar nicht, Watson. Üben Sie etwa bereits Ihre Rolle als Ehemann?"
„Als solcher könnte ich wohl kaum so etwas zu Ihnen sagen, vielleicht noch nicht mal als Ihr Freund, gewiss aber als Ihr Arzt! Ein alter Kamerad von mir hat sich kürzlich für das Landleben entschieden und ein Haus in Surrey gepachtet. Mehrmals lud er mich auf einen Besuch ein. Dort werden wir die kommenden Wochen in aller Abgeschiedenheit verbringen, fernab von Scotland Yard und dem Telegrafenbüro in der Wigmore Street."
„Hm – warum nicht. Der letzte Fall war aufregend genug. Da können ländliche Ruhe und Frieden nicht verkehrt sein, um ihn zu beenden." [24]

„Matilda Briggs war nicht der Name einer jungen Frau, Watson. Es war vielmehr der Name eines Schiffes, das in dem Fall der Riesenratte von Sumatra eine wichtige Rolle spielte – ein Fall, für den die Welt noch nicht bereit ist."

Sherlock Holmes in „Der Vampir von Sussex",
aufgezeichnet von Sir Arthur Conan Doyle

Anmerkungen

[1] Wahrscheinlich meint Watson die Affäre von Bork, die ihn und Holmes im August 1914 noch einmal zusammenführte und die er unter dem Titel *Seine letzte Verbeugung* aufgezeichnet hat.

[2] Watson schildert das Gespräch in seinem Bericht *Das Zeichen der Vier.*

[3] Medizinisches Journal, das Watson regelmäßig las.

[4] Das Datum von Watsons Hochzeit ist umstritten (Frühjahr 1887 oder Juni 1889). Seinen Berichten lässt sich beides entnehmen. Oder gab es zwei Hochzeiten? Ein Rätsel, das wohl nur Sherlock Holmes hätte lösen können.

[5] Watson schildert diese Ereignisse in seinem Bericht *Eine Studie in Scharlachrot.*

[6] Watsons diesbezüglicher Bericht befindet sich unter den mir zugänglichen Aufzeichnungen.

[7] Dhau: ein- oder zweimastiges Segelschiff von 25 bis 35 Metern Länge; Dschunke: ein- oder zweimastiges chinesisches Segelschiff von einer Länge bis zu 60 Metern; Prahm: flacher, offener Lastkahn; Piroge: Einbaum mit ein oder zwei Auslegern.

[8] Diese Bemerkung Watsons ist nicht bloß ein Auswuchs ausgeprägten Nationalgefühls; in der 2. Hälfte des 19. Jahrhunderts standen die britischen Dampfschifffahrtsgesellschaften bezüglich der Fahrgeschwindigkeit an erster Stelle.

[9] Watson beschreibt diese Szene in seinem Bericht *Das gefleckte Band.*

[10] Siehe *Das gefleckte Band.*

[11] Old Bailey: Londoner Gerichtshof.

[12] Covent Garden war bis 1973 Londons Hauptmarkt für Obst, Gemüse und Blumen.

[13] Siehe Watsons Bericht *Das Zeichen der Vier.*

[14] *Eine Studie in Scharlachrot*, Watsons erster veröffentlichter Bericht über Sherlock Holmes, erschien erst Ende 1887 mit Hilfe von Watsons Bekanntem Dr. (später Sir) Arthur Conan Doyle in Beeton's Christmas Annual, obwohl sich der darin beschriebene Fall bereits im März 1881 ereignete.

[15] Sir Charles Warren, 1886 - 1888 Londons Polizeipräsident.

[16] Seit der Gründung von Scotland Yard verrichteten die Londoner Bobbies bis in die jüngste Zeit ihren Dienst unbewaffnet und trugen auf den Patrouillengängen nur einen Schlagstock bei sich. Nur wenn Gefahr in Verzug war, wurden nach einer Genehmigung des Innenministers Handfeuerwaffen an sie ausgehändigt.

[17] Der Londoner Polizeidistrikt bestand aus 23 Divisionen. Die H-Division war für das East End zuständig.

[18] Siehe Watsons Bericht *Das Zeichen der Vier.*

[19] Schwarze Mary: Englisches Gegenstück zu unserer Grünen Minna.

[20] Wahrscheinlich ist Robert Louis Stevenson gemeint, dessen bekanntestes Werk der Abenteuerroman *Die Schatzinsel* ist. Stevenson hatte 1886 die viel beachtete Novelle *Der seltsame Fall des Dr. Jekyll und Mr. Hyde* veröffentlicht, die Watson bei seinem ausgeprägten Sinn für Spannungsliteratur gewiss gelesen hatte. Sie dürfte also mit

dem „Schauerstück“ gemeint sein.

[21] Eine diesbezügliche Anmerkung finden wir in Watsons Bericht *Die Thor-Brücke.*

[22] Auch diesen Rat befolgte Watson, und zwar in seinem Bericht *Die Gutsherren von Reigate*, in dem er noch weitere irreführende Anmerkungen über die Holland-Sumatra-Gesellschaft und Baron Maupertuis machte.

[23] Diese Bemerkung dürfte keinen Zweifel darüber bestehen lassen, mit welchem Mr. Wells wir es hier zu tun haben. Einige der Geschichten des als H.G. Wells berühmt gewordenen Autors weisen starke Anklänge an Watsons Bericht auf. Man denke nur an *Die Insel des Dr. Moreau* oder *Die Riesen kommen*!

[24] Hier irrten beide, Holmes und Watson. Wie wir aus des Doktors Bericht *Die Gutsherren von Reigate* wissen, wartete bereits ein neuer aufregender Fall auf die beiden, als sie nach Surrey fuhren.

J.K.